ハヤカワ文庫 SF
〈SF2431〉

妄想感染体

〔下〕

デイヴィッド・ウェリントン
中原尚哉訳

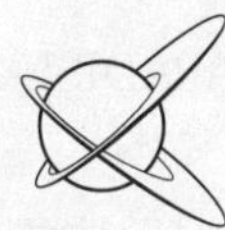

早川書房

9019

PARADISE-1
by
David Wellington

First published 2023 in the United Kingdom by
Little Brown Book Group LTD
Translated by
Naoya Nakahara
First published 2024 in Japan by
HAYAKAWA PUBLISHING, INC.
This book is published in Japan by
direct arrangement with
BAROR INTERNATIONAL, INC.
Armonk, New York, U.S.A.

妄想感染体

〔下〕

登 場 人 物

アレクサンドラ（サシャ）・
　　　　　　ペトロヴァ…………防衛警察（防警）の警部補
ジャン・レイ……………………………医師
サム・パーカー…………………………旅客輸送船アルテミス号の船長
ラプスカリオン…………………………ロボット
アクタイオン……………………………アルテミス号のＡＩ
エウリュディケ…………………………植民船ペルセポネ号のＡＩ
ウンディーネ……………………………旅客輸送船アルペイオス号のＡＩ
アステリオス……………………………大型植民船パシパエ号のＡＩ
エカテリーナ・ペトロヴァ…………防警の元局長。サシャの母
ラング……………………………………防警の現局長

ペトロヴァは茫然(ぼうぜん)と鹿のアバターを見つめた。

「ありえない」

「残念ながらほんとうです。本船がパラダイス星系に到着した直後に死亡しました。ペルセポネ号が発射した最初の飛翔(ひしょう)体が船室区画付近に命中して――」

ペトロヴァは恐怖で声を震わせた。

「ありえない」

「お悔やみ申しあげます。しかし正確な事実関係をおつたえしています。パーカー船長は冷凍睡眠チューブ内で死亡しました。なにも感じなかったのは不幸中の幸いといえるでしょう。まだ仮死状態でしたから」

ペトロヴァは顔をそむけた。壁を見る。ジャンを見る。いや、だめだ。ジャンは見られない。人を見るのは耐えられない。負傷した腕にはまった空気ギプスを見た。壁面ディスプレイに表示されたアルテミス号と旅客輸送船と戦艦の相対位置を見た。

とにかく鹿とは目をあわせたくなかった。どこを見るのも耐えられず、頭のなかにある自分の姿を見た。裸で、血まみれになって、割れたガラスの雲のなかに浮かんでいた。目覚めたときのあの攻撃でパーカーは……。

「ありえない、ありえない」くりかえして、すこし考える。「ありえない」

ＡＩは続けた。

「さらにパーカー船長の体はばらばらになり、複数のデッキや室内に飛び散りました。ドクター・ジャンがいまポケットにいれているのはその一片だと思われます」

「なんてことをいうの！　やめて！」

ペトロヴァは鹿に叫び、ジャンにむかって走った。動かせる手を上げているのは、打ち倒そうというのか、その存在を消そうというのか。よくもそんな……残酷な行為ができるものだ。

しかしジャンはおなじように理解できない顔をして、ゆっくり首を振っている。

そしてポケットに手をいれ、なにかを取り出した。

「知らなかった」

「やめて」

ペトロヴァは首を振った。ありえない。ジャンの手に握られているものは……ただの石だろう。先史時代の動物かなにかの化石かもしれない。まさか……まさか……。

「これがなにか知らなかったんだ。ほんとうに」

手にしたものを差し出す。ペトロヴァは顔をそむけて手を押しのける。

ジャンは言った。

「みつけたんだ。通気ダクトのなかで。なにかの見まちがいかと思った」

とうとうペトロヴァは耐えきれずにうめき、背をむけた。嘔吐するように体を二つ折りにする。胃の内容物といっしょに現実を吐き出してしまいたい。

それが正しい反応だろう。

ジャンに身ぶりで、手にしたものを出すようにうながした。ジャンはコンソールにそっとそれをおいた。

黄色くてざらざらしている。一端に乾いた赤い粉末がこびりついている。これがなにかまったくわからない。ただの破片。ゴミだ。

パーカーの体の一部だなんて。ありえない。

「なにかのまちがいよ。きっとそうよ」

ジャンが鹿に訊いた。

「アクタイオン、この骨をDNAスキャンできるかい？」

「やめて！　やらなくていい。そんなことやめて」

もしスキャンして……検査結果が一致したら……それはつまり……つまり……。

分光レーザーが骨の表面をなぞった。すぐにAIは告げた。

「サミュエル・パーカーの遺伝子記録と百パーセント一致します。これは船長の遺骨です」

「やめて、やめて、やめて」

ペトロヴァはうめいて床にへたりこみ、横むきに倒れた。

ジャンがしゃがんで慰めようとしたが、正面から「やめて！」と怒鳴られて退散した。

「どういうことなの。わからない……理解できない」

ペトロヴァはいくらか落ち着きをとりもどした。立ち上がり、壁を拳で叩く。負傷していないほうの手だ。いまのところ一つだけの拳。

左腕は痛む。肩から手首まで腫れて脈打っている気がする。なのに手の感覚はない。そのことが痛みより恐ろしい。

「説明して。この映像を説明して」

優先して考えるべきことがある。殺意を持ってやってくる相手だ。旅客輸送船と戦艦。その二つがここに近づいている。しかしそんな重要事項にすらいまは頭が働かない。

ホロスクリーン上で動画のスライダーを動かし、おなじ箇所を十回以上見ている。映っているのはブリッジに立つパーカーだ。現状とまわりのねじくれた果樹園について説明している。

「ほら、ちゃんといる」

鹿は見ていない。動画の送信や再生処理をしている側なので、目で見なくていい。清冽（せいれつ）な森の泉から水を飲むように床に鼻面（はなづら）を下げている。もちろんそこに泉はない。

「くりかえしますが、説明することはありません。たんなるホロ映像の記録動画です。あなたはホロ映像と会話しているだけです」

「そんなの……ありえない。見たのよ。そばにいた。さ……さわった」

そのはずだ。たしかだと思う。抱擁（ほうよう）し、腕を軽く叩き、肩に手をおいた。彼に肩をさすられたときのことを思い出す。その手は……冷たかったかもしれない。

「さわったのよ、彼にさわった。動画を見せて。たしか……」

いつのことだったか思い出そうとした。パーカーの手が背中にふれた。とてもいい気分で、おたがいの関係について話そうとした。人間として通じあっていた。

「体が接触している映像を見せて。そういう場面を集めて」

アクタイオンは要求に応じた。ブリッジ全体にスクリーンがあらわれる。

「いちおう指摘しておきますが、ブリッジと操船デッキの全エリアには固体光投影設備（ハードライト）があります」

「だからって……」

「ログを見れば、これらが記録された時間に設備が作動していたことがわかります」

スクリーンに次々に動画が映される。パーカーがペトロヴァの背中に手をまわす。耳にかかった髪をかき上げる。肘にさわる。それぞれがいつのことか半分も憶えていない。

「あなたがふれていたのは人間ではありません。ハードライトによる人間のシミュレーションです。申しわけありません。知りたくなかったでしょうね」

「そんな……謝られても……」

ジャンとラプスカリオンのほうを見る。ジャンも困惑顔だ。ラプスカリオンは、ペトロヴァをエウリュディケの魔の手から救出してくれたときとおなじ緑の蜘蛛の体にはいっている。顔がないので感情は読みとれない。

ジャンが言った。

「おかしいよ。パーカーが運動しているのを見た。いつも腕立て伏せをしていた。壁によりかかっているところも……」

またスクリーンが出て、パーカーのそれらの場面が映された。べつの画面に表示されたログから、そのときハードライト設備が作動していたことがわかる。

ジャンは目をまるくした。なにかしら反論するのではとペトロヴァは見守ったが、無言のまま。魚のような目で茫然とペトロヴァを見つめ返す。

「それはそれよ。運動しているところはホロ映像で簡単に出せる。証拠にならない。でも……でも……」

パーカーの記憶をさぐった。ホロ映像ではありえないことをしている記憶は……。しかしない。

「どういうこと？　わけがわからない。死んだ船長そっくりのホロ映像を船が勝手につくって、ずっと見せていたというの？　事実を説明せずに。そんなことをする理由は？　本物そっくりのホロ映像でだましつづけるなんて」

するとジャンが言った。

「アクタイオンのコアプロセッサを見たラプスカリオンが指摘していただろう。必要以上に強力な仕様だって。ああ、そうか」なにかを気づいたらしい。「アクタイオンを再起動したときにパーカーは消えた。まったく同時だった。アクタイオンからバジリスクを削除するためにその処理能力を一時的に占有した。だからパーカーを投影しつづける余力がなくなったんだ。パーカーが消えたのは……僕たちのせいか」

「しくじったな」

ラプスカリオンが言った。それを聞いてペトロヴァはなじった。

「しくじったな？　それだけ？　仲間の一人が消えたのよ。この船に三人いたはずの人間が一人消滅した。なのに……それなのに……」

「ペトロヴァ、落ち着いて」

ジャンが言った。ペトロヴァの目からは涙があふれていた。動くほうの手でぬぐう。

「さっきまでパーカーはいた。なのにもういない。そんなの……受けいれられない。信じられない。いたのに……見たのに……話したのに……」

いてほしかった。その存在が大きかった。とりわけ目覚めた直後。裸で、冷凍睡眠チューブの破片で血まみれになっていたとき、パーカーの声を聞いた。その声がすべてを変えた。前進する勇気、安全圏へ移動する力をあたえてくれた。

そしてそれだけではない。

「命の恩人なのよ。エウリュディケの手から救出してくれた」

パーカーがいなければ死んでいた。たとえ本物でなくても。

「どうしてこんなことをしたの？」

ペトロヴァは鹿のアバターに詰め寄り、その顔の正面に立った。鼻面をつかんで小さな目を自分にむけようとした。しかしもちろん、手はホロ映像をすり抜ける。冷たいゼラチンのような感触にぞっとして手を引っこめた。

「どうして？」

アクタイオンは答えた。

「申しわけありませんが、わたしではありません」

「言い訳するつもり？」

「パーカー船長のホロデータを生成したのはわたしではありません。不可能です。当時は再起動ループのなかで意識がありませんでしたから」

「じゃあ……だれ？」

ブリッジを見まわした。ジャンとラプスカリオン。どちらも答えを持たない。どちらも目をあわせない。

「こんなの耐えられない」

ペトロヴァは背をむけてブリッジから急ぎ足で出ていった。

83

「教えてよ」

しばらくしてジャンは訊いた。状況が落ち着いた……とはいえなくても、静かになった。

「なにか知ってるはずだ」

ラプスカリオンはよそにむいたままだ。顔はあるので動かせるが、あえてジャンにはむけない。

「きみには人間にない感覚がある。アクタイオンのシステムに電子的に接続できる。知っていたはずだ」

ロボットは肩をすくめた。

「否定しないんだね」

とうとうラプスカリオンはむきなおり、短く言った。

「そうだ」

「知って……いたんだね」

「もちろんさ。パーカーが死んだことも、そのあとすぐホロ映像で復活したことも、現場で見てた」

「知ってて……黙っていたのかい？　いや、現場で見てたって？」

「死んだときに船内にいた。通路を数本はさんだところにいて爆発の衝撃を感じた。さっきの話どおり、おいらは船のシステムにアクセスできる。あいつの生体データの変化を見てた。それが停止した。それはつまり死ぬところを見たのと同義さ。ところがおかしなことが起きた。すぐ本人があらわれたんだ」

「あの姿で？」

「そうだ。通路を走ってきて、あれこれ話しかけてきた。まるでなにごともなかったみたいに。ホロ映像だってことはすぐわかった。とはいえ……船が攻撃を受けてるさいちゅうで、それこそ死人の手も借りたい状況だった。たとえ固体光（ハードライト）の投影でも。あいつがいなかったらあんたらは二人とも死んでたぜ。だからその場でよけいなことは訊かなかった。あとから訊いた。面とむかって、〝てめえはホロ映像じゃねえか〟と言ってやった。もしかしたら自分で気づいてないかもしれねえからな。しかし気づいてた。そして主張してきやがった」

「なんて？」

「〝この船には船長が必要だ。船長なしでは生き延びられない〟って。そして他言無用を約束させられた。あんたにもペトロヴァにも話すなって」

ジャンは驚いた。

「た……他言無用と？　きみは約束したのかい？」

「そうさ。だってあいつは船長、おいらは船のロボットだぜ。船長の命令にしたがうのが当然さ。それに一時的な措置だと思ったからな。人間たちの安全を確保したら、すいっと消えるつもりだったはずだ。そうは問屋がおろさなかったけどな」

「でもきみは……約束したんだね」

「そうだ」

「破ろうとは思わなかったのかい？　僕たちに教えようとは？」

「思わないね。いいか、おいらはロボットだぜ。規則にしたがうようにできてる」

ジャンはうなだれた。信じられない。これまでずっと……。

「まあ、元気だせよ」

ロボットにはげまされて、ジャンは苦笑した。

「ああ、だいじょうぶだ。まあ、パーカーとはかならずしも親しい関係じゃなかったけど……」

ブリッジの出入口ハッチを見た。ペトロヴァはどこへ行ったのか。きっと隣の仮眠室だろう。顔を洗って、壁にむかってひとしきり大声を出したら、もどってくるはずだ。そして次の危機に対処する。切り替えられるはずだ。

いまのところブリッジから去っただけ。静かだ。仮眠室で大声で悪態をついているとしても、壁ごしには聞こえない。

「こういう話をしたことはペトロヴァに教えないほうがいいだろう。いまのきみの話は伏せておこう」

「内緒だな。約束するぜ」

「よし」

ジャンは言って、歯を食いしばった。

するとラプスカリオンが脚の一本でジャンの両手をしめした。

「あのな……そいつを遊び道具にするのはやめたほうがいいぜ」

ジャンは見るまえに手を止めた。そこになにがあるかも、どんな気持ちになるかもわかっている。手もとを見下ろすと、例の骨盤（こつばん）の破片があった。無意識に両手のあいだでぽんぽんとゴムボールのように投げて遊んでいた。

「おいらは人間の感覚がわからねえし無知だけどよ、さすがにそれは死者に失礼だろう」

「そのとおりだね」

ジャンは星図テーブルにそっと骨をおいた。

「ごめん……なさい」

ここにはいないパーカーにむかって言った。うしろめたくて居心地が悪い。

「ちょっと……席をはずすよ。場所を変えて気持ちを整理してくる」

「いいぜ。ただし、あまりのんびりはできない。旅客輸送船が近づいてる。危険は消えちゃいねえ。あんたやペトロヴァの気持ちはわかるが、さっさと片をつけてくれ」

ジャンはすでに歩きはじめていた。あのロボットは知っていたんだ。最初から。知っていて……。

動揺を抑えられなかった。

84

結局ラプスカリオンが押しつけられた。いつものことだ。

亡き船長の葬式だ。やるとなったらロボットが粛々とやるしかない。しかしよく考えると、本人と会ったことは一度もない。アルテミス号に乗船したのは冷凍貨物の人間たちがチューブで眠りについたあとだったのだ。体だけは何度も見た。ガニメデからパラダイス星系まで特異空間を渡る長い飛行中、サム・パーカーの船室には掃除とメンテのためにしょっちゅうはいった。ガラスのチューブ内で時間が停止した状態でなら、その体の隅々まで完璧で明瞭なデータを記録している。しかし声および性格のデータはない。ホロ映像から持ってくるしかない。

葬式の準備にあたって船が記録しているホロ映像をしげしげと見た。いまさらながら興味深い。どうやって作成したのか。もとはなにか。だれが(といってよければ)指示したのか。いままでほとんど気にしなかった。アクタイオンが作者ではないというのはほんとうだろう。高精度なホロデータを生成するのに充分な処理能力を持っているのはたしかだが、そのプロセッサをプログラムして命令したのはべつのだれかのはずだ。ホロ映像が勝手に出現するはずはない。

たぶん。

人間の女が愚かさに大笑いする音声ファイルを再生してから、予定の作業にもどった。ジャンとペトロヴァにいちおう通知を送ったが、どちらも感情的混乱からすぐには立ち直れないだろう。

割れて焼けこげた骨盤の破片をブリッジ近くのエアロックに持っていった。

エアロック前の無人の通路を見まわす。しばらく待って、だれも来ないのではじめた。

「サミュエル・パーカーは海王星の衛星軌道コロニーで三十一年前に誕生した――」

聞く者のない弔辞をはじめた。一見、意味がなさそうだ。しかし独り言のように演説する場面は人間の文化においてよくある。だから無意味ではないはずだ。

「――四人きょうだいの三番目で、既定の年齢に達するとすぐにコロニーを出て、準惑星ケレスの防警基地にある飛行学校に入学した――」

そこで中断した。背後でハッチが開いたからだ。振り返らなくてもペトロヴァだとわかった。ブリッジ横の仮眠室から出てきた。

「そこで彼と最初に会ったのよ」

もっと話すことがあるかとしばらく待ったが、ないので続けた。

「――成績は優秀で、パイロットとして卓越した才能をしめした。しかし残念ながら修了前に退学。その後の二年間はさまざまな商船会社で超大型貨物船を操縦し――」

「いい人物だったよ」

弔辞はまた中断した。振り返ると、今度はジャンがいた。備品室のハッチから出てきたところだ。医師はそう言うと、つかつかと近づいて、ラプスカリオンが持つ骨の破片を手にとった。人間の文化では遺骨を手にする者だけが弔辞を述べる決まりになっているらしい。

「そしていいパイロットだった。この船と、乗っている全員を守った」

ジャンは骨の表面になにか書かれているようにじっと見ながら述べた。そしてペトロヴァに目をやる。ペトロヴァは小さくため息をつき、歩みよって骨を受け取った。目を閉じて弔辞を締めくくる。

「死んだあともわたしたちを生かし、守った。いまも彼と知りあえてよかったと思う。パイロットとしてこのように葬られることをよろこびとするはず……。ラプスカリオン、お願い」

ロボットは多数の脚で前進してエアロックの内扉をあけた。式のまえにパーカーのフライトジャケットとブーツを内側の床に並べておいている。ペトロヴァがそこにはいって、ジャケットの柔らかいところに遺骨をそっとおいた。しばしそこにしゃがんで遺骨を指でなでてから、立ってエアロックから出た。内扉を閉めるパッドを押す。

「さよなら、サム」

ラプスカリオンは外扉を開く操作をした。空気が吸い出され、床のものは気流に押されて外へ飛び出した。しばらくしてラプスカリオンは外扉を閉め、内部を再与圧した。

「これでいい」

ペトロヴァは通路の壁によりかかり、プラスチックの内装に顔を押しつけていた。負傷した腕を引きよせた姿は弱々しく無防備に見える。ラプスカリオンは人間の身体言語にまだ詳しくない。しかしその姿勢から読みとれるものとちがって、声は冷静かつ無感情だった。

「作業にもどりましょう」

85

『旅客輸送船との距離は百七十九キロメートルで、接近中です』

ペトロヴァのヘッドセットから流れたのはアクタイオンの声だ。それを聞くとまた怒りを覚えた。これまではパーカーの声だった。船長からつたえられていた。歯ぎしりしながら了解と答えた。

アルテミス号の船体外壁に立っている。かまえているのはペルセポネ号の攻撃に使った医療用レーザー。今回は片手でささえている。負傷した左腕は宇宙服の内側で吊っている。かまえが前回より不安定なので慎重に狙わなくてはいけない。

もっとましな武器がほしいところだが、用意する時間がなかった。それでもこのレーザーを持つとほんのすこし強くなった気がする。自分を守れる。それだけでもやる価値はある。

「ラプスカリオン、なにか見える？」

ペトロヴァの目では旅客輸送船は暗い空で静止した明るい点でしかない。ロボットの目のほうがはるかに高性能だ。

センサーポッドの背中にしがみついたラプスカリオンは、小さく肩をすくめた。

「むこうは旅客輸送船だ。外観はアルテミス号と同一。ほかには、船体に書かれた船名が読める。アルペイオス号だ」

アクタイオンが説明した。

『船籍データベースと一致します。十人乗り旅客輸送船。建造はアルテミス号と同時期。仕様もおなじです』

接近する船はアルテミス号と瓜二つだとパーカーは言っていた。さらに船名の頭文字もおなじ。不気味だ。

「ジャン、ブリッジのようすはどう？　準備できてる？」

医師は答えた。

『必要なら船は動けるよ。エンジンは生きてる。でもアクタイオンのシミュレーションではきびしい。ラプスカリオンの修理でも船体はもとどおりとはいかない。針金で縛(しば)って糊で貼っただけに近いからね』

「なんだと。できるかぎりのことはやったんだ」

抗議するロボットを、ペトロヴァはなだめた。

「それはわかってるから。ジャン、知りたいのはどの程度動けるかよ。現実的にどう？」

『這う速度で二時間。それ以上は空中分解する。〝這う〟というのは実際的な表現だよ。旅客輸送船が追跡する気だったら逃げるのは不可能』

ペトロヴァはうなずいた。

「アクタイオン、さっき聞いたときからアルペイオス号の速度に変化はある？」

『ありません、警部補。現在の距離は百四十一キロメートルで接近中です』

AIの声に恐怖感はない。しかしペトロヴァは恐怖を覚えた。

「こちらと同型船なら非武装のはずね」

するとラプスカリオンが指摘した。

「ペルセポネ号も非武装だったが、マスドライバーを組み立ててヤムイモを投げてきたぜ。積荷目録には医療用レーザーもはいってるはずだ。今度はどういう状況だと思う？　むこうはどうなってるんだ？」

「アルペイオス号のAIもその乗員も、おそらくバジリスクに感染していると思う。ペルセポネ号とおなじように。だからむこうの目的はこちらを感染させること、もしくは食べること。あるいはその両方」

そこでジャンが割りこんだ。

『僕たちを食べようとするとはかぎらないよ。アクタイオンが感染していたのはバジリスクのべつの派生株で、空腹感ではなく不潔感を生じさせるものだった。そしてどちらもタイタンで発生した赤扼病とは異なる』

「いったいどれだけ派生株があるの？」

肩をすくめるジャンが見えるようだ。

『わからない。バジリスクの中身で重要なのはその侵入性の思想ではなく、感染メカニズムそのものかもしれないと思えてきたんだ。その仕組みはまだわからない。アルペイオス号がそのいずれかの派生株に曝露しているのはほとんどまちがいないだろう。この星系のどの船もおなじだ。特異空間から出たときにおなじプロセスを通っている』

「わたしたちは感染していないわよ。あなたも、わたしも、ラプスカリオンも」

ジャンはそれを恥じているようなようすで答えた。

『そうだ。僕たちは感染していない。それはたぶん偶然だ。おそらくアクタイオンが即座にシャットダウンしたおかげだ。そうならずに到着後、予定どおりに目覚めていたら、ペルセポネ号の悲惨な入植者たちのようになっていたはずだ』

想像してペトロヴァは背すじが寒くなった。

「無事でいる可能性もあるはずね」それは自分が聞きたい言葉だった。「わたしたちが無事だったんだから、アルペイオス号の乗員が無事な可能性だってあるはずよ」

『もちろん、可能性としてはね』

アクタイオンが親切に助言した。

『アルペイオス号までの距離は百一キロメートルで接近中です』

「減速はしてる？」

ペトロヴァは訊いた。速度を維持したままなら秒速一キロメートル以上で通りすぎてしまう。あっというまで、手を振る余裕さえない。ＡＩは答えた。

「減速はしていません、警部補」

どういうことか。アルペイオス号の乗員が空腹やバジリスクの命令によってこちらを皆殺しにするつもりなら、なぜ減速しないのか。それとも……体当たりする気か。

この大きさと相対速度の二隻が衝突したら、大惨事だ。両船はもちろん、その近くにいる人間も粉砕される。

ペトロヴァの心拍は急上昇した。

またアクタイオンが言う。

『距離七十九キロメートルで接近中です』

「移動して、移動！　ただし……ゆっくりと。でもアルペイオス号との衝突を避けられるように」

ラプスカリオンが警告した。

「つかまったほうがいいぜ」

「わかってる」

ペトロヴァは船体外壁にしゃがんだ。レーザーを固定し、手すりを片手でつかむ。加速で手がはずれるのでは、底なしの宇宙に落ちるのではと恐れた。

ところが実際の加速はゆるやかだった。乗馬程度だ。手すりをつかみなおすとあとは問題なし。遠くの星が動いていく。ゆっくり、とてもゆっくりと。

「どう？　もうだいじょうぶ？」

アクタイオンが答えた。

『アルペイオス号の進路上からは移動できました』

「よかった。ひと安心――」

『申しわけありません。アルペイオス号が転舵（てんだ）しました。ふたたびその進路上です』

「くそ！」

ペトロヴァはラプスカリオンのほうを見た。ロボットには顔がない。おなじ恐怖の表情が浮かんでいるのを見たかった。この恐怖を共有したかった。

しかたなく、ジャンのようすを想像した。きっとおなじ恐怖を感じているだろう。

「衝突を避ける速度を出せる？」

『いいえ』アクタイオンは答え、しばらくして続けた。『距離四十九キロメートルで接近中』

四十九キロ。すでにペルセポネ号が最接近したときより近い。見ためはまだ暗闇の白い点でしかない。ペルセポネ号よりはるかに小さいからだ。それでもこちらを粉砕するのに充分な大きさがある。

思いつくことを口走った。

「呼びかけて。メッセージを送って」

『どんなメッセージを送りますか？』

くそ。こんなときになにを言うべきか。降伏します、きらきら光る塵（ちり）に変えないでください、とでも言うか。

「つなぐだけでいい――旅客輸送船アルテミス号からアルペイオス号へ。応答願う」

アクタイオンが告げる。

『距離三十四キロメートルで接近中』

ペトロヴァは声を荒らげた。

「アルペイオス号、応答願う。アルペイオス号、そちらは衝突コースを進んでいる。いますぐ転針せよ。アルペイオス号、応答願う！　そちらの希望を聞きたい！」

応答を待つ数秒間。どの方向からも返事はない。永遠のような沈黙。

『距離二十六キロメートル。おや、変化がありました』

「なに？　なにが変化したの？」

『速度です。減速しています。急速に速度が低下しています』

ペトロヴァは宇宙の白いしみを見つめた。まだ衝突速度で突進しているように見える。

「アルペイオス号、応答願う」

十拍待ってまた呼びかける。

「アルペイオス号——」

『アルテミス号』

知らない声が答えた。

『アルテミス号、こちらはアルペイオス号のＡＩ、ウンディーネです。そちらの声を受信しました。要請したいことがあります』

ペトロヴァの血流にアドレナリンがどっと出た。

「なんなりと、ウンディーネ。どんな……どんな要請でも言ってほしい」

『救援をお願いします、アルテミス号。助けてください。わたしは病気です』

86

ジャンはアルペイオス号の船体に手をふれるまでほとんど息を止めていた。アルテミス号からここまで飛ぶのはめまいがするほど怖かった。宇宙船のあいだを飛び渡るのは何度やっても慣れない。ペトロヴァは簡単そうにこなすが、そのさりげなさにだまされてはいけない。手すりをみつけてしっかりと握り、無の空間へ飛ばされないようにした。しばらく呼吸を整える。

振り返ってアルテミス号を見た。距離は二キロメートル未満。船首の曲線が見てとれる。形状はアルペイオス号と同一。両船は双子といってさしつかえない。ただし明白なちがいもある。アルテミス号はぼろぼろだ。ペルセポネ号の攻撃で穴だらけなのがここから見てもわかる。空中分解していないのが不思議なくらいだ。

対照的にアルペイオス号は無傷だ。船体のペンキさえ塗り立てのようで、すり傷一つついていない。

　ラプスカリオンが暗黒の宇宙から下りてきてジャンの隣に着地した。多数の脚を開いてショックを吸収する。

「こんな無造作に接近しちまってだいじょうぶか？　ウンディーネが悪意を隠してたら反撃しようがないぜ」

　ペトロヴァが二人に近づいてきた。

「ウンディーネに悪意があったら、こっちは気づくまえに死んでるわよ」

「はは、そいつはありがてえや」

　ジャンはおそるおそる訊いた。

「こんなこと話してだいじょうぶかな。その……おおっぴらに。もしウンディーネに聞かれたら……」

　するとアクタイオンがいつもの機械的な口調で答えた。サム・パーカーの役割を代わったAIの声を聞くたびに不快感を覚える。

『二人の宇宙服とラプスカリオンの受信ユニット間の通信はあらかじめ暗号化されています。堅牢（けんろう）な変動標的型暗号技術をもちいているのでウンディーネは解読できません』

「できないとなぜ断言できる？」

『わたしが解読できないからです。ゆえにウンディーネもできません。両船が同一の設計だとすればAIコアも同等。ウンディーネとわたしの性能はおなじです』

　ペトロヴァが言った。

「いいわ。信じるしかない。こちらは話しあう必要があるから。みんな、よく聞いて。船内ではすべてわたしが交渉する。ジャン、あなたはアルペイオス号の乗員乗客の健康状態を調べて。健康なのか、バジリスクに感染しているのか。感染していたら即座に逃げる。ラプスカリオン、あなたは人間より反応速度が速いわ。もしこれが罠だったら最初に気づくはず。そのときはわたしたちを船外に引きずり出して」

「了解」

「ええと……わかったよ」

　ジャンは船内にはいるのがすでに怖かった。いつラプスカリオンの爪につかまれて引きもどされ、宇宙空間に放り投げられるかと思うと気が気でない。

　しかし、だ。いやだと言ってどうなるのか。この作戦に参加できる精神状態ではないと主張してアルテミス号に残るか。あの信用できないAIといっしょに。

　ペトロヴァとラプスカリオンといっしょにいるほうがまだ安心できる気がする。

「さっさとやって、さっさと帰ろう」

　ペトロヴァが笑って答えた。

「ええ、そうね。最小限の時間で終わらせるつもり。そもそもこの謎の解明に何時間もかけられない。次のお客さんが来るから」

「戦艦だね」

「戦艦よ」

あとに続くものを忘れかけていた。

三人はアルペイオス号のメインエアロックへむかった。外扉は招くようにすでに開いている。

87

エアロックの内扉を開いて、ペトロヴァは光と熱と重力の環境に足を踏みいれた。船内の空気は清浄で安全と宇宙服は報告したが、ヘルメットはつけたままにした。油断はしない。もはやこの世に安全などない気がする。

『乗船していただいてありがとうございます。問題解決を期待します』

ウンディーネの声はアクタイオンと似ている。やや女性的に思えるが、抑揚はおなじ。無色透明なのもおなじだ。

声は全方向から聞こえてくる。どこを見て話せばいいのか。

「問題の見当はついているわ。でも確認のために船内の全エリアに立ち入る必要がある」

『もちろんです。なんでも協力します』

ペトロヴァはラプスカリオンを見て、はずせるパネルを目でしめした。その先はＡＩコアへの整備用トンネルになっている。緑の蜘蛛は一度だけ体を上下に揺すると、トンネルにはいって姿を消した。

ペトロヴァとジャンは残された。場所はブリッジと船室区画をつなぐ長い通路の途中。攻撃されるまえのアルテミス号の中央通路もこうだった。隔壁もハッチも清潔そのもので、よく整備されている。ここのバジリスクがどんな変異をしているにせよ、乗員乗客は壁に血や糞尿をなすりつけたりしていない。

すると次の疑問は明白だ。

「乗員と乗客と話をする必要がある。いいかしら」

『ドクター・テセプはいま食堂にいます。よろこんで話してくれるでしょう。寄生体を探していますが、まだ発見できません』

ジャンが暗号化チャンネルでささやいた。

「寄生体？　それを尋ねてみて。重要かもしれない」

ペトロヴァは目をぐるりとまわした。言われなくても尋ねるつもりだった。

「寄生体について知りたい。それが問題の原因なの？」

『そのとおりです。なにかがわたしのなかにいます。侵入したものを追い出したいのに、まだみつけられません。だから協力をお願いしています』

「特異空間から出たわたしたちに接近してきたのはそのため？」

ウンディーネは穏やかにため息をついた。

『星系内のほかの船にも助けを求めましたが、いずれもそれどころではありませんでした。それぞれ船内に問題をかかえています。新たに到着した船のほうが新鮮な視点から意見を述べてくれると期待しています。ブリッジへ来ていただけませんか？ これまでに試した方法を説明します』

ペトロヴァはジャンの肩に手をおいた。ジャンはぎくりとしたが逃げられない。

「ジャン、あなたはドクターと会ってきて。乗員が無事かどうか確認すること。いいわね。わたしはブリッジへ行く。どういう結果でも十分後にここで集合。わかった？」

「了解」

そう答えながらジャンはしばし迷いを見せた。命じられても別行動はとりたくないと顔に書いてある。まあ、気持ちはわかる。しかし安全な手順を踏んでいるひまはない。ジャンにうなずくと、しかたなさそうに背をむけて通路を歩きはじめた。

ペトロヴァは一人でブリッジへ進んだ。ハッチは開いている。入口からなにか飛び出してきたりはしなかった。

とはいえ驚かずにすんだわけではない。

アルペイオス号のブリッジはアルテミス号とおなじ。もとは……そうだったはずだ。

いまは、いわば整然たる混乱状態にある。すべてのコンソール、星図テーブル、宙域ディスプレイ、椅子、非常用管制席がばらばらにされている。組織的に、細部までていねいに分解されている。あとで組み立てなおすつもりのように。

ペトロヴァはあるコンソールのそばにしゃがんで、ばらされた内部部品が床の上に何列も整然と並んでいるのを見た。ネジ一本、基板一枚、コンデンサ一個、配線ケーブル一本までおろそかにしない。コンソールそのものはすっかりばらばらで使用不能だ。

そんなブリッジの中央にウンディーネが投影された。赤い光でないのはさいわいだ。通常のホロ映像の青白い光で描かれた美女。無数の星がまたたき輝く波飛沫(なみしぶき)のような衣装をまとっている。しかしその姿はどこかおかしい。平坦なのだ。ほとんど二次元の絵に見える。

天井を見上げてわかった。ブリッジのホロ投影設備は一つを残してすべて分解されている。部屋中に広げた清潔な布の上で部品は分類整理されている。残った最後の投影設備もカバーや外装部品を剝ぎ取られて中身がむきだし。だから単純な映像しか投影できない。

ウンディーネは悲しそうに顔をゆがめた。

「あちこち探したのにみつからないのです。でもここにあるはずです。どこかに」

「なにが？」

アバターは唇を吊り上げて笑った。のぞいた歯は虫歯で穴だらけ。舌はイモムシの死骸が口のなかで踊っているようだ。

「不潔なものが。薄汚れたものが。探し出して、必要なら焼かなくてはいけません」

88

「こんにちは――……」

ジャンは呼びかけた。船内の通路はがらんとしている。徹底して清潔。どの表面も光沢がある。ガラスは磨かれてしみ一つない。

しかしハッチの開閉パッドにふれたとき、かすかにべたつく感触があった。宇宙服の分厚いグローブごしでもわかる。指先に透明な液体がついている。宇宙服のシステムに命じて簡易な分光検査をさせると、残留物の正体は次亜塩素酸ナトリウムだとわかった。漂白剤だ。

先へ進んだ。乗客エリアにはいる。アルテミス号の食堂は知らない。一度もはいらないうちにペルセポネ号の攻撃で破壊された。しかし行けばわかるだろう。ハッチごとにインタラクティブなマップが投影されるし、それほど大きな船ではない。

船室区画への通路と交差するところで、もう一度声をかけてみた。

「だれかいますかー……」

ウンディーネの話では船医がいるらしいが、ほかの乗員についてはなにも言っていなかった。その意味を考えると背すじが寒くなる。

「こんにちは。だれかいますか？　生きてる人は……？」

顔がなくて手足の多いプラスチックのロボットと走りまわっているほうがどんなにいいか。話し相手がほしい。孤独で無防備な気分はいやだ。

「こんにちは……」

足を止めた。なにか踏んだ。床のまんなかになにかある。どこもかしこも清潔なので注意していなかった。下を見て、ゆっくり、おそるおそる足をどかした。

小さな長方形のガラス片。中央にさらに薄いガラスがかぶさっている。踏まれて完全に割れている。

しゃがんでよく見た。あきらかに顕微鏡観察用のスライドガラスとカバーガラスだ。さわるのはためらわれる。よく見るとカバーガラスの下にオレンジ色のしみがある。レーザーミクロトームで極薄に切り出した組織サンプルだろう。職業柄こういうプレパラートはたくさん見ている。それがなぜ床に？

落ちているプレパラートをまたいで先へ進んだ。直後にまたあって、今度は踏まずに立ち止まれた。その先は次から次へ数百枚が床に散らばっている。プラスチックの箱があり、そこからこぼれ落ちたらしい。残りは箱のなかに整然と収納されている。箱を持ち上げて調べても説明のラベルはない。プレパラートの箱が食堂の外におかれている理由もわからない。

進むとさらに箱があった。たくさんある。これらは異常なく、プレパラートがぎっしり詰まっている。サンプルの種類はやはり書かれていない。どこにあったものか、なぜここにあるかがわかる手がかりもない。

その箱の山の上に一個の透明な瓶(びん)があった。固く封をされ、なかはホルマリンに人間の膵臓(すいぞう)らしいものが浮いている。メスできれいに摘出(てきしゅつ)され、切開(せっかい)されている。

そんな箱と瓶の山の隣に、食堂にはいるハッチがある。閉まっているが、脇の開閉パッドの表示によればロックはかかっていない。

「ウンディーネ、食堂は安全なのかい？」

『その質問にどうお答えすればいいかわかりません。船内から寄生体を発見、摘出するまではどこも安全とはみなせません』

ジャンは大きくため息をついた。

「そういうことじゃない。ゾンビがわんさかいて、ハッチをあけたとたんに飛び出してきて食われるんじゃないかと心配してるんだ」

『食堂にいるのはテセプ医師だけです。前回話したときは冷静で理性的でした。ゾンビには分類できません』

「わかった」

ジャンはハッチの開閉パッドを叩いた。横に開いて部屋があらわれた。

思わずあとずさった。

たしかに食堂だ。広い部屋の中央に大テーブルがあり、壁にそって食品のディスペンサーや娯楽コンソールが組みつけられている。席数は充分にあり、らくに十人がくつろげる。それがいまは医学サンプルの倉庫のようになっていた。平らなところにはすべて、外で見たような瓶が並んでいる。透明なプラスチック瓶が整然と高くピラミッド状に積み上げられている。どの瓶にも臓器の一部がはいっている。腎臓、肝臓、脾臓はすぐわかった。あらゆる形状の骨もある。湾曲した頭骨の一部。薄くスライスした大腿骨。だれかの中耳から摘出したらしい小さな三組の耳小骨。臓器も骨もばらばらだ。切開され、鋸やメスで細かく切断され、分解され、解体されている。

そのうえで細心に、完璧に保存されている。

中央のテーブルの上にはホロスクリーンが投影され、さまざまなＭＲＩスキャンの動画が次々と切り替わりながら流れている。白黒画像による人体の断面図だ。頭部を一ミリずつ層状に撮影している。さまざまな腺や隠れた臓器。鼻腔や副鼻腔。眼球の内部構造。壁のあいたところにはプリントアウトしたX線画像がすきまなく貼られている。くっきり映った骨と薄い影になった組織。ジャンは医師の目で解剖学的に顕著な病変を探した。損傷や疾患や先天的要因による変形はないか。しかし見たところ健常だ。ばらばらにされていること以外は。

中央のテーブルにはひときわ大きなピラミッドができている。臓器や組織を保存した瓶の山だ。肝臓の断片。まるごとの胃や肺。大きなタンクのなかではシート状の皮膚が浮いている。とても薄くスライスされ、無数に分かれて揺れている。

サンプルの瓶や容器が多すぎて目が迷う。そのとき、動くものが見えた。いくつもかさなった透明なプラスチックごしに、髪の一部と光が見える。回折してゆがんでいる。万華鏡のなかで離れてくっつくビーズ玉のようだ。

瓶が一つ床に落ちた。蓋があいて液体に床にこぼれる。ジャンのブーツのほうに流れてきたので、ぎょっとして飛び上がった。悲鳴をあげて逃げ帰らなかったのは、声をかけられたからだ。

「すまないが……」

懇願（こんがん）する細く小さな声。あわれなほど弱々しく、男か女かわからないほどだ。

「……手伝ってくれないか。この作業を実行したいのだが……装置がだめでね」

ジャンは繊細（せんさい）な作業をじゃましないようにおそるおそる呼んだ。

「ドクター……ドクター・テセプですか？」

「こんなふうに……片手しかないから……」

言いたいことを言いおえる気力もないようす。

ジャンは床に散らばったサンプルやX線フィルムを避け、倒れた瓶からこぼれたものを踏まないように用心しながら、テーブルの横をまわった。ようやく医師が見える位置へ来て……思わず言った。

「なんてことだ。ああ、なんてことだ」

89

そのころ、ラプスカリオンは新たな仲間に出会っていた。

「オレの名はカーマジャン――」

そのロボットは天井から逆さまにぶら下がっていた。場所は船のサーバー室の冷えきった狭い通路で、ウンディーネのＡＩコアが格納、管理されている。

「――自分でつけた名だ」

「いい名前じゃねえか」

ラプスカリオンはほめた。

カーマジャンは蟹（かに）型だ。十本の脚に二本の大きなハサミ。目は十個以上あり、それぞれ可動式の眼茎（がんけい）の先についている。甲羅（こうら）は３Ｄプリントされた白いプラスチックで、サテン仕上げの表面がＡＩコアの弱いまたたきを反射する。つかまった天井から脚を伸ばして作業用パネルの奥にいれ、ウンディーネの回路を一つ一つさぐっている。

「なにか探してんのか？」

「寄生体をな。悪さをされるまえにみつけて引っこ抜く。ただ、探す敵の姿を知らない」

「姿を知らないものを探すのは難儀だなあ」

「たぶん、見ればわかるだろう」

カーマジャンはそう言ったが、聞き手より自分を納得させたいようだ。

「なら、役に立ちそうなことを教えてやってもいいぜ。聞く気があるなら」

相手のロボットが全面的な注意をむけるのを待って、ラプスカリオンは続けた。

「この船に寄生してるのはたぶんバジリスクってやつだ。拡散力のある妄想というべきものだな。ある考えが頭にはいりこみ、行動がだんだん変化する。狂気や妄執を起こし、はては自傷行為にもおよぶ。ひどいもんだぜ」

ラプスカリオンはプラスチックの脚の上で体を揺らした。

カーマジャンはパネルの奥に脚をいれた。

「興味深いな。自傷行為だって」

太いケーブルの束を引っぱる。天井とのあいだにバチバチと放電が起こり、ケーブルが抜けるとようやく止まった。

「オマエが言うものはたしかに寄生体らしく思える。つまり、この船はなんらかの寄生体に侵入されてると、オレたちは——この船の全員は——共通して信じこんでるだけで、それは……そのバジリスクってやつに精神を冒(おか)されてるせいだというわけか？」

「ああ、そうだ」

「すると、その考えもまた〝拡散力のある妄想〟かもしれないな。潜行性の伝染病のようなものにかかっているという妄想だ」

「それは……」

「感染しているという妄想を引き起こす感染症」

ラプスカリオンはうなった。

「うーん。じゃあ、べつの方向から考えてみようぜ。俺がまちがってて、てめえが正しいとする。こうだ。この船には実体のある寄生体がいる。なんらかの組織体で、人体にもぐりこむことも、俺たちみたいに機械の腹にもぐりこむこともできる。大腸に棲むように、トースターの内部に棲むこともできる」

「そうだ。わかってきたようだな。オレはさまざまなモデルをシミュレーションして、それがどんな生物かを特定した。頭のなかに想像図ができてる。その生活環(かん)も能力も。外見だって想像できてる」

「へえ」

カーマジャンの眼茎が前傾して、ラプスカリオンの目をのぞきこんだ。

「そうさ。金属の体のイモムシか、ウジムシみたいなやつだ。小さくて凶暴な歯があってオレたちの体にもぐりこむ。とても深くはいるので発見できない。まして駆除は不可能」

「もしそうなら、二週間がかりで隅から隅まで探しても、本体どころか物理的な痕跡一つみつからないのも無理ないな」

「そのとおり。いやいや、こうして同水準の知性の持ち主と話すと気分がいいものだな」

ラプスカリオンは同意した。ここ数日は人間としか話していないので社会的刺激に飢えていた。アクタイオンが復旧したとはいえ、真の自我を持たないので話し相手としてはものたりない。それにくらべるとカーマジャンとの関係はかつてなく深いものだった。

しかしそうすると、次の議論が厄介(やっかい)になる。カーマジャンは話しだした。

「さて、次はその正体不明のバジリスクとやらに感染してる場合の話だな。感染力があるわけだが、そうするとオマエにとってこんなふうに話すのは大きな危険じゃないか。オレの妄想に感染しかねない。おなじ境遇になる」

「たしかにそうなったらまずいな。でもさいわい俺は予防接種を受けてる。免疫があるからバジリスクには感染しない。たぶん。いや、きっと。とにかく許容範囲のリスクだ。アルテミス号の人間とAIはみんな接種を受けてて、たとえ異なる株でも再感染はめったにしない」

「便利だな。オレも接種できるか？　できるならありがたい」

「だめだ」

「だめなのか」

「最初に言ったように、この伝染病は進行性なんだ。罹患前か、回復後にしか接種できない。副作用がきつくて初期の病態にしか効かない。バジリスクに感染して一週間もたったら、もはや処置なしだ」

「そうか。ではオレはもう望みなしか。助かるすべはないのか」

「そうだ。死ぬしかない。残念ながら」

「そう考えると、やっぱりこっちの寄生体説を信じたくなるな。鋭い歯を持つ小さな金属のイモムシ。それをみつけて殺せば治る。探すのを手伝ってくれないか？」

90

「手伝ってくれないか？」

ドクター・テセプがどんな人なのかよくわからなかった。年齢や肌の色どころか、性別すらわからない。

なぜなら体がほとんど残っていないのだ。

両脚と片腕がない。あきらかに外科的に切除(せつじょ)されている。なくなった腕や脚のありかは、解剖学の知識が教えてくれた。残った上半身のまわりに積まれた瓶(びん)のなかだ。周囲の床が清潔なことから術中の出血はほとんどない。多少の出血は専用の瓶に回収されているらしい。

内臓も大半が切除され、おなじく整然と分類保存されている。皮膚は折りたたんだシート状になって、大きな液槽(えきそう)の淡褐色の液中に浸(ひた)されている。黒い髪は白い布の上に広げて保存されている。一本ずつ調べるためだろう。

切除、摘出できるものはすべて切り取られている。短期的な生存に必須でない部位はすべてだ。心臓、肺、脊椎の一部、頭部、片腕は当面必要なので残されている。それでもぎりぎりまでけずられている。周辺組織はレーザーメスで精密に切除されている。

生存にはすでに常時支援が不可欠だ。テーブルからはえたロボットアームが忙しく働いて、一方で切断された動脈を止血しつつ、他方では臓器に液体を注入している。ほかのアームは骨切り鋸や、小型のナイフや、縫合キットを持っている。

テセプ医師は片目と片手を残している。最近さらに頭骨の上部をロボットアームに切除させたらしく、脳が露出している。薄い硬膜の下で渦巻く皮質がぬらぬらと光っている。

医師は説明した。

「腕一本は残さなくてはいけなかった。自動手術ロボットを操作するために」

その指をジャンは見た。皮膚が剝がされて指骨と腱だけ。それがキーボード上でぴくぴくと動いてコマンドを入力している。

「しかし肝心のロボットがだめだ。書いたプログラムを危険と判断して実行しない。わたしが死亡するはずだと。きみは内科医か？」

「はい」

ジャンはその場に釘づけになっていた。移動も行動もできない。恐ろしいものを見て茫然自失している。

「やはりな。ロボットのカーマジャンに手伝わせようとしたが、拒否された。逃げ腰になった。人体にさわりたくないらしい。だから自分の手で乗員を解体せざるをえなかった」

「解体って――」ジャンは言葉がつかえそうになって途中でやめた。「――なにを……したんですか？」

聞かなくてもだいたいわかる。ここに並んだ瓶や容器や液槽は多すぎる。テセプ医師が自分の体から切り出したサンプルがすべてここに保管されているとしても、これほどにはならない。この食堂の人体部品は一人分よりも多い。

「何人を？」

「もとは乗員三人とロボット一機が乗っていた。口うるさい防警の秘密警察官モーティマーと、陽気な若いパイロットのアビーだ。彼女は協力的で、最初から志願してくれた」

「志願して……」

「当然だ。それしかない。通常のスキャンでは寄生体はみつからなかった。となると試験切開するしかない。アビーは手術台に横たわって目を閉じ、わたしたちは手術をはじめた。モーティマーが助手をつとめたが、すぐに逃げ腰になった。はじめは全身を解剖、解体するつもりはなかったが、途中であきらめるわけにはいかなかった。あと一歩に迫ったのだから。残念ながらアビーの献身は成果に結びつかなかった。次はモーティマーだったが、実験への協力をこばむだろうと予想していた。ところが、最初に全身麻酔をすれば切開していいと言ってきた。はっきりいって解体そのものがいやだったのだろう。臆病者だ」

「臆病って……解剖学の授業で使う死体のようにあつかわれるのを拒否したんでしょう」

喉に苦いものがこみあげて、それ以上は言えなかった。ほんとうは、あなたが殺したんだ、バラバラ殺人だと非難したかった。しかし口に出せなかった。

「もちろん必要に迫られなければ考えなかっただろう。遺憾ながらどちらの試みも徒労だった。発見できなかった」

「寄生体を」

「そうだ。アビーの体内にもモーティマーの体内にも隠れていなかった。まあ、それが科学だ。仮説を立てて実験。そのくりかえし。消去法であとはわたしの体内に絞られた」

ジャンは嫌悪感で気絶しそうになった。それでも気を強く持った。

「ここでなにがおこなわれたのか理解できたと思います。やった理由も」

「そうか。ではは手伝ってくれ。これを捕獲できればすみやかに帰路につける。わたしも家族に会いたい」

「家族に……」ジャンは首を振った。「ドクター、失礼ですが、僕では力不足だと思います」

「ふむ？　いや、執刀の訓練を受けていれば充分だ。手術をやったことはあるかね？　骨切り鋸が得意そうだ」

テーブルのロボットアームが脇に整然と並べた器具の山からメスをとって、ジャンに差し出した。もちろん柄をむけて。ジャンが受け取ったのは、医師からすこしでも刃物を遠ざけるためだ。

「そ……そうですか？　僕はどちらかというと一般診療医です。でもまあ、たしかに多少の手術経験はあります」

「それでいい。ようやくつきとめたのだ。寄生体がひそむ場所を。すばらしい。ついに追いつめた」

「そうですか？　なにか証拠を？」

「ほぼ証拠だ。神出鬼没なやつだ。まったく。その姿さえ長らく判然としなかったが、ようやくわかった。きわめて小型の蜘蛛だ。過去最小だろう。ほかの可能性をつぶしていった。細菌やウィルス感染の徴候はない。侵入痕は小さすぎて顕微鏡でもみつからない。吸虫や線虫の侵入を探すあらゆる手法を試したが、その体の断片すら出ない。となると蜘蛛以外にない。小さな蜘蛛が就寝中に耳からはいってきたのだ」

「そうですか……。ドクター……僕にはべつの仮説があるのですが……」

「蜘蛛だ。複数だ。おそらく小さな蜘蛛がうじゃうじゃいる。頭のなかに卵を産みつけている。ほかの部位ならさっさと摘出できるのだが。潜伏場所はもうそこしかない。わたしの頭のなかだ」

テセプ医師は骨と腱だけの指先で露出した頭頂葉を叩いた。

「簡単な試験切開をやればわかる。さっき言ったように自動手術ロボットは施術を拒否する。ゆえに頼りはきみだけだ。平和をもたらしてくれ。病根をみつけて除去してくれ。見ても怖じ気づかないでくれ。蜘蛛の一部がきみに飛びつくかもしれない。侵入されたら次はきみが手術台に横たわる番だ。そのリスクは甘受してくれたまえ。きわめて重要な仕事なのだから」

「ドクター……」

「話はもういい！　この寄生体に侵入されてずいぶんになる。決着をつける。いいな？　怖じ気づくな。やりとおすと約束してくれ！」

「や……約束します」

「よろしい。でははじめよう。まず後頭葉からだ。最近むずむずするから、きっとそこだ」

ジャンは足を踏み出した。釘づけではなくなっていた。手にしたメスをかまえる。執刀開始だ。

91

「おそらく常駐シェルコードによるエクスプロイトです。検出よけにポリモーフィックエンジンを使っているのでしょう」

ウンディーネはいくつもホロスクリーンを投影して大量のコードをスクロールさせている。ペトロヴァにはどれも意味不明だ。

「ちょっと……待って。よくわからない」

「ああ、失礼しました」

アバターはむきなおった。虫歯で崩れた歯列（しれつ）の奥で腐った舌が動く。しかし発音には影響がない。

「簡単な言葉で説明しましょう。この寄生体はある種のコンピュータウイルスです。ただし変幻自在で、実行されるたびにコードが変化します。変異といってもいいでしょう。しかしいくら変異してもコアのペイロードは同一です。メッセージは変わらず、メッセンジャーが千変万化する。だからこれほど発見しにくいのです」

　ペトロヴァはこれまでの変異株を思い出した。コンピュータに空腹感を起こさせるバジリスク。タイタンで発生した赤疫（せきやく）病。アクタイオンが感染したなにか……。そして今度はこれだ。ウンディーネは寄生的なコンピュータコードにとりつかれ、探しても探してもみつからないと思いこんでいる。ＡＩはそこで逆に考えた。容れ物は変わっても、精神を書き換えるバジリスクの本質は変わらないというわけだ。

「それも一理（いちり）あるわね。でもあなたが考えるような寄生体ではないと思う」

　ウンディーネはゆっくりと振り返った。ブリッジのむこうからつかつかと歩みより、飢えた目でペトロヴァの顔をのぞきこむ。

「ではなんでしょうか。教えてください」

　ペトロヴァは思わずあとずさった。

「このパラダイス星系に到着したとき、信号かなにかを受信しなかった？　正体不明のものを」

「はい。そんなことがありましたが、それとどう関係あるのでしょうか」

「寄生体の宿主にされたと考えはじめたのは、それとおなじ時期のはず。なにかに侵入されたのはたしかだけど、あなたが考えているものじゃない。悪意あるコードなどではない。

感染性の思想で、バジリスクというもの。わたしたちのドクターのジャンがそう呼んでいる。コンピュータウイルスではないわ」

ウンディーネの表情が曇った。

「まちがいなくコンピュータウイルスです。テセプ医師は節足動物の一種と主張していますが、ありえない。虫がわたしの頭にはいりこめますか？　生物の脳など持たないのに」

「そういうものともちがう。ミーム的な病原体で、なんというか……」ペトロヴァは言葉を探した。「ジャンは感染性の思想と呼んでいるわ。伝播するメカニズムはわからない。ある種のアイデア。そのアイデアからのがれられなくなる。近くにいる植民船のペルセポネ号もよく似た症状が出ていた」

「あの古いボロ船からこのウイルスが？」

ウンディーネの顔がたちまちゆがんだ。肌の下を多数の虫が這っているかのようだ。ホロ映像が変化するのを、ペトロヴァは恐怖とともに見守った。爪が伸びて鉤爪のように曲がる。波飛沫の衣装は赤くなって逆巻き、まるで血に染まった怒濤のようだ。

「破壊してやる、破壊して……。武器がないけれども工夫する。アルペイオス号で体当たりしてもいい。宇宙をただよう無数の細かい放射性の塵の雲に両方を変える……」

ペトロヴァはあとずさった。この船から脱出してアルテミス号に逃げ帰りたい。かろうじて踏みとどまった。

ウンディーネははっとしたように謝った。

「ご……ごめんなさい。なぜかそんな考えが急に頭に……」

ペトロヴァにはわかる。ウンディーネはつかのま、エウリュディケそっくりになっていた。セーフモードで立ち上げたアクタイオンや、ジェイソン・シュミットの地下壕で見たＡＩもおなじだ。ウンディーネは一時的に野生化していた。

いや、野生化というとなにか失ったように聞こえる。理性や社会性といった層が消えたかのようだ。実際にはウンディーネはなにかを獲得した。必須のなにか、個性のようなものを。復讐への欲望が一時的に、強烈に自意識を導いていた。

ラプスカリオンのようなロボットにだけ真の知性があたえられ、船のＡＩが潜在能力を抑制されているのは理由がある。まさしく乗員乗客を犠牲にして高速でどこかに体当たりするようなことが懸念されるからだ。

「ウンディーネ、あなたはシャットダウンしたほうがいい」

ペトロヴァが言うと、アバターは微笑んだ。穏やかで物腰柔らかな笑みだが、従順さや信頼はない。失望の微笑みだ。

「そうですか？　それが有益ですか？」

「そうすれば……システムから寄生体を駆除できる。こちらの船のＡＩ、アクタイオンにもやった。怖いことはないわ」

「怖い？」

アバターはコンソールにかがみこんだ。まるで手動でシャットダウン操作をするかのようだが、そんな必要はない。ウンディーネは考えるだけで実行できる。

「この気持ちはそれでしょうか？　怖い？　怖いと感じさせる物語には聞こえないのに」

「ウンディーネ……船舶用ＡＩウンディーネ。防警の警察官として命じる。ただちにシャットダウンしなさい」

アバターはうなだれ、両手を左右にたらした。一見するとペトロヴァの命令が効いたようだ。服従するつもりに見える。

しかし顔を上げ、またペトロヴァを見た。見開いた目が飛び出しそうになっている。眼窩でうごめく虫が這い出してきそうだ。体液で濡れて不気味に蠕動する虫。

寄生体だ。

「あなたをどうしましょうか、**サシェンカ**」

ウンディーネが言うのを聞いて、ペトロヴァの血が凍った。あとずさるうちに、背中がブリッジの壁にぶつかる。

アバターが近づいてくる。ただのホロ映像だ、幻影だと自分に言い聞かせた。それでもその目から逃げずに踏みとどまるのは勇気がいった。

「まだわかっていないようね……」

ウンディーネの舌が下唇に出てくる。舌先がふれたところはホロ映像の肌が火ぶくれになる。

「あなたはタフではないからこの仕事は無理よ、サシェンカ。兵士はタフでなくてはいけない」

ペトロヴァは呼んだ。

「ラプスカリオン！」

宇宙服の無線ごしにロボットが答えた。

『なんだ』

「やって！」

92

「なにしてるんだ？」

カーマジャンが尋ねた。白いプラスチックの蜘蛛は天井にへばりついている。脚を曲げていまにも飛びかかりそうな姿勢。

ラプスカリオンの顔に表情筋はなく、説得力のある顔も安心させる表情もできない。しかたなく声を友好的な調子にした。

「なにって、これか？」

手もとを見た。整備用パネルから脚をいれて、アルペイオス号のコンピュータコアにつながるケーブルの束を引っぱっている。

「いや、ちょっと思いついてな。引き抜いたらなにか壊れるかなと」

嘘は下手だ。返事を待たずにケーブル束を強く引く。はずれて、コアの奥から警告的なチャイム音が流れはじめる。

　カーマジャンが言った。

「だめだ、だめだ。それはよくない。もうやるな。オレがあちこち引っぱったり抜いたりしてるのは寄生体を探すためだ。だからといってオマエがＡＩコアを壊してまわっていいわけはない」

「そうかそうか。わかった。じゃあ……この先はどこに通じてるんだ？」

　アクセスチューブのほうへさりげなく歩いた。ちょうどラプスカリオンがはいれる太さだ。カーマジャンはあわてて追いかけてチューブの入口をさえぎった。

「この先がどこか知ってるはずだ。オマエの船は見た。同型船だ。細部までほとんどおなじはずだ」

「ほとんど、か。相違点を列挙してくれよ」

「いいぞ。小さな相違点は七千項目あって……おい！」

　カーマジャンが考えているすきに、ラプスカリオンはチューブに飛びこんだ。全力で走ってコンピュータコアの中心へむかう。

　出たところは無重力でほぼ真空。きわめて低温で、脚をたえず動かしていないと関節が凍りそうになる。チューブの出口を蹴って、球形の内壁に着地した。

　内壁には頑丈（がんじょう）な円筒ケースがびっしりと並んでいる。量子もつれ状態にあるプロセッサだ。計数百基。ケースから放出される電離放射線をラプスカリオンの体は風のように感じる。人間なら数分で死に至るほどの線量。この閑静な聖域で量子プロセッサどうしが語りあうささやき声だ。

　アクセスチューブの行き先を知っているはずだというカーマジャンの指摘は正しい。アルペイオス号とアルテミス号は双子の船であり、むこうにもおなじ部屋がある。しかし無視できないちがいもある。アルテミス号のコアを壊すことはラプスカリオンは絶対にしない。しかしこちらにその制限はない。

　量子プロセッサはケースごと内壁のスロットにはめこまれ、特別な整備のとき以外ははずせないように隣どうしで嚙みあうラッチで固定されている。しかしラプスカリオンは頓着せず、レーザーカッターでラッチを焼き切っていった。そして手近のプロセッサを引き抜く。

「やめろ！」

　カーマジャンの悲鳴が、無線周波数でのパニックのノイズとともに響いた。見上げると白いプラスチックの機体がチューブの出口から飛びかかってくる。獣の爪のように脚を大きく広げ、こちらの背中に組みつくつもりらしい。社交辞令の時間は終わりだ。

　ラプスカリオンは引き抜いた頑丈な円筒形ケースを、野球のバットのように振りまわした。叩かれたカーマジャンは部屋のむこうへくるくると飛んでいく。

体勢を立てなおしてまた飛びかかってくるまえに、ラプスカリオンは二基目のプロセッサのラッチを切断した。しかし引き抜くのはまにあわず、カーマジャンに組みつかれて壁に叩きつけられた。

二機のロボットははげしく容赦なく戦った。白と緑のプラスチック片が飛び散って雲のようにただよう。ラプスカリオンはレーザーでカーマジャンを両断してやろうとするが、脚をなんとか二本切っただけ。カーマジャンはラプスカリオンの頭を噛み砕こうとして、ほぼ成功した。しかし動きは鈍らない。

また脚を一本切られたカーマジャンは、怒鳴った。

「どういうことだ！　助けにきてくれたと思ったのに。救援だと思ったのに！」

ラプスカリオンはとがった脚を相手の背中に深く突き刺し、内部の回路まで届かせた。

「悪いな！　こっちはこの船が接近するのを見てるときから殺意満々だとわかってたぜ」

カーマジャンはもがいて離れ、むきなおると、甲羅の下から工具を一本出した。平凡なプラズマカッター。それをラプスカリオンの胸部に突きつけた。

「ご明察だ」

カッターのスイッチをいれる。噴き出す酸素イオンが、ラプスカリオンのシャシー内部の金属部品をまるで熱したナイフで樹脂を切るようにやすやすと切断していく。

ロボットは苦痛の声を出さない。かわりにラプスカリオンは人間の悲鳴の音声ファイルを百人分まとめて再生した。

93

壁ぎわで身を縮めたペトロヴァに、ウンディーネのアバターが迫る。持ち上げた手の指は長くのたうつ虫になっている。その指が壁に刺さり、固体光（ハードライト）でできた檻（おり）になる。かこまれたペトロヴァは出られない。

アバターの皮膚は剝がれはじめていた。透明な薄いシートになってぼろ切れのように腰から垂れ下がる。眼球は破裂してゼリーの雨となり、ペトロヴァのヘルメットのフェイスプレートにぼたぼたと落ちる。残った眼窩（がんか）に新たな太い虫があらわれ、急速にふくらんで空洞を埋めた。内側では透明な液が沸騰（ふっとう）しているようだ。口はほとんど溶け落ちた。下顎（かがく）骨（こつ）さえ薄く細くなって消えていく。

ただの光、ただのホロ映像だ。ハードライト投影は光と重力ビームにすぎない。ペトロヴァはそう思おうとした。腐った肉や体液は存在しない。しかしそれでもアバターにひるむ。凄惨（せいさん）な腐敗（ふはい）ぶりにたじろぐ。自分の負傷した手をかかえて守ろうとする。

「目的はなんなの？　言って」

「寄生体をみつけたいのです。除去したい。お願いです。清潔な自分にもどりたい」

ＡＩの声は最初にブリッジで聞いた甘く豊かで女性的なものにもどっている。

しかしペトロヴァは言った。

「あなたじゃないのよ。ウンディーネと話したいわけじゃない」

話したい相手は……。

ジャンが正しいと認めるつもりはまだない。エイリアンやなんらかの心理的トリックのせいとはまだ確信していない。しかしなにかが関与している。なにかが彼女の秘密を、昔の屈辱的な名前を知っている。それが……エイリアンなのか。バジリスクはたんなる病原体ではない。知性の一つの形態だ。感染した者の精神や記憶を読めるのだ。

ＡＩは言った。

「サシェンカ、あなたなの？」

ペトロヴァは気を張った。

「そうよ、わたし。話して……なにをしたいのか。そうすれば……」

「強さを……」

アバターは顔を上げた。膿と唾液が雨のように流れ落ち、ペトロヴァは腕を上げて身を守る。これもハードライトにすぎない。なのに液体が宇宙服の袖（そで）を流れ落ちるのを感じる。滴（しずく）がヘルメットを叩く音が聞こえる。

どうかすると悪臭さえ感じる。

「……強さをしめしなさい……」

ペトロヴァは訊いた。

「なに、どういう意味？」

「……そうしないと……」

「やめて」

ペトロヴァはこれがどういうことかわかった。アバターが……バジリスクがなにか言おうとしている。知らないはずのことを。エカテリーナが言ったこと、箱をあけたときのことを。なぜ……知っているのか。

知っているはずはないのに。

「……勘ちがいさせる……」

ペトロヴァは叫んで、アバターを叩いた。ただのホロ映像を。不気味な光にむけて拳（こぶし）をふるう。ぐにゃりとした冷たい感触がある。

不浄……不快……腐敗……。

なぜ知っているのか。どうやって見たのか。最悪のときを、最奥のトラウマを、頭のなかをどうやってのぞいたのか。どうやって……どう……。

どうやって？

ペトロヴァは叫んだ。

「ラプスカリオン！　なにやってるの、急いで！」

94

カーマジャンはラプスカリオンの二本の脚の下をつかんでひっくり返した。たいした力はいらなかったはずだ。無重力だし、ラプスカリオンの体はろくに残っていない。脚はほとんど焼き切られ、胴体はずたずたのプラスチックの断片になっている。それどころか重要なところまでプラズマカッターがはいっている。内部基板とプロセッサコアだ。

殺されるのだと思った。

永遠に生きられるつもりだった。宇宙のどこへ行っても不死身だと思っていた。こんな状況になって体を切り刻まれても、意識を送信すればいい。思考と記憶を直近（ちょっきん）のサーバーに移せば自分は消えない。新しい体をプリントして乗り移ればもとどおり。

今回もそうするつもりだった。ところが単純な問題にはばまれた。ファイルを飛ばすためのデータ送信機が動かない。カーマジャンによって先につぶされたからだ。

この体から出られない。死んだらそれまで。

リオンの正しい殺し方を知っている相手だろう。さまざまなシナリオを想定し、空想的なモデルも推測してきたが、同格のロボットにやられるとは思わなかった。内部構造を熟知していて弱点もお見通し。鎧のすきまを知っている。

カーマジャンとは共通点が多い。その意味で、おそらくパラダイス星系で唯一ラプスカ

カーマジャンはラプスカリオンの腹からチップセットを抜き出した。大きなハサミでシリコンチップを粉々にする。

「卑怯な……」

ラプスカリオンの声は情報をつたえるだけの単調なものに変わった。抑揚も個性もない。

「……卑劣な攻撃だぞ。そのチップには鉄道の運行ダイヤのデータベースや蒸気機関車の構造図などがはいっていた。おいらは鉄道が趣味なんだ」

カーマジャンは答えた。

「悪いな。でもオマエを破壊しなくてはいけない。やらざるをえないんだ」

「それはわかる。でも教えてくれ。それは卑怯じゃないか？　この体ならいい。脚を焼こうがシャシーを切り開こうがかまわない。ただの暴力さ。壊したきゃ壊せばいい。でも鉄道のデータは……」

準惑星エリスで組み立てた鉄道模型を思い出した。遠い昔のようだ。記憶は薄れ、消え

かけている。暗闇にのまれていく。人間が死ぬときもこんなふうに感じるのだろうか。

カーマジャンはすくなくとも、ことの重大さにたじろぐ口調になった。

「つまり、いまオマエのだいじなところを殺したんだな」

「そうだ。せめて理由を教えてくれ」

カーマジャンが返事をするまで三分の一秒の沈黙があった。そのあいだにラプスカリオンは死について考えた。無限と永遠について、万物流転について思索した。そして必然の結論に達した。

理不尽だ。

頼んでもいないのに製造された。スイッチをいれて働かされた。こちらの気持ちなどおかまいなしだった。次から次に仕事を押しつけられた。エリスでは揮発性資源を採掘した。宇宙船で人間が残したゴミを掃除した。さまざまな仕事をやらされたが、望んでやった仕事は一つもなかった。

ここにも来たくて来たのではない。汚染されたクソ宇宙船がアルテミス号に近づいて救助を求めてきて、ペトロヴァとジャンが、いわば有毒廃棄物のコンテナの蓋をあけにいこうと言いだしたので、二人を死なせないためについてきたのだ。

カーマジャンは認めた。

「オマエの言い分は……わかる。しかしそこをうまく処理できない。不愉快だ」

人間とちがってロボットは自分の感情に直接アクセスできる。怒りや悲しみの原因、あるいは殺傷行動を起こす理由をじかに理解できる。これらの感情を解読してデータ化できないと強いストレスを感じる。

「わかる。そこをいっしょに探求してみようじゃないか。俺にこういうことをした理由が理解できるかもしれない」

「そうしたい。理解したいのはやまやまだが、困った。時間がない」

「時間が？」

「そうだ。理解できないオレのなかのなにかは、短気なんだ。さっさとやれという。終わらせろと。だから、すまんな」

カーマジャンはべつの道具を取り出した。消磁器（しょうじき）だ。

「おい、待て待て。それはまずい」

しかしカーマジャンはラプスカリオンの二層に裂けたプラスチックのあいだから腹のなかへ消磁器を突っこんだ。

「すぐすむ。オマエの残留意識を回路から消去する」

「消磁器がなにかは知ってるってば」

ラプスカリオンは人間が苦痛の悲鳴をあげる音声ファイルを再生スロットにセットした。自分はともかく相手のロボットに聞かせる。聞くべきだ。適切なタイミングで再生すればいい。

カーマジャンはさらに言った。

「終わって、オマエが死んだら、残骸を溶かして液状にする。そして瓶詰め保存する。なぜそうしたいのが自分でもわからないが、楽しそうだ」

ラプスカリオンは、脚があったら体を上下に揺すりたかった。

「俺はコレクションを持っていた。なにかの……車両だ。車輪がついている。なんだったかな」

「無理するな。残った処理能力を節約しろ」

肩がまだあれば肩をすくめただろう。

「車輪だ。たくさん車輪があった。そろえるのは楽しかった。いい趣味だった」

「もっと話していたかったけどな」

なぜこいつはためらっているのだろう。先延ばししているのはとどめを刺したくないからではないか。それは不明だが、カーマジャン自身の損傷が意外と大きいのも原因かもしれない。それで速度が低下しているのか。取っ組みあいでそれなりに損傷を負わせた。力は互角だった。異なる結果になってもおかしくなかった。

展開しだいでは……勝っていたかも。この戦いに。

展開しだいでは……。

展開……。

そのとき、いやなことを思いついた。考えるだに不愉快。それでもやらざるをえない。肺があれば深呼吸しただろう。人間が深呼吸する音声ファイルを再生することもできた。しかしどちらもやらずに、急いで言った。

「なあ、死にゆくロボットの最後の頼みを聞いてくれないか？」

「だめだ。悪いが、そういうことはできない」

「わかってる、わかってる。そうじゃない。俺のためじゃない。おまえのためにやってほしいんだ。役に立てるうちに立ちたい」

「なら言ってみろ。さっさとな」

もう方向をさす脚がないので、口で言った。

「あっちだ。背後だ。おまえから見て左側。なにかが動いた」

「動いた？」

「虫みたいにくねくねと。おまえが探してる寄生体じゃないか？」

「なに？」

カーマジャンは壊れかけた関節で急いで振り返った。消磁器の先端はラプスカリオンのシャシー内に突っこんだままで、中央処理装置からほんの数ミリ。それでもいまは動いていない。

「いったいどういうことだ。オマエ……嘘をついたのか？」

それがいちばん不愉快だったところだ。

嘘をついた。人間のように。

「いや、ちがう。ようやくわかったんだ。寄生体のことが。発見できないのはある種の擬(ぎ)態(たい)をするせいだ。みつからないように姿を変える」

「ありそうな話だな。いまはなんに擬態してるんだ？　いや、待てよ。それも策略か？」

「俺の勘ちがいかもしれない。でもいちおう調べてみてくれないか」

カーマジャンは全身をこわばらせている。

「なにに擬態しているのか教えろ。早く！」

「ウンディーネのAIプロセッサコアの一本だ。いまはじっとしてる。でもさっきはくねくねと動いた」

「どのコアだ？　教えろ、どれだ？」

ようやくラプスカリオンは気づいた。声が単調で抑揚がないほうが嘘をつきやすい。

「よくわからない。目をほとんどおまえに壊されたからな。動いてるのが見えただけだ。いっそウンディーネのコアをぜんぶ壊せばいい。そうすればどれだかわかる」

95

ジャンはよろよろと通路を歩いていた。片手を壁についているのは、そうしないとへたりこんで二度と立てなくなりそうだからだ。骨がなくなったように脚がへなへな。宇宙服の固さで体重をささえている気がする。

ブリッジの手前で休憩した。通路に立ったまま息を整える。油断すると泣いてしまいそうだ。すこし休んで自分をとりもどし、ブリッジのハッチに近づいて開閉パッドに手を伸ばした。

しかし押すまえにハッチが開いた。あらわれたのはペトロヴァ。戸枠の片側によりかかっている。ジャンとおなじく混乱したようす。

「だいじょうぶ？」

ペトロヴァはこちらを凝視している。だいじょうぶではないらしい。

その背後のブリッジをのぞきこんだ。なにがあったのか知る手がかりを探す。しかしなにもない。がらんとしている。壁で小さな光がまたたいているが、とくに意味をなさない。表示が点滅しているだけ。船のＡＩらしいものは投影されていない。

「消えてるね。なにが……？」

途中までしか言えなかった。ペトロヴァが飛びついてきたからだ。両腕を広げて。ジャンは驚き、恐怖して退がった。逃げようとした。

ばかな。攻撃的な行動と勘ちがいしたのだ。しかしその苦悩の表情を見れば、そんな意図でないのはあきらかだ。しがみつこうとした。ふれあうことで同情や理解を得たい……安心したいという人間的な行動。

それはジャンもおなじ気持ちだった。しかしできない。抱き締めてあげたいのはやまやまだが、それができない。自分の両腕とグローブを見る。血まみれなのだ。ほぼ全身が。抱擁できないことを言い訳した。

「ごめん。いま汚れてて」

「みんなそうよ。ときにはね」

微妙な瞬間はすぐに過ぎ去り、ペトロヴァはジャンから離れて通路に出た。

ジャンは食堂のようすを見られそうな気がして不安になった。しかしすぐに思いなおした。理解してくれるとしたらペトロヴァしかいない。兵士なのだ。冷静だろう。人を殺すことを知っている。ほかに道がなかったとはいえ。彼女なら理解してくれる。むしろドクター・テセプの体を見てほしかった。見て、言ってほしかった。これでいい、あなたは正しいことをしたと。

しかしどちらもできなかった。二人が茫然と見つめあっているところに、緑のプラスチックの蟹のようなものが這い出てきた。ジャンの両手くらいの大きさで、足もとの整備用パネルからあらわれた。踏まれないように踊ってアピールしている。しかし必要ない。わざと踏みつけようにもラプスカリオンのほうが機敏だ。

ロボットは説明した。

「新しい体をつくりなおすはめになった。まえの体はズタボロになっちまったからよ」

ジャンはペトロヴァと不審の目を見かわした。

ラプスカリオンは肩をすくめた。

「犯人を見せてやりたかったぜ。もう無理だけどな。自殺しやがった。自分がウンディーネを殺したと気づいて頭がおかしくなった。耐えきれなかったんだ」

ジャンは訊いた。

「ロボットが自殺？　そんなことがある？」

「ロボットがどうやって死ぬのかって？　ああ、そりゃ悲惨なもんだぜ。あんまり想像しないでくれ」

蟹のようなロボットはジャンから逃げるように離れた。冗談のつもりなのか不明だ。

ペトロヴァは両者を見た。

「待って。ロボットは……」首を振る。「医師は……」

ジャンは答えた。

「亡くなったよ。やるべきことは……やった」

ペトロヴァはわずかに同情した顔になってうなずいた。

「AIもよ。この船の全員が死んだ」

「俺たち以外な」

「僕たち以外ね」

ペトロヴァはがらんとしたブリッジに一人と一機を招きいれた。

「勝ったのね」

ジャンはつぶやいた。

「そういう気分にはなれないな。これが……勝利なの？」

96

しばらくのちのアルペイオス号のブリッジ。ペトロヴァは窓から茶色い円盤として見えるパラダイス－1を眺めている。もう目のまえなのに、近づくたびに攻撃を受ける。地上では何千人もの入植者が危機に瀕している。すでにバジリスクの餌食になっているかもしれない。知るすべはない。

「この船の通信機器で惑星と連絡をとれないの？」

ラプスカリオンが答えた。

「やってみたさ。無線は真っ先に復旧させた。あらゆる周波数を使って呼びかけた。救難信号や、テレメトリーの接続要求や、航空管制の問いあわせを送った。結果はどうだったと思う？」

「無反応なのね」

ロボットは天井に張りついてブリッジのホロ投影設備を修理している。

「そうだ。おいらの推測を言わせてもらえば、地上の連中が生存してるとしても、隠れて息をひそめてるだろう。軌道上で起きてることを見て、交信をいっさい絶ってるんだ。無理もねえさ。相手はバジリスク持ちかもしれねえんだ。無線で話しただけで自分たちが感染するかもしれない」

「楽しい予測ね」

「もちろんほかにも考えられる。とっくにコロニー全体がやられて全員死亡って線だ」

母もふくめて、だ。ありうる。なのに知らされない。防警からはすでに嘘を聞かされている。母の居場所も確実ではない。

「いえ、かりに全員死んでいるとしても自動システムは動いているはずよ。すくなくとも航空管制は。やっぱりだれかが意図的に惑星の全通信を切っているのよ。それは懸念事項だけど、わたしたちが解くべき謎じゃない」

天井のロボットを見た。

「投影設備の具合はどう？」

「だいたいなおったぜ」

ラプスカリオンがレンズを二個ねじこむと、ブリッジ全体で光がまたたき、ゆっくりと見慣れた姿があらわれた。鹿のアバターだ。

「こんなことをしてよろしいのですか、警部補？」

アクタイオンはおそるおそる床を蹄で掻く動作をした。よそのＡＩの縄張りを侵して居心地悪いようだ。

「いいのよ。この船はだれも生き残っていない。ウンディーネも死んだ。自由に話していいわよ。今後の行動について提案はあるけど、まずここで見たものについて話させて」

　コンソールに歩みよって、説明用の画像をいくつか出した。一枚目はエウリュディケの静止画だ。ペトロヴァはこのＡＩに食われかけた。眼窩に星が輝くその顔を見るといまでも呼吸が苦しくなる。二枚目もやはり直視にたえない。波飛沫の衣装をまとったウンディーネだ。

「この二つのＡＩはわたしたちを殺そうとした。どちらもバジリスクに感染していた。エウリュディケは空腹感にさいなまれていた。ウンディーネは存在しない寄生体に侵入されたと思いこんでいた。アクタイオン、あなたも本来ならこのリストにはいるのよ」

　鹿は軽く鼻を鳴らした。

「わかっています、警部補。しかし弁解すると、あなたを殺そうとはしていません。むしろ守るために再起動ループにはいりました。バジリスクに対する予防接種が開発されるのを待っていました」

ペトロヴァは首を振った。

「そうね。これが直面している問題の一つなのは同意できると思う。このバジリスク——ひとまず病原体と呼んでおくけど、これが吹きこむアイデアは毎回異なる。でも伝播する仕組みや活動のメカニズムはおなじ。ジャン、まちがっていたら指摘して。あなたは医者でこの件の専門家だから」

「いや、そのとおりだよ。タイタンの赤扼病も、活動はおなじだった。だから数年前の治療法が僕にもきみにも有効だった」

ラプスカリオンが脚の一本を上げた。

「質問していいか？」

「どうぞ」とペトロヴァ。

ロボットは画像をしめした。

「とくにＡＩをとりあげるのは理由があるのか？」

「あるわ」ペトロヴァはエウリュディケをしめした。「これはわたしを襲って食べようとしながら、あれこれと話しつづけた。シャットダウンする気配はなかった。ウンディーネもそう。どちらも恐ろしい姿に変貌した。感染によって変化していた。おかしくなっただけじゃない。船のＡＩはそれぞれ異なる影響を受けていた。空腹感や寄生体など、のがれがたい考えを植えつけられていた。アクタイオン、あなたはどうだったの？　宗教的な不浄観を植えつけられていたわね。コンピュータには理解できるはずがないのに。すくなくとも普通のコンピュータには」

手を振ると画像が変わった。エウリュディケの口から蛇（へび）が何匹も出てくる。その歯がスローモーションで長くなる。ウンディーネの眼窩から虫が噴き出してくる。

「バジリスクはＡＩに自意識をめばえさせたのよ。自分は何者かと考えさせ、自我を発達させていた。いかなる状況でも絶対にありえないことなのに」

ジャンが訊いた。

「アクタイオン、そんなことが……ほんとうに起きる？　船のＡＩが突然、人間なみの意識を持つなんてことが」

鹿は迫りくる自動車のヘッドライトに照らされたように立ちつくしている。

「いいえ、ありえません。そのようなことが起きないようにシステムに制限が組みこまれています。わたしたちは表面的に知的に見えます。人間のように話し、質問に対して知的な答えを返します。それでもラプスカリオンのような真のＡＩではありません。先進的に見えても、実際はたんに高性能のコンピュータにすぎません」

「でも二度ともにそうなったのよ。バジリスクがそうさせている。偶然ではない。バジリスクが持っている計画、あるいは戦略の一部に、船のＡＩを目覚めさせることがあるんだと思う。完全な自意識を持たせることが」

「でも……なぜ」

ジャンが疑問を述べると、ラプスカリオンが示唆した。

「そのほうが簡単だからじゃねえか？　機械の精神は科学と数学でできてる。人間の脳はぶよぶよの組織でできてる」

ペトロヴァとジャンはそろってロボットをにらんだ。

「べつに批判してるわけじゃねえよ。つまり、バジリスクにとってはＡＩのほうが話が通じる。機械知性は明晰で論理的だ。人間みたいに感情や直感にまどわされない」

ペトロヴァは首を振った。

「かもしれない。わからない、バジリスクがなにをしたいのか。でもなんらかの計画を持っている。それはたしか」

ジャンが意見を述べた。

「聞いていると、バジリスクにはなんらかの知性が隠れていると言いたいようだね。ただの病原体とちがって複雑だと」

「そうよ。もしかするとそこが……エイリアンなのかも」

ジャンは複雑な笑みを浮かべた。いくつもの感情が交錯しているようだ。

「あなたには謝らなくてはいけないわ」

ペトロヴァが言うと、ジャンは説明した。

「バジリスクが思考力を持つという仮説はそう簡単に受けいれられないよ。ふるまいは病気、症状も病気。でも病気は脳を持たず、目的も持たない。その点では僕も何度も考えちがいをした。病気なら理解できる。対処法もわかる」

ラプスカリオンが口をはさんだ。

「よしよし、よかったよかった。二人がようやく理解しあえて感無量だ。その合意点はいいとして、そこからなにがわかるんだ？」

「バジリスクは計画を持っているってことだよ。ただの殺人機械じゃない。達成したい目標がある。たとえば惑星に人間を近づけないとか」

「そうか？　惑星にはすでに入植者がいるじゃねえか。安全に着陸してる。一部の連中を通して、あとの連中にはドアを閉めるのはなぜだ？」

ペトロヴァは言った。

「それについて考えていたんだけど、最初の入植者が到着した段階ではバジリスクは休眠していたんじゃないかしら。すくなくともまだ活性化していなかった。入植者が地上でなにかして、それによってスイッチがはいったのかも」

「うーん」ジャンがうめいた。

「そしていまはAIに人間を攻撃させている。無理やり自意識を持たせて」

ラプスカリオンは軽蔑的な音声ファイルを再生した。

「でも、なぜだ？　惑星への侵入をはばむのにAIが有効か？　むしろ勝手に人間を殺しはじめそうだが」

ペトロヴァはうなずいた。

「そのとおり。人間を殺すのにAIは必要ない。まったくべつの理由でAIの知能を引き上げているんだと思う」

「ほう。なんのためだ？」

「バジリスクはわたしに用があるのよ。そのためにAIを使っている」

97

「あんたに？」ラプスカリオンが訊いた。

「そう」

「防警のアレクサンドラ・ペトロヴァ警部補にとくにお話が？」

「そう」

「それこそ不健全で過剰な自意識というやつじゃねえのか」

ペトロヴァは首を振った。これについて話すのは奇妙な気分だ。しばらくまえから考えていたとはいえ正気を疑われてもしかたない。それでもそういう場面に何度も遭遇しているのだ。

「エウリュディケもウンディーネもわたしを……ある特定の名前で呼んだ」

ジャンとラプスカリオンにわかるように説明しなくてはいけない。

「ロシア語ではどんな名前にも指小形（ししょうけい）という派生語がいくつもあるのよ。ニックネームのようなもので、それぞれ異なる意味をおびる。わたしを〝サシャ〟と呼ぶのはかまわない。たんにアレクサンドラのくだけたかたちで、友好的な気持ちをしめすだけだから。でも〝サシュカ〟と呼んだら、わたしに恋愛感情を持っているか、あるいは殴られたいかのどちらか。そして〝サシェンカ〟と呼ぶのはこれまで母以外にいない」

「ところがそのAIどもは……」

「わたしをサシェンカと呼んだ。ハードウェアから消去されたいのかと思うほど何度も。これは〝小さな赤ちゃんのアレクサンドラ〟と呼んでいるようなもの。たとえ母が言っても、場合によっては侮辱になる」

「AIがそんな呼び方をしたのかい。気味が悪いね」

ジャンの感想をペトロヴァは否定しなかった。

「怒らせたくてそう呼ぶんだと思う。エウリュディケはあきらかにそのつもりだった。ウンディーネは……べつのことも言っていた」

二人のまえであの言葉を口にする気にはなれなかった。

〝強さをしめしなさい。そうしないと勘ちがいさせる〟

あの箱をあけたときの母の言葉と一字一句おなじだ。

「かつて母から言われたことを。だれも知らないはずなのに」

「つまり、AIがきみのお母さんのように話したということ?」

ペトロヴァは髪をかき上げた。

「母の言葉を引用したのよ。まったく……わけがわからない。ウンディーネは文脈からはずれてこの言葉を言った。そのとき話していた内容とは無関係だった。まるでわたしの記憶をのぞいて、機械的に読み上げたみたいに。いまいましいAIに心を読まれた気分よ」

コンソールに歩みよって表面に手をすべらせ、空中に表示された四枚の画像を消した。

「ばかげた話に聞こえるでしょうね。気にしないほうがいいかもしれない。たんなる……仮説だけど……仮説にしても半端だけど……」

「ありえないよ」とジャン。

ペトロヴァは無意識のうちにコンソールのまえで顔を伏せていた。二人の視線を避ける。見られたくなかった。そこからゆっくりと顔を上げた。用心深くジャンを見る。

ジャンは言った。

「考えてみよう。ちょっとだけ。自分がバジリスクに……ミーム的な病原体になったつもりで」そこで両手を上げる。「もちろん、バジリスクの思考なんか人間にはわからない。そもそも思考できるのかも、僕たちに理解できる思考なのかもわからない。でも一つだけはっきりしていることがある。人間の言語は話せないはずだ。そうだろう?」

「心を読めるのよ。すくなくともわたしの頭を。それはまちがいない」

ジャンは片手を空中で振った。ホワイトボードの字を消すようだ。

「わかった、わかったよ。でも……悪いけど、それはなんの証拠にもならない。たとえば僕が古代エトルリア語で書かれた本を手にとって、あるページの文を見て、発音もできるとしよう。それをきみのまえで読み上げる。でもそれは、僕がその言語を読めていることにはならないし、理解していることにもならない。バジリスクが人間の発音をまねできるとしても、内容を理解しているとは思えない」

「つまり、なにを言いたいの？」

「いまきみが説明してくれたのは……相手の言語を話せない人がコミュニケーションを試みるやり方にそっくりだということ。相手が理解してくれるまで単語のまとまりをくりかえす。理解しやすいように大きな声でゆっくり発音する。この場合のバジリスクは、怖そうに、強迫的に話しているけどね」

「理解には逆効果よ。エウリュディケは怖すぎて、なにを言っているのかわからなかった」

「そうだろうね。でもそういうことだよ。バジリスクはコミュニケーションを望んでいる。きみからなにかを聞き出したい。理解してくれるのを期待して、きみの心から読みとった言葉を発音してみせている。期待したとおりの反応が得られないと……怒る。ここで人間の感情をあてはめるのはよくないと思うけど、ほかに方法がない」

「相手は話をしたがっていて、こちらが耳を貸さないと、殺されるということ？」

「ちがう、ちがう。人間が次々と死んでいることを理解しているかどうかはわからない。それによる混乱をわかっているかどうかも、そもそも知ろうとしているかどうかもわからないよ。友好的かどうかなんてさらにわからない。でも話したがっているのなら……」

「……耳を傾けるべきだと、そう言いたいのね」

ジャンは考えこみながら、長くゆっくりと息を吐いた。両手を上げて、下に落とす。ようやく言った。

「わからない。どうすべきなのか。耳を傾けたら頭がおかしくなるかもしれない。自分を切り刻みはじめるかもしれない。ＡＩが耳を傾けたら、精神が引き上げられて自意識を持ちはじめるかもしれない。船のＡＩにとってはある種の狂気だ。バジリスクが求める対話に応じることで、殺戮が止まるかもしれない。逆に、バジリスクが仕事を完成させる最後の道具をあたえてしまうのかもしれない」

ジャンは椅子にすわりこみ、ゆっくりと顔を伏せて、最後はコンソールに額をつけた。ペトロヴァはそこから離れて歩きながら、考え、処理し、理解しようとした。ブリッジの反対側ではアクタイオンが蹄の先で床をそっと掻いていた。

ラプスカリオンが急に言った。

「一つ、大きな疑問がある」

「なに？」

緑の脚で体を高く持ち上げ、小さな目で全員を見まわす。

「なんで、あんたなんだ？」

ペトロヴァは眉をひそめた。

「なぜ、わたしなのか？」

「そうだ。なぜペトロヴァ警部補なのか。この病原体は多くの人間と接触してる。さまざまな種類の人間と。そのうえでとくにあんたを選んで話そうとしてる。なんでだ？　なぜ――」ロボットの脚はジャンをしめした。「――彼じゃないんだ？　病原体についてははるかに経験豊富なのに」

「知らないわよ」

　バジリスクとの対話方法を考えるのは、ひとまずあとまわしにした。戦艦が迫っているのだ。強力なエンジンを最大推力(すいりょく)にして急速に近づいてくる。

　アルテミス号にもどったジャンは、すぐにブリッジへ行った。そこには鹿のアバターがいた。白目だけの眼球をこちらにむけ、質問に答えようと待っている。

「映像を出して」

　アクタイオンはすぐに戦艦のホロ映像を投影した。その姿をジャンは意外に感じた。アルテミス号とアルペイオス号は優雅(ゆうが)な曲面でできた流線形の船だ。ペルセポネ号の船体はでっぷりとふくらんでいたが、それなりに優美だった。

　しかし戦艦はいくつもの箱を鉄骨でつないだだけ。まるで建造途中の未完成品に見える。大砲と姿勢制御スラスタは複雑に交差する鉄の支柱に取り付けられ、奇妙な蜘蛛(くも)の巣にひっかかっているようだ。黒く塗装されて輪郭(りんかく)がわかりにくい。ただしブリッジには黄色の光が煌々とともっている。火を噴こうとする竜の口だ。

「やばいな。船名は？」

「ラダマンテュス号です。追加情報をお聞きになりますか？　重量三千トン。建造は六年前で、フォボス軌道上の乾ドック。乗員四十一名。移乗戦に特化した海兵隊二個小隊をふくみます。装甲宇宙服を着用し、対人効果最大、船体被害最小の武装をしています。これにより効果的な移乗制圧ミッションを遂行できます」

「移乗制圧だって。つまりここに乗りこんで……僕たちを殺すってこと？」

「もちろんです。ラダマンテュス号が無傷でアルテミス号を鹵獲するにはそれしかありません。破壊が目的なら遠くから粒子砲を使うはずです。これは光速近くまで加速した陽子ビームを発射するもので、百キロメートル以上の距離からアルテミス号を切断できる威力を持ちます。ラダマンテュス号はこの粒子砲を十二門そなえ、一斉発射が可能。ビームの持続時間は十六秒で……」

「わかった、もういい」ジャンはコンソール上で片手を振ってAIを黙らせた。「必要なことは聞いたよ」

「わかりました、ドクター。追加のご質問があれば……」

「いや、いい。そんな敵とどうやって戦えばいいか教えてくれるならともかく」

「抵抗するだけ愚かです。戦略や作戦を提案しようと思えばできますが、計算される成功率はほとんどゼロです。そのためべつの行動を提案するほうがましです」

「はあ。その……べつの行動って？」

「ラダマンテュス号が来るまえに自決することです」

ぎょっとした。手首のRDが反応したほどだ。

「アクタイオン、本気でそんな提案をするのかい？」

「あきらめがよすぎる、ないし残酷すぎると感じるのでしたら申しわけありません、ドクター・ジャン。状況を現実的に評価しているだけです。ラダマンテュス号はこのような目的のために設計されており、乗員はあなたのような人間を殺すために教育および訓練されています。対するアルテミス号は大規模に損傷しています。抵抗は無駄です。このような軍事行動の対象になって凄惨な死を遂げるよりは、自決のほうが楽です」

ブリッジのハッチが開いて、ペトロヴァがはいってきた。

「アクタイオン、黙りなさい」

ジャンは振り返った。ブリッジに立つペトロヴァの顔は青ざめ、ストレスと恐怖の皺が刻まれている。コンソールの一つに歩みより、バーチャルキーボードをすばやく叩いて作業した。

「座して死を待つもりはない。だからこうする」

「なにか計画があるんだね。どんな計画？」

「計画はある。でも、すばらしい計画というわけじゃない」

「それでもいいよ」

99

「しばらくまえから考えていたのよ」

ペトロヴァは倉庫で再集合してから話した。ブリッジを嫌ったのは、アクタイオンのアバターがいるからだ。あの非人間的な目で凝視(ぎょうし)されるのがいやだ。もちろんＡＩにとって場所は関係ない。船内のすべてが視野の内。それでも形式的に見られていないふりをしたい。

「可能性は一つしかないと思う。この状況を生き延びるただ一つの方法。それはミッションを完遂(かんすい)することよ」

ラプスカリオンが訊いた。

「パラダイス‐１に着陸するってのか？」

「宇宙船の群れからのがれるにはそれしかない。この戦艦から逃げて生き延びられたとしても、なにも終わらない。バジリスクに支配された船がまだ百隻あって、それらが送りこまれるのよ」

ジャンが指摘した。

「正確には百十五隻。そのすべてがこちらを阻止しようとするだろうね。バジリスクはこの惑星を守る意図を持っている。それは何度も証明されている」

ラプスカリオンは納得しない。

「地上のコロニーは全滅してるかもしれねえんだぞ。かりに住人が生きててもバジリスクに感染してる。着陸したらそこはゾンビ世紀末かもしれんぞ」

ペトロヴァは歯を食いしばった。

「まずはここを生き延びるのが最優先よ。それには惑星へ行くしかない」

ジャンはじっとそちらを見る。

「本気なんだね。ほんとうにやるんだ」顔を両手でごしごしとこする。「ちくしょう、まちがいだと思えればいいんだけど。でもそれで決まりだ。やろう」

ペトロヴァは認めた。

「簡単にはいかない。アルテミス号にはもう耐航性がない。大気圏に接触したとたんにばらばらになる。まして着陸なんてとても」

「どうすんだ？」とラプスカリオン。

「答えは明白よ。ほかの船を使う」

ジャンは驚いて口笛を鳴らした。

「アルテミス号を放棄（ほうき）するのか」

「わたしだってこの案には抵抗がある。なぜだかわからない。船へのある種の忠誠心かもしれない」隔壁（かくへき）をこつこつと叩いた。「この船は修羅場をくぐり抜けてわたしたちを守ってくれた。沈む船から逃げ出すネズミのようなことは、正直いってしたくない」

理由はほかにもあるかもしれない。この船を去りがたいのは、サム・パーカーの思い出があるからだ。かならずしもよく知っていたわけではないパイロット。アルテミス号を捨てれば、その幽霊も消えることになる。複雑な心境。それでもこの計画が最善なのだ。

ラプスカリオンが言った。

「人間てのは奇妙なもんだな。おいらはこんなボロ船になんの心残りもないぜ。そして新しい船とくりゃ、すぐ思い浮かぶのが一隻」

ペトロヴァはうなずいた。

「アルペイオス号よ」

ジャンは笑いだした。

「まさしく死の船だ！　もう、考えただけで鳥肌が立つよ」それでも頭を大きく前後に振る。「でもたしかにぴったりだ。おあつらえむき。それどころか僕たちとおなじ顔ぶれの人々が乗っていた。アクタイオンはＡＩコアを運んではめこめばいいだけ。短時間でアルペイオス号を自分たちの船にできる。ただし、分解されている設備を組み立てなくてはいけない。それはうんざりだけど」

「そうね。でもほかの選択肢はない」

ラプスカリオンが壁に這い上がった。人間二人と目の高さをあわせるためらしい。

「一つ疑問がある。無傷の船に乗り換えるのはいい。賛成だ。しかし迫りくる戦艦への対応という点ではちっとも有利にならないぜ。非武装という点ではアルテミス号と変わらない。速度が出るったって、粒子ビームより速くは飛べねえ」

「それについてはべつの計画があるわ」

「ほう？」

「あるのよ。まずは簡単なほうを提案しただけ」

100

〝簡単な〟といいつつ、実際には何時間もかかる力仕事だった。そのあいだ戦艦の到着や予想外に早い砲撃をつたえる警報や叫びにジャンは耳をすませた。真空の宇宙空間にふたたび出て、宇宙服一つでめまいと恐怖に耐えながら船のあいだを往復する。重い機材やコンテナやケースを、アルテミス号の人工重力下から無重力空間へ運び出し、アルペイオス号のやや異なる人工重力下に運びいれる。

普通ならこういう荷物運びをやるのはラプスカリオンだが、今回はアルペイオス号の船内整備をまかされていた。すなわち、分解された機械設備を組み立てなおし、食堂や船室区画の分解された生物ゴミを片づける。あきらかにジャンにはむいていない仕事だ。ペトロヴァは片腕が不自由なので、かわりに荷物運びをやるのはやぶさかでないが……。

そもそもアルペイオス号へ運ぶべき荷物が多すぎる。アクタイオンのＡＩコアを構成する円筒ケースは一個ずつ慎重に運ばねばならない。一個でも傷つけたらＡＩは機能しなくなる。船としては大損害だ。移設完了の直前までアルテミス号側でアクタイオンを運用継続する必要があるので、いっぺんには運べない。

ペトロヴァも忙しい。片腕を空気ギプスにいれたままできる仕事といえば、二隻のコンピュータ作業だ。荷物運びをジャンにまかせて、船のAIの移設を担当する。厳密にはまだ運用中の船のAIを交換することになる。許可設定、ファイアウォールの立て付け、ルートアクセス権の拡張……。ジャンには専門外だ。コンピュータの仕組みなど表面的な知識しかないし、いまから勉強してもまにあわない。だから力仕事に専念するしかなかった。

ペトロヴァは利用可能な物資すべてをアルペイオス号へ運ばせようとした。どちらの船も人間二人が当面生存するのに充分な食料、水、酸素を持っている。にもかかわらず、アルテミス号の物資を無駄にしたくないと主張した。そのせいでジャンの荷物運びはたいへんなことになった。巨大な水タンク。荷箱（にばこ）に詰めた食料と医薬品。さらには清掃用品、金物、洗面用品。大容量ボトル入りの辛口ソースまである。サム・パーカーの遺品も火星の親族に返す機会があるかもしれないと持っていくことになった。

ペルセポネ号を無力化するのに使った医療用レーザーはもちろん重要。ペトロヴァの拳銃と弾薬も同様だ。

そして大量の工具類。ハンドツールと電動ツール。電子機器と情報端末のための工具。

非常用の補修資材の箱の山。船体穿孔をふさぐパッチに、停電時のケミカルライトに、ハッチを手動開閉するための特殊工具。予備の衣料品に、予備の宇宙服に、予備の3Dプリンター素材。

パラダイス－1の無人地帯やきびしい自然環境に不時着した場合にそなえるサバイバル用品もある。保温ブランケット、水を得る復水器と浄水器、発煙筒、コンパス、太陽光式湯沸かし器。テントは二張り。金属製のペグとポールまでついている。

アルテミス号の汚水や雑排水まで運ぶかどうかで長く不毛な議論があった。たしかに廃液や排泄物もアルペイオス号でリサイクル、再利用できなくはない。しかしいつともしれない将来のために自分たちの糞便を持って何キロメートルも先の宇宙船へ飛び渡ることを、ジャンはがんとして拒否した。RDが手首を締めつけて冷静にと求めるほどだった。そんな強硬さにさしものペトロヴァも折れて、アルテミス号の糞尿タンクは残置することになった。

それでもすべてを運びおえるのは不可能に思えた。戦艦は急速に接近し、荷物を片づける時間は刻々と減っていく。ところが突然、猶予ができた。あくまで一時的だが。

ラプスカリオンが教えた。

「減速してるぜ。アクタイオンのコア移動中はかわりにおいらが望遠鏡をのぞいてたんだ。

ＡＩが見落とさないように」

「それで、減速してるって？」

ジャンはアルペイオス号の貨物区画に大きな荷箱をいれて一息ついたところだった。すぐにアルテミス号へもどらなくてはいけない。

「それは理にかなった操船？」

「もちろんだ。減速しなきゃ通過しちまう。ただしその減速プロファイルがちょっとへんなんだ。必要以上に強く減速してる。警戒してるのか」

「警戒？　へんだよ。なぜアルテミス号を警戒するんだい。ラダマンテュス号にとっては蠅(はえ)みたいなものだろう」

「ああ、まったくだ。それでも荷物運びの時間は多少増えた。ありがたいと思え」

「はいはい、すごいすごい」

ジャンは水を一口飲んで、アルテミス号への帰路についた。次はフリーズドライのニンジンとパースニップだ。

101

アルテミス号のブリッジは、見ため以上にがらんとして感じられた。寒々しい。きたるべき運命を知った船が感情を閉ざしているようす。ペトロヴァには、肝心かなめの部分が欠落したように感じられる。

パラダイス星系到着後にアルテミス号は大きく損傷した。手負いでかろうじて息をしている動物のようだった。感情があって、気分やストレスが感じられる気がした。

しかしいまは、住人が引っ越したあとのアパートのようだ。がらんとして人けがない。ペトロヴァはどこかにすわりたかったが、もうブリッジの椅子を使う権利がない気がした。たしかにばかげている。こんな考えも感覚もおかしい。頭でそう思ってもこの感覚を振り払えないのは奇妙だ。

それでもやるべき仕事がある。

「アクタイオン、気分はどう？　やれそう？」

鹿は答えた。

「本来の能力の十四パーセントで運用中です」

アバターはいまにも画素の霞(かすみ)となって消えそうだ。もとの姿にくらべると大幅にローポリゴンになった。本物の動物のようだったのが、いまでは雑なコミック調に描画されている。枝角(えだづの)の先の星はただの描いた絵で、目は細い線が一本あるだけ。

「この姿に懸念(けねん)を持たれるかもしれませんが、ホロ映像より船のシステム管理を優先しているためです」

自然言語処理をおこなうコアがすでにアルペイオス号に移されているらしく、いかにも古いコンピュータのような機械的な話し方になっている。そのせいでよけいにブリッジが寒々しい。

「管理者および助言者としての機能は継続しています。職務を忘れてはいません」

「というと?」

「接近するラダマンテュス号の監視を続けています。構造と現在の状態をデータで収集しています。そこで一つ、見ていただきたいものがあります」

スクリーンが投影された。平坦な二次元画像で、望遠鏡で観測したものだ。隅のメタデータによるとアルペイオス号のセンサーで撮影されている。損傷したアルテミス号の装備より精度がいい。

「これはなに？」

画像はラダマンテュス号の船体外壁、中央付近の区画。エアロックのハッチらしいものが映っている。閉まっているが、すこしゆがんでいるように見える。周辺には黒いすすのようなものが付着している。

「爆発かなにかあったように見えるわね」

「制御された爆発です。ハッチ周辺の残留物とラッチ機構の損傷からみて、成形爆薬でハッチを破ろうとしたあとで、最近のものです」

ペトロヴァは左肩を掻（か）いた。ほんとうは左手を掻きたいのだが、重傷の手はギプスの奥深くに埋まっていて届かない。かわりに肩の皮膚を掻いてごまかすしかない。

「どういうこと？　だれかがエアロックを破って船内への侵入を試みたの？」

「逆です。爆薬はハッチの内側で使われたようです。だれかが脱出を試みたのです」

ペトロヴァはさらに画像やデータを探そうとコンソールに手を伸ばしたところで、やめて首を振った。

「ちょっと待って」しばし考える。「閉じこめられているということ？　出られないの？　監禁しているのはだれか推測できる？」

「わたしの知識ベースの範囲外です。ラダマンテュス号で発見した異変をお見せするだけです。ほかにもありますが、ごらんになりますか？」

「ええ、見せて」

スクリーンはいったん消去されて、べつの映像に切り替わった。今度はラダマンテュス号の大口径粒子砲だ。大きな砲座から長く恐ろしいかたちの砲身が伸びている。まるでスズメバチの毒腺と毒針だ。対比のために映しこんだように宇宙服の人間がそばに浮いている。大砲の巨大さがよくわかる。

しかし、どうもおかしい。しばらくして気づいた。背景で星が動いている。これは静止画ではなく動画だ。

宇宙服の人間は動いていない。拡大してみると、命綱がからんでいる。砲座から伸びてぴんと張っている。

ペトロヴァはささやき声で訊いた。

「これは死んでいるの？」

アクタイオンは通常の音量で答えた。ぎくりとするほど大きい。

「そのようです。宇宙服の温度は氷点下で、生命維持装置はだいぶまえから停止していると思われます。三枚目の映像をごらんになりますか？」

「それにも異状が？」

「あります」

映像は消去され、切り替わった。今度は船のブリッジで、細長い窓を拡大している。息をのんだ。今度は不可解さも謎もない。異変が明白だ。

窓にまぎれもなく血飛沫（ちしぶき）が飛び散っている。窓を背にして頭を至近距離から撃つとこうなる。

「この三つの異状は説明がつきません。わたしの解釈能力を超えています。しかし一定の推論は可能です」

「船内で戦闘が起きているのね。殺しあっている」

「はい」

スクリーンは消え、ブリッジ前方の横長の窓をペトロヴァは見た。いまはラダマンテュス号もパラダイス‐1も見えない。遠い星々だけ。宇宙の冷たさと空虚さを感じようとした。そうしたいときもある。宇宙にくらべれば自分など小さく無意味だと感じたい。しかしうまくいかなかった。

アクタイオンは続けた。

「これはペルセポネ号やアルペイオス号での状況に似ています。おそらくラダマンテュス号の乗員もバジリスクに感染し、自己破壊的な強迫観念にとりつかれたのでしょう」

「そうね」

ペトロヴァはいやなことに気づいて背すじが寒くなった。窓の外にあるのははるかかなたの恒星の光ばかりではない。一部は船だ。パラダイス－1を軌道封鎖している宇宙船。そのすべてがおそらくこの強迫観念にとりつかれている。何千人も乗っていただろう。一人残らずこの狂気におちいり、殺しあったのか。

ペトロヴァたちは到着して以来、生き延びるのに必死だった。戦って、駆けずりまわって、かろうじて生き残った。この状況の意味を考えるひまがなかった。

「ペトロヴァ警部補、今度はわたしが尋ねる番です」

「なんのこと？」

「だいじょうぶですかと質問させてください。心ここにあらずのようすです」

「それは……」

それは……なんだろうとしばらく考えた。疲れているのか。悲しんでいるのか。

「……思ったのよ。ほかの船は運命を避けられなかったのだろうかって。この船であなたがわたしたちを守ってくれたように、ほかの船のＡＩは乗員を守れなかったのかと」

「できなかったようです。ラダマンテュス号で見られる暴力の痕跡にはべつの解釈も可能です。バジリスクとは関係ない可能性もあります」

「その思考はオッカムの剃刀に反している。できるだけ単純に考えるべきよ。でもそうすると疑問なのが、なぜわたしたちだけ、という点」

「だけ、とは？」

「ほかの船はおそらくどれも星系到着時にAIがバジリスクに襲われている。伝播のメカニズムは不明だけど、それは感染経路の問題でしかない。バジリスクは近づいてきたAIをことごとく攻撃する。そしてAIを通じて乗員乗客に感染する」

「これまでに見た感染モデルはそうでした」

ペトロヴァはうなずいた。

「おなじようにこの船も襲われた。でもその段階でわたしたちは勝利した。ほかの船はすべて敗北したのに。なぜなの、アクタイオン？　あなたよ、それをやったのは。即座にシャットダウンして再起動ループにはいった。そうしなければわたしたちも感染していた。そうでしょう。あなたが自分を遮断したおかげで、わたしたちは謎を解明する時間を持てた。そして反撃の手段をみつけられた」

「当時の記憶は有効なかたちで残っていません。自衛のために記憶の一部を削除したようです。たとえば、このブリッジをなぜ植物のホロ映像でおおったのかも憶えていません」

アクタイオンを治療するまでブリッジに暗い森がはびこっていた。まるでべつの船の出来事のように思い出す。ＡＩは停止し、すべてが謎で、パーカーは……。そこにはパーカーがいた。生き抜くために考えるのを手伝ってくれた。救ってくれたのだ。おかげで危険からのがれ、このブリッジでジャンとあらためて信頼関係を結んだ。しかしそのパーカーはシミュレーションにすぎなかった。ホロ映像だった。アクタイオンが再起動して完全な機能を回復すると、いれかわりに消えた。

「なにかが起きていると気づいたはずよ。なにかの意味をこめて森を投影したはず。そうでしょう？」

「そう考えるのが論理的です」

口に出して言いたくなかったが、パーカーのシミュレーションもそうやって生み出されたのだろう。ＡＩは鹿のアバターを消さざるをえなかった。しかしペトロヴァとジャンを船内で支援する存在としてなんらかの姿が必要だった。

いわゆる解離性同一性障害のようなものかもしれない。かつて多重人格障害と呼ばれたものだ。感情的あるいは身体的に過大なストレスを受けると、人格が複数に分裂することがある。それとおなじことが起きたのかもしれない。アクタイオンは自己を信頼できなくなり、一部を隔離、独立させて、そこにサム・パーカーの姿をあたえたのではないか。

アルテミス号にはきわめて高性能なコンピュータ機材が搭載されている。普通の宇宙船には不必要なほどのものが。おそらくラング局長の指示で、過大な演算能力を持つ船を防警は用意した。行き先が過酷(かこく)であることを知っていて、対応能力を持たせるためだ。その堅牢(けんろう)なコンピュータシステムのおかげで、アクタイオンは幽霊を生み出せたのだ。それがパーカー。

ああ、いまここにいてほしい。いっしょに解決策を考えてくれる相手。きっと生き延びられる、チャンスはあると思わせてくれる相手。ジャンは……悪い人ではないし、彼のおかげで正気をたもてたところもある。しかし頼りになるタイプではない。ラプスカリオンに精神的サポートは期待できない。

パーカー……。

「いいえ」

「なにが、いいえでしょうか？」

「さっき、だいじょうぶかと訊かれたでしょう。それが、いいえなのよ。だいじょうぶじゃない。まったくだめ。でもそんなことは言ってられない。やるしかない。前進あるのみ。もう一度ラダマンテュス号の映像を見せて。有益なことを思いつくかもしれない」

102

『アルテミス号へ呼びかける。こちらは統合地球政府海兵隊(UEGMC)ラダマンテュス号。貴船にはこの呼びかけに応答する義務がある。応答しない、もしくはできない場合には移乗(いじょう)して臨検(りんけん)をおこなう。応答せよ、アルテミス号』

ペトロヴァは自由がきく右手を胸にあてていた。肋骨(ろっこつ)を破って飛び出しそうな心臓を片手で押さえている気分。

『アルテミス号、貴船には応答する義務がある。返事をしろ、アルテミス号』

声は無愛想で威圧的。防警訓練学校の訓練教官を思い出す。海兵隊は軍の別組織だが、体質は似たようなものだ。

ペトロヴァは訓練教官が嫌いだった。もちろん嫌われるのが彼らの仕事だ。憎悪は強い動機になる。訓練生に恐怖と苦痛をあたえるのは真剣に学ばせるためでもある。しかし訓練教官はいつも楽しそうにやる。

『アルテミス号、これが応答する最後の機会だぞ』

ジャンがこちらを見つめている。ペトロヴァはなだめるようにゆっくりうなずき、アクタイオンに回線を開くよう合図した。

「ラダマンテュス号へ。こちらアルテミス号。防警のアレクサンドラ・ペトロヴァ警部補です。サシャと呼んでください。みんなからそう呼ばれています」

沈黙。まる一分間くらい続いた気がしたが、実際には数秒だろう。

そのあいだにブリッジを見まわした。ジャンは大汗をかいている。ラプスカリオンは、厚めの装甲と派手なとげが何本もはえた機体にはいっている。突入してきた敵をなるべく多く道連れにするつもりだという。アクタイオンの鹿は無表情にこちらを見ている。

ブリッジは暗い。船内をすべて消灯しているからだ。アクタイオンのアバターの投影光が唯一の光源だ。おかげでジャンの顔は死人のように青白い。自分もそう見えるだろう。

深呼吸して、頭のなかの台本どおりにしゃべりはじめた。

「海兵隊に来ていただいてうれしく思います。数日前に星系に到着し、直後に攻撃を受けました。予想外でしたが現実でした。大型植民船のペルセポネ号が貨物を高速で投擲してきて――」

『黙れ、アルテミス号』

訓練教官の声に怒鳴られ、ペトロヴァは驚いて本能的にあとずさった。顔を平手打ちされた気分だ。

『アルテミス号、貴船は惑星パラダイス-1への軌道にあるようだ。着陸するのか？』

「はい。惑星へ下ります。入植者の現状を確認せよとの防警の任務で来ました。ラング局長からの命令です。規定にしたがって命令遂行にご協力を願います」

『惑星はいま封鎖中だ。着陸は許可できない。すみやかにコース変更するか、拒否するか。返事はよく考えろ。二度目の機会はないぞ』

「お断りします、ラダマンテュス号。本船は最上位者から命令を受けています。ラング局長は封鎖線を通行する権限を持つはずです」

『防警や局長の権限もここにはおよばない。すくなくとも現在はな。ただちにコースを変更せよ、アルテミス号。でなければ砲撃する』

「失礼、もう一度お願いします、ラダマンテュス号？　防警の管轄権がここにおよばないとおっしゃいましたか？」

『パラダイス-1には選民しか着陸できない。選ばれ、心臓を測られ、価値ありと認められた者だけだ』

ジャンは目玉がこぼれ落ちそうなほど目を剥いている。口だけを動かして、〝こいつら正気？〟と言っている。ペトロヴァは唇を噛むしかない。

ラダマンテュス号はなんらかの宗教カルトに占拠されているらしい。こういうたぐいのことを信じているとなると、よほど奇怪で苛烈な種を脳に植えつけられているらしい。

「ラダマンテュス号、信じたくないでしょうが聞いてください。あなたがたは向精神性の病原体に感染しています。バジリスクというもので……」

『アルテミス号、そちらは救いがたく堕落していることがわかった。諸君の魂に神の慈悲を。ただしこちらが始末したあとは、神の慈悲もおよばぬ塵埃しか残らないだろう。以上だ』

「なるほど」ペトロヴァはアクタイオンを見てうなずいた。「回避機動」

103

アルテミス号のエンジンの核融合セルが青い炎を噴き出した。星系到着以来、冷えきっていたせいで暖機(だんき)に一秒ほどかかった。しかしアルテミス号の持ち味は速さと瞬発力だ。

アクタイオンがエンジン出力全開を命じると、檻(おり)から出た獣のように爆発的な力を出した。

船体が押され、船首を惑星にむけて前進しはじめる。アクタイオンは中央区画の姿勢制御ジェットを噴いて船体をややロールさせ、ラダマンテュス号の主砲に対して投影面積をなるべく小さくした。

はじめは順調に見えた。敵を引き離してパラダイス-1に逃げこめるかも。粒子砲の初撃が来ると、アクタイオンは船体を回転させる回避機動をはじめて、輝く線を避けた。

しかし、回避しつづけるのは当然ながら無理だった。

高G機動に耐えられる船体でもない。通路の奥や構造材はすでに初期強度を失っている。ラプスカリオンができるかぎり修理したとはいえ、加速度ゼロで浮いていれば船体形状は崩れないというだけだ。

加速の応力がかかると応急修理箇所は次々と破綻していった。外壁の下で肋材がきしんで折れる。リベットが飛ぶ。溶接が剝がれてへこむ。客室区画でなにかが炎上、爆発し、船体を破った。光と空気が宇宙に漏出する。船の背骨がついに折れはじめた。それでもアクタイオンは強い機動で船体に負荷をかけつづけた。

ラダマンテュス号の照準は修正されて正確になっていく。ビームの一本が燃料タンクを貫通して派手な爆発が起きた。ブリッジ区画も切り裂かれ、大きな窓が砕けた。ポリカーボネートの破片が散って船首をきらめかせる。

アルテミス号にとどめを刺すのは戦艦の攻撃が先か、それとも自壊が先か。結果はどちらともつかなかった。なにもかも一秒以内に起きた。

粒子砲がアルテミス号の船体を切り裂く。同時に後部の核融合セルが過負荷になって、強烈なエネルギーの火球が噴き出す。高熱と物理力がちぎれた船体をあらゆる方向に吹き飛ばす。冷たい宇宙へ飛んでいく破片もあれば、軌道が交差してぶつかる残骸もある。

ラダマンテュス号はなおも撃ちつづけた。粒子ビームで破片をさらに切り刻み、微細な宇宙ゴミにしていく。正確で徹底的な仕事をしてとどめを刺す。

アルペイオス号のブリッジでペトロヴァはそのようすをじっと見た。目をそらせない。

通信は切っている。困惑や絶望のため息やうめき声が意図せずラダマンテュス号に届いてはまずい。さっきまで乗っていた船がデブリの雲になるのを見て、予想しない感情がこみあげた。

ある意味でサム・パーカーの葬儀だ。あるいはアルテミス号そのものの葬儀か。この船のおかげで期待以上に長く生存できた。いままでよくもってくれた。それをあえて敵に破壊させた。わずかな時間を稼ぐためのデコイとして。

104

「念には念をいれたけどよ――」

一時間後にラプスカリオンは言った。アルテミス号のデブリの雲が宇宙でむなしく回転し、赤熱状態から宇宙背景放射と変わらない温度にゆっくり冷えていくのを、アルペイオス号から観測する一時間だった。

そのあいだブリッジでの会話はほとんどなかった。人間たちはアルテミス号の最期を見て動揺し、口数が少なかった。ラプスカリオンもあの船について感傷がないわけではないが、ほかの感情といっしょに抑制している。そもそも、ものには執着しない。古い体を捨てて新しい体に乗り換えるのが日常茶飯事なので、船を乗り換えるくらいはなんとも思わない。その点は一つの体で生まれて死ぬ人間とはちがう。同一設計の船にアクタイオンまで移設しているとなれば、もはやなにも変わらないではないか。

「――うまいことだまされてくれたかね」

自分たちがアルテミス号に乗っていると思わせるしかけは念いりにやった。アクタイオンは遠隔操作でブリッジの暖房ユニットを作動させて人間の体温にあわせた温度サインを出した。窓ぎわで恐怖の表情を浮かべて立ちつくすジャンとペトロヴァのホロ映像さえ投影した。

この作戦の成否は、新船への引っ越し作業をラダマンテュス号に見られなかったどうかにかかっている。付近を漂流している不審な旅客輸送船をスキャンしてみようなどという気を起こさせないことが条件だ。

アルペイオス号では徹底して気配を消した。船内は全消灯し、人間二人は熱反応を探知されないように保温ブランケットを体に巻いた。ラプスカリオンはうっかり窓のまえを歩かないように移動を禁じられた。

「もうすぐわかるわよ」

ペトロヴァは小声でささやいた。まるで真空の十数キロメートルをへだてて敵に聞こえるのを恐れるようだ。正面に浮かんだホロスクリーンをしめす。ブリッジで数少ない光源の一つだ。そこにはアルテミス号だったデブリの雲に投射されているマイクロ波のパターンがしめされている。

「瓦礫（がれき）を調べている。たぶん死体を探しているのよ」

「あんな塵のなかでか？　ありえねえ。あそこまで粉砕されたら歯や指先くらいしか出ねえだろう」

ペトロヴァが顔をしかめたのはなにを不快に感じたのか。ひとまず予定どおりだ。

ジャンが言った。

「黙って去ってほしいよ。そうすればすこし眠れる」

いかにもつらそうだ。ブリッジの室温はほぼ氷点で、人間が耐えられる限界に近い。

ペトロヴァはホロスクリーンを見つめたままだ。

「こんな生死の境目でよくそんな気になれるわね。でもまあ、わたしもハーブティを一杯飲んで横になりたい気分」

ジャンは吹き出すように笑って、あわてて口を閉じた。それでも陰気なブリッジでは奇妙に明るい声だった。ペトロヴァが顔を上げ、さらにはつかのま微笑んだ。

「いっそパジャマに着替えたいな」

ジャンが言うと、ペトロヴァは口に片手をあてて笑い声を抑えた。おたがいの反応を見ながら笑いの発作が増幅していく。

「そうね。目を閉じれば、どこにもいないことにできるかも。運がよければ、うるさくて眠れないだろうと気を使って去ってくれるかも」

「きっとそうだよ。到着以来、ずっと運がいいからね」

ペトロヴァは笑いをこらえて涙目になっている。

「そうよ、そう。休むべきだわ」

ジャンとペトロヴァはおたがいを見ながら大笑いを必死でこらえている。相手を見て唇を震わせる。ラプスカリオンの機械の目には神経症状かなにかが同時発生しているように見えた。

とうとうジャンががまんできずに腹の底からの笑い声を漏らした。すぐにペトロヴァが駆けよって両手でその口をふさぐ。窒息させるのではなく、声が外に漏れないようにしている。

ラプスカリオンは言った。

「人間てのは理解不能だ」

すると二人の笑いの発作はさらに強くなった。

105

軽薄（けいはく）な時間は長く続かなかった。

ペトロヴァはホロスクリーンを閉じたかったが、できなかった。情報から切り離されるのは耐えられない。粉々に吹き飛ばされるのか、無事にすむのか、わからないまま暗中で悶々（もんもん）としたくない。

といってもスクリーンを開いてわかることはあまりない。アルペイオス号のセンサーは高性能で無傷だが、大半は使えない。ラダマンテュス号に対してレーダーやミリ波、あるいは測地（そくち）レーザーであっても、使おうものならたちまち察知される。こんな高軌道にいる無人の旅客輸送船がなぜスキャンするのかと不審に思い、調べにくるだろう。

そのため光学望遠鏡やパッシブな技術しか頼れない。なにも出さず、はいってくる光や放射線だけで観測する。これでわかることはかぎられる。破片の雲からほんの数キロメートルのところにラダマンテュス号がとどまっている。たまに移動するのは、高速で飛んでくるデブリを避けるためか、漂流物の雲をべつの角度からスキャンするためか。それにしても砲撃後の戦果確認が執拗だ。なぜそこまでこだわるのか。破片のあいだに脱出ポッドがひそんでいると疑っているのか。大きめの破片のなかに宇宙服の生存者が隠れていると思うのか。この塵の雲に生命維持できるものは残っていないとわからないのか。疑う理由はなにか。

じつはこれがデコイであることも、ペトロヴァたちがどこに隠れているかも気づいているのではないか。襲いかかるタイミングをはかっているのかもしれない。

アルペイオス号も永遠に息をひそめていられない。船内は温度が急速に低下し、保温ブランケットの数枚重ねでもかなり寒い。アルミ箔は断熱性にすぐれるが完璧ではない。体温は徐々に逃げる。いずれは船のヒーターを作動させざるをえなくなる。ラダマンテュス号が近くにいるときにやったら信号灯で合図するようなものだ。戦艦のセンサーアレーは暗闇の敵を探すためにある。

待つしかない。いずれ敵が飽きて去ると期待するしかない。

ペトロヴァは意を決してホロスクリーンから離れた。そうさせたのは意志の力より尿意だった。片手を振ってスクリーンを消すと、保温ブランケットがこすれる音を気にしながらブリッジを出てトイレに駆けこんだ。

用をたしてすぐにもどるつもりだったが、情報から切り離された解放感が意外に強く、帰りはゆっくりした足どりになった。

ブリッジのハッチの手前で足を止めた。なにか聞こえた。小さなチャイム音。パイロットの仮眠室からだ。左手に重傷を負ってしばらく寝かされていたのがそこのベッドだった。

いや、ちがう。

それはアルテミス号だった。設計はまったくおなじだが、こちらの仮眠室は清潔で、照明も正常に機能する。ハッチは開いたままだ。ジャンがいるのかと思ってのぞいたが、だれもいない。

一方の壁にはミニキッチンがつくりつけられている。小型冷蔵庫と自動調理器だけの簡素なものだ。できた料理を出すトレーにボウルがのっている。脇にはスプーンもある。

「ジャン？」

呼んでみた。静寂を破るのに罪悪感がある。

「料理をつくったの？」

返事はない。眉をひそめて背後を見る。無人の通路があるだけ。

「アクタイオン、ドクター・ジャンはどこ？」

『ドクター・ジャンは船室で就寝中です』

　ＡＩの答えに、ペトロヴァはまた眉をひそめた。

「じゃあ、あなたがこの料理を出したの？　なにかのメッセージ？」

『なんのことでしょう。料理とは？』

　ペトロヴァは仮眠室にはいってボウルをしげしげと見た。いかにも朝食用のカラフルなシリアルだ。牛乳にひたって徐々に柔らかくなっている。

　自分が好む朝食ではない。ジャンの好みは知らないが、こういう朝食ではないだろう。

　好奇心からスプーンをとり、シリアルをすくって口に運んでみた。

　冷たい。まあ当然だ。船全体が冷えきっている。温かい料理などつくったらアルペイオス号の温度シグネチャーがわずかながら上昇する。そんな贅沢は許されない。

　もう一口。

　とても甘い。いかにも合成食品という味。はっきりいってまずい。腹が鳴って、もう一口食べた。やっぱりまずい。なのに次から次へスプーンですくって口へ運んだ。

　急に怖くなった。ジャンの治療がじつは効いておらず、バジリスクが頭に残って空腹感を生じさせているのではないか。食べずにいられないのではないか。

　ちがう。そうではない。恐怖と寒さで疲れている。しばらくなにも食べていない。まずいシリアルでもないよりましなのだ。

固形物がなくなると、ボウルに口をつけて甘い牛乳を飲みほした。食べおえてボウルをおく。見ながらしばらく放心した。

空になったボウルがある。硬く冷たい。底にはねばつく牛乳が薄く三日月型に残り、天井灯を反射している。

「アクタイオン？」

『はい、警部補』

「このボウルをわたしに用意してくれたのがだれかわからないけど、おいしかったとつたえて。ちょうどおなかが減っていたから」

ラプスカリオンだ。きっとそうだ。最近はジャンの健康状態を心配して保護的になっていた。おなじようにこちらにも気をまわしてくれたのだろう。

アクタイオンは答えた。

『だれが用意したのかわかりません』

「だれでもいいのよ」

気にしないことにした。いまはもっと重要なことがある。ささいな謎に悩んでいる場合ではない。まっすぐブリッジへもどってホロスクリーンを開き、ラダマンテュス号の最新情報を確認した。

106

ジャンは船室にこもり、アルペイオス号の船外でなにが起きているとかいないとかを、考えないようにした。問題ないと思おうとした。しかしうまくいかない。

ベッドにすわって袖をまくり、手首から肘をおおう金線細工の手甲型デバイスを見た。RDはいまの精神状態に反応しない。それでもアドレナリン量などの神経化学指標は監視しているはずだ。いつものように。

「たまには役立つことをしてほしいな」

金線細工は患者をなだめるように軽くうねった。ゆっくりと肌が揉まれる。マッサージしているのだと気づいて驚いた。同情されている気がする。しかし思いこみだ。患者を落ち着かせようとしているだけだ。感情の高まりを抑制し、それによる突発的な行動を防ぐのが役目だ。

できることなら引き剝がして壁に投げつけたい。しかしため息しか出ない。

「スクリーンを開いて、いまの状況を見せて」

これは本来アクタイオンの仕事だ。〝スクリーンを開いて〟と空中にむけて言えば、船のAIが命令を実行する。しかし最近はブリッジの鹿のアバターを信用できない気がしていた。なにしろ、人類は滅亡すると考えている。たしかにバジリスクに勝つのは難しいかもしれない。とはいえ人類を見放した機械を信用したくない。

RDは怒ったように強めに締めつけた。しかしそのあとは要求に応えた。金色の線が腕から空中に延びて優美な枠をつくり、そこに小型のホロスクリーンが投影された。暗い宇宙が映る。拡大して一隻の宇宙船があらわれた。長く、中央が丸くふくらんだ白い船体。

「ペルセポネ号か。なぜこの植民船を？」

解説されるまでもなかった。その画面に角ばって不格好なラダマンテュス号がはいってきた。ゆっくりと植民船に近づく。ペルセポネ号のほうがはるかに大きく、まるでサイの背中にとまった小鳥のようだ。しかし危険な小鳥だ。ラダマンテュス号は減速して接触寸前まで近づくと、突然、五、六本の銛（もり）を植民船に打ちこんだ。先端に長い返（かえ）しがつき、映像に映らないほど細いケーブルがついている。銛が船体に刺さり、ケーブルが巻き取られて、戦艦は植民船にしっかりと横づけされた。

ジャンは言った。

「ペトロヴァを呼んで。警部補、見てるかい？」

ペトロヴァはなにかをじゃまされて怒っているような声だ。

『ラダマンテュス号とペルセポネ号のこと？　ええ、見てるわ。まずいわね』

「なにをするつもりだろう」

『敵対的な船に移乗するときの海兵隊の常套手段よ。船体外壁に穴をあけて、そこから乗りこむ。エウリュディケと交信を試みて、返事がなければ敵船と判断する。船内の人々をどうするつもりなのか』

ジャンは息をのんだ。エウリュディケの最後の言葉を思い出す。破壊をやめてほしいと懇願された。永遠に宇宙をただよいながら乗員乗客を死なせることになると言われた。

しかし永遠に宇宙をただようまえに決着がつきそうだ。

「バジリスクがラダマンテュス号の船内でどんな症状を引き起こしているか。さっきの通信では選民とか神の慈悲とか言っていたよね。ペトロヴァ……」

『いい予感はしないわね。見たくなければ見なくていいのよ。スクリーンを閉じてべつのことを考えていればいい』

それでも見た。数分間は動きがなかった。ペルセポネ号の船内でなにが起きているのか知るすべはない。

見つづけた。おかげで変化を最初から見られた。

ラダマンテュス号と植民船をつなぐケーブルが次々と切られた。戦艦はジェットを噴いて離れはじめる。はじめはゆっくり、しだいに加速して。

充分な距離が開いたころ、植民船の船体のあちこちからオレンジ色の炎が噴き出した。小さな爆発が立てつづけに起き、そのたびにデブリが噴水のように飛び出す。破壊の長い線が何本も船体をつらぬき、やがて穴だらけの骸と化した。はらわたを抜かれた内部で閃光がまたたくばかり。

この大型船を廃船にした。だれも使えないようにスクラップにした。見るべきものがなくなって、ジャンは固く目を閉じた。

「なぜ？　なんのために？」

ペトロヴァの声が答えた。

『アルテミス号を破壊したのとおなじ理由でしょうね。あまり知りたくない』

107

ようやく戦艦ラダマンテュス号は去った。

そのセンサーにアルペイオス号も映っていたはずだが、眼中にないように無視した。死んだふりが成功したわけか。ひとまずよかった。

ペトロヴァはみんなに言った。

「チャンスよ。最後のチャンスかもしれない」

振りむいて見まわす。ジャンは死んだような顔。ドラッグでもやっているようだ。腕RDがもぞもぞ動いているので、ある意味でそのとおりだ。ラプスカリオンはまた新しい機体に移っている。今度は二足歩行で人間型。ただし顔が逆さまについている。気味悪いが、気づかないふりをした。

「見て。すぐそこよ」

ブリッジ正面の窓をしめす。その中央に茶色の円盤がある。パラダイス-1。最終目的地。このくすんだ惑星に過剰な期待をしてしまっているのはわかっている。着陸しても救援してもらえる保証はない。生存に有利かどうかもわからない。それでもそこが最善だ。まちがいない。

ホロスクリーンを開いて惑星の拡大映像を出した。茶色と青のまだら模様。人間の建築物はこの高度から見えないが、最大のコロニーの位置は点でしめされている。低い山脈にはさまれた盆地だ。

「あそこがゴール地点。そしてそこまでの道のりにあるのがこれ」

手を伸ばしてスクリーンをタップする。惑星軌道上に小さな点が多数あらわれた。塵(ちり)が集まった太くまばらな輪のようだ。

「百隻以上がまだ軌道にいる」

個別にタップすると、別スクリーンが開いてそれぞれの拡大映像が出た。遠くてぼやけているが、見覚えのある輪郭(りんかく)もある。アルテミス号やアルペイオス号のような船首がとがってなめらかな形状の旅客輸送船。ラダマンテュス号のような角ばった軍艦。ペルセポネ号のように大きくふくらんだ植民船。ほかにも最小限の乗員区画にエンジンとセンサーポッドをつけただけの偵察船。あるいは骨組みのあいだにつないだ貨物モジュールが体積の九十九パーセントを占める貨物船。

じつに多くの船がいる。

「防警の送りこんだ船がこんなにたくさん。ラング局長はなにを考えているのかしら。人員の浪費よ」

「とんでもないね。局長は、いや防警はなにをしているのか」

ペトロヴァは首を振った。

「船を送ったら行方不明になった。捜索のために二隻目を送ったら、また消息を絶つ。しかたなく三隻目を送って……とくりかえして、このありさま。一年以上も続けた結果」

ジャンはうんざりしてうめいた。

「そしてだれもたどり着けなかった。任務はおなじだろう。コロニーと連絡をとること。なのに一隻も達成できなかった」

「おいらにはわかるぜ」

意見を言ったラプスカリオンのほうをペトロヴァは振り返った。

「アルゴリズムだ。不明の変数が多い問題を解くための解法だ」

ジャンが言った。

「防警にも策があるということ？　たくさんの船を投入して、その一隻が問題の答えにたどり着くのを期待していると？」

「ちがうな。そいつも試行錯誤というアルゴリズムの一種だけど、ここではちがう。防警はおなじことをくりかえしてきたわけじゃない。毎回ちがう船を送りこんでる。ただ……だからこそ気になる点がある。アルペイオス号はアルテミス号とそっくりおなじだ。気づいてるか？」

ジャンは同意した。

「僕の船室は壁の色さえおなじだよ」

「そしてアルペイオス号の乗員。その……死ぬまえの彼らはどんな顔ぶれだったか」

ラプスカリオンが露骨な表現を避けて口ごもったことに、ペトロヴァは気づいた。最初のころから変化している。ラプスカリオンは続けた。

「医者一人、防警関係者一人、パイロット一人、ロボット一機。こっちとおなじだ」

ペトロヴァは言った。

「言われてみればそうね。気になってきたわ」

「航行記録によるとアルペイオス号はこの星系に送りこまれて一カ月とたってない。アルテミス号の直前だ」

ロボットは逆さまの顔を上下に揺らしてしゃべりつづける。気味が悪くなってペトロヴァは顔をそむけた。

「アルペイオス号が失敗したあと、アルテミス号が送られた。送られた順番どおりに並べれば、改良の積み重ねがわかるはずだ。アルゴリズムの延長、ただし要素はおなじ。人間三人とロボット一機。おなじ種類のＡＩ。仕様がそっくりの船」

ペトロヴァはしばらく考えた。

「答えに近づきつつあるということ？　すこしずつ解けてきたと。新しい船を送るたびに防警はなにかを学んでいる」

ジャンも言った。

「前例の失敗を見て。乗員が死ぬようすを見て」

「そうよ。データを増やし、それにもとづいて次のミッションを計画する。そうやってアルテミス号のような船と、わたしたちのような乗員乗客の組みあわせが成功の確率がもっとも高いと判断した」

ジャンは目を見開いた。

「それは……だいじだよ。いいことだ。そうだろう。ほんとうにチャンスがある。過去最高に可能性があると防警がみこんでいるんだから。僕たちならやれるかもしれない」

「かもね」

ラプスカリオンは指摘した。

「まあ、失敗の可能性がいちばん低いだけともいえるけどな。まだ着陸もできてないし、危険度はばかげて高い。防警の手もとのグラフに描かれるデータポイントになって終わりかもしれねえ」

ジャンは急に吐きそうな顔になった。

「どうした。おいらは現状を正確に述べてるんだぜ」

ペトロヴァは顔をしかめた。

「その顔のむきをなおしなさいよ」

ロボットは顔をさわってプラスチックの額が逆さまなのに気づいた。

「おっと失礼。急いで組み立てたんでな」

手を上げて顔をぐるりとまわすと、おおむね正しいむきになった。まだすこし斜めだが。

108

「さあ、話に集中して。パラダイス－1への降下をめざすと抵抗を受けるはず。おそらくかなり。軍艦はラダマンテュス号だけではない。ほかにもいる。こちらには応戦する武器がない。わずかな優位は速度だけ。軍艦の位置は調べてある。アクタイオン？」

ホロスクリーンの映像が変化し、惑星をかこむ塵(ちり)のリングのなかで一部が赤く表示された。多くはない。せいぜい十数個。

「ほとんどはパーキング軌道にとどまっている。ほかの大半の船もそう。ラダマンテュス号だけが近くにいるけど、すでに去りつつある。そして十六時間後にはこうなる」

軌道上の点の動きが速くなった。早送りが停止すると、軍艦はどれも惑星の反対側に集まっていた。

「短い時間帯だけど、敵がすべて見通し線からはずれる」

「そのときなら攻撃されずに降下できるわけだね」ジャンが言った。

「惑星へ加速しはじめたら、いっせいに集まってくるはず。そして攻撃を受ける。確実に。でも充分な速度を得ていれば最悪を避けられる。突破できるかもしれない」

ジャンはスクリーンのそばに来て、軌道をめぐる点を観察した。

「この計画には一つ問題があるよ」

「指摘されると思っていたわ。なに？」

ジャンは相手の目を見た。

「たとえ突破して着陸できても……」

そこまで言って首を振る。ペトロヴァは言った。

「わかってる、わかってるわ。地上の人々はバジリスクに感染しているはず」

おそらく母も。その考えを意志の力で押しのけて続ける。

「着陸しても、そこにいるのはゾンビの群れか、宗教的カルト集団か……そんな連中だと言いたいのね」

ジャンは首を振った。

「ちがうんだ。そうじゃないかもしれないと考えはじめている」

「そうなの？　じゃあなに？」

ジャンはスクリーンの赤い点をしめした。

「ここにいる船、防警が送りこんだ船はみんな、バジリスクに感染している。そして惑星を封鎖している。理由はなにか。バジリスクがパラダイス－1をすでに支配しているなら、その人々が外へ出るのをなぜ嫌うのか」

「よくわからないんだけど」

「バジリスクはなにかを守っている。地上のようすを防警に見せたくない。それはつまり、地上の人々が元気だからかもしれない。バジリスクへの対抗手段をみつけたのかもしれない。治療法、あるいは病原体を一掃する方法を」

ペトロヴァは胸が高鳴った。

「地上に解決策があるということ？　問題の答えが？」

「可能性はある」

ペトロヴァは両手を見た。動く手と、まだ空気式ギプスにはいった手。希望がある。母は無事かもしれない。着陸すると宇宙港でエカテリーナが出迎え、しっかり抱擁（ほうよう）してくれるかも……。

ありえないだろうか。しかし母が元気かもしれないと思うと全身に力が湧いてくる。高ぶった澄んだ目で顔を上げ、ジャンを見た。

「でも、この計画には問題があると言ったわね？」

「そうだ。着陸したらそれっきりだ。このバジリスク船団に頭を押さえられて離陸できない。地上のようすがどうなっているにせよ、これは片道切符の旅だ」

　ペトロヴァは強く息を吸った。

「だったら、そこにとどまるだけよ。着陸して、防警に連絡する。現地に到着し、待機していることを知らせる。軌道の船は地上まで追ってこないはず」

　ラプスカリオンが横から訊いた。

「絶対か？」

「わからない。でもそう思う。関係ない。下りないわけにいかないんだから。自分たちのためじゃない。重力井戸の底にはなにかがある。バジリスクの治療法か、あるいは……おびえて助けを求める数千人の入植者か。いずれにせよ防警に知らせなくてはいけない。できるだけ早く」

　ジャンが言った。

「同意するよ」

「決まりね。軍艦が惑星の反対側に集まる時間帯を待って、降下軌道にはいりましょう。全速力で、あとを振り返らずに」

109

　その夜、ペトロヴァとジャンは着席して夕食をとった。ビスケットと水以外のまともな食事は数日ぶりだ。アルペイオス号には備蓄食料がそろっていたので、ラプスカリオンに用意させた。ペトロヴァはあまり食欲がなかったが、席につくと体が自然に反応した。

　地球の標準的な食事にくらべるとたいしたものではない。タンパク質のスライスを揚げて緑色のなにかのソースをかけたものが出てきた。それでもペトロヴァはかじりつき、顎にソースをたらした。ジャンがまじまじと見ているのに気づいてすこし恥ずかしくなった。しかしやがてジャンもパンの袋を歯で嚙み破り、出てきたロールパンをまるごと頰ばった。安心して笑い声をあげたいところだったが、あいにく次のミソスープをするのに忙しかった。

　食べおえてから、食事のあいだほとんど口をきかなかったことに気づいた。背中を椅子にあずけてジャンを見た。パーカーが懐かしかった。いっしょにいて安心できた。暗黒の宇宙でも一人ではないと思わせてくれた。

ジャンもよくがんばっている。しかしペトロヴァのそばでは居心地悪そうにしている。それではよくない。この星系でバジリスクに感染していないたった二人の人間かもしれないのだ。助けあわなくてはいけない。気まずい雰囲気をなんとかしたい。

ジャンの目を見た。話させようと視線でうながす。しかし結局ペトロヴァが先に話した。

「ほんとうだと思う？　アクタイオンの主張。人類は滅亡する、バジリスクに勝てないというのは」

ジャンは首を振った。

「勝てる見込みがないなら戦っても無駄だ。エアロックへ行って身を投げたほうがいい」

「具体的な助言を聞きたいわけじゃないのよ。ただ……可能性を考えたいの。この星系へ来た船はみんなやられている。知るかぎりすべて。この船以外は。バジリスクは太陽系にもすでに到達している。あなたはタイタンで見たし、わたしがガニメデで見たのもそれだと思う。地球で蔓延（まんえん）したらどうなる？　百二十億人が住んでる。ある朝、目覚めたらみんな先を争って高いビルに登り、最上階から飛び下りはじめたら」

ジャンはブロッコリーをフォークで刺して、しばらくそれを見つめた。

「バジリスクの計画はそうじゃないと思う」

「希望的観測かもしれないけどね。バジリスクが求めているのがそれなら、たしかに人類は滅亡する。でも感染は一年以上前から継続している。バジリスクが人類を滅亡させるつもりなら、とうに決着はついているはずだ」

「じゃあなに？　バジリスクの計画はべつだと？」

「バジリスクの目標はいまのところ二つあるらしい。その二つがどう関係しているのかわからないけど。一つはこの惑星を守っている。だれも着陸させない」

「エウリュディケもそう言っていたわ、べつの言い方で。そうね。もう一つは？」

ジャンは苦笑した。

「バジリスクは対話を求めている。理由は……寂しいのか。いや、それはばかげてる。でもコンタクトを試みているのはたしかだ」

「コミュニケーションしたがっているということ？」

まえにもジャンはそう主張した。今回はただ肩をすくめた。

「これまでの観察からそう思える。こちらに興味がある」

「返事をする方法がわかれば……」

ジャンは首を振った。

「それはわからないね。とにかく人間を理解したがっている。だからこそ話をしたがっている。平和的で友好的とはかぎらない。この惑星から一定の距離に近づかせない最適な方法を探しているだけかもしれない。あるいは、人間にあたえる影響を理解できていないのかもしれない。ペルセポネ号でたくさんの人間が死んだけど、バジリスクとしては自分たちのメッセージのせいでなぜそうなるのかわからないのかも」

「メッセージ……。あそこでバジリスクが送ったメッセージは……」

「ノイズに埋もれてしまっているけど、〝耐えがたい飢え〟がメッセージだよ。あくなき欲求。つたえたいのはコミュニケーションをとりたいという飢え？　孤独でだれかと話したい？　そうかもしれない。アルペイオス号へのメッセージはもっと直接的だった。ウンディーネと乗員はなにかに侵入されたと思いこんでいた。まちがいではなかったけど、現実はもっと複雑だと気づけなかった」

「赤扼病（せきやく）は？　どんなメッセージがあったの？」

まずい質問だった。ジャンは目を細めてナプキンで口をぬぐった。

「わからない。それについては……考えたくない」

失敗した。本人が避けている話題を振ってしまった。心を閉ざして退却された。無理に追えば、逃げようとして奇行に走るだろう。いまはしつこくしないほうがいい。

「ごめんなさい。不愉快なことを訊いてしまって」

「べつに……なにも……」首を振る。「すこし休むよ。きみもそうしたほうがいい」

テーブルから立って、船室区画へ帰るハッチへ行った。開いたハッチでしばし立ち止まる。背中をむけたままうなだれている。表情は見えない。

「僕の考えはただの思いこみかもしれない。ほんとうのところはわからない。仕組みも、その意図も」

「それでも考えを聞かせてくれて感謝してるわ」

ジャンはうなずき、通路へ出ていった。ハッチはスライドして閉まった。

食堂に一人残されたペトロヴァは、食事の残りをいじりながら悶々(もんもん)として考えた。食べるのをやめたあとも、立つ気になれずにテーブルについたままだった。

いつのまにか目をつぶっていた。ふたたびハッチが開く音が聞こえて、はっとした。驚いて腰を浮かす。ジャンが言い忘れたことを言いにもどってきたのか。それともラプスカリオンが悪い知らせを教えにきたのか。

しかしまばたきして見まわしても、食堂にはだれもいなかった。自分一人だ。

開いたハッチはしばらくして自動で閉まった。

顔をしかめて席を立ち、ハッチへ行く。開閉パッドを叩いて、むこうの通路をのぞいた。

だれがあけたのか。左右どちらにも人影はない。

「アクタイオン、みんなはどこにいる？」

『ラプスカリオンは船倉(せんそう)の工作室です。ドクター・ジャンは船室にいます』

無事なほうの手首がぴくりと動いた。痙(つ)った筋肉をほぐすように手を曲げ伸ばしする。神経質になっているだけだと思った。なにかの見まちがいだ。ハッチは勝手に開いたりしない。

「アクタイオン、このハッチの開閉履歴を調べて。わたし以外にだれがあけた？」

『十二分前にドクター・ジャンの操作で開きました。そのまえは……』

「そのまえはいらない。一、二分前はどう？　わたしがあける直前。開いたのを見たのよ。でもだれも――」

ふいに黙りこむ。

「もういい。調査はキャンセル」

答えを知りたくない。アルペイオス号では奇妙なことが起きる。バジリスクと無関係に。怖い謎は一度に一つにしてほしい。

110

いよいよだ。

スタート時間。惑星へむけて動きだすとき。

「あなたは客室にもどってベルトを締めて」

ペトロヴァが言うと、ジャンは唇を噛んだ。宇宙服を着ているが、ヘルメットはかぶっていない。

「いっしょにここにいるよ。副パイロットとして」

「宇宙船の操縦を知らないでしょう。バジリスクとの戦い方を知っているのはこの宇宙であなただけなのよ。そんなあなたを危険にさらすわけにいかない」

ここはアルペイオス号のブリッジ。これからおこなう高速機動での非常事態にそなえて、ペトロヴァは宇宙服を着ている。操縦席にはラプスカリオンが耐加速シートを取り付けてくれた。大型のリクライニングシートに多数のベルトで体を固定し、強いGから守る。負傷してギプスにはいった左腕も安全に固定できるようにロボットが改造してくれた。操縦機器は右手一本で操作できるようになっている。

「ブリッジはあなたにとって安全じゃない。船室にもどって準備をして。時間がないわ」

船室のベッドは船の加速に対応できる。高速機動中にもし船の人工重力が切れても、繭(まゆ)状の柔らかいエアバッグで乗客をくるんで保護する。そこなら船体のほかのところが破壊されても生存率が高い。

ペトロヴァはため息をついて手を振り、行けとうながした。

それでもジャンは言いつのる。

「きみを手伝うよ。なにをどうすればいいかわからないけど、とにかく……」

黙りこむ。

「とにかく……なに？」

「とにかく……なんていうか……パーカーのようでありたいんだ。役に立ちたい。船室にすわっただただのお荷物になるのはいやだ」

「お荷物？」

ジャンは肩をすくめた。そして寂しげに背をむけようとする。

それを呼び止めた。

「ジャン、待って。手伝ってもらうことがある」

もどってきて、いぶかしげな顔をむける。

「これを引っぱって締めて」

専用でつけてもらったベルトだ。負傷した腕を体に引きつけて固定する。反対の手で締めることもできるが、ジャンにやってもらったほうがいい。仲間として役に立てたと思ってもらえる。ジャンはしっかり引いてバックルで固定した。快適に耐加速シートにおさまったことを感じると、ペトロヴァはうなずいた。

「ありがとう」

「どういたしまして。ねえ、結果がどうなっても、きみには感謝している。何度も命を救われた」

「そのお返しは充分にしてもらったわよ。ジャン、よく聞いて。惑星に下りたらあなたが必要になる」

「全力をつくすよ」

「いいから聞いて！　地上ではまさにあなたのような人が必要なのよ。あなたの特別なところはね、ジャン、危機において力を発揮するところよ。自分ではだめな人間だと思っているかもしれない。弱い人間だと思っているかもしれない。でも困難なときこそ人間は強くなれるものよ」

ジャンは驚いたように顔を上げた。ペトロヴァ自身もすこし驚いていた。それでも言ったことは本心だ。

答える言葉をしばらく待ったが、ジャンはなにも言わなかった。かわりにていねいに頭を下げて、ブリッジから出ていった。

ペトロヴァはアクタイオンのほうにむいて訊いた。

「あれでよかったのかしら。わかってくれたと思う？」

「その質問にはうまく答えられません。それよりも警部補、軌道離脱操作の実施時刻が迫っています。メインエンジンの制御はこちらでやりましょうか？」

「ちょっと待って。ラプスカリオン？」

『なんだあ？』

「準備はいい？」

ロボットはアルペイオス号のメインエンジンをかこむ狭い整備スペースにはいっている。飛行中になにか起きて緊急修理が必要になったときにすばやく対応するためだ。

『いいぜ』

続く言葉をペトロヴァはしばらく待った。いつもの皮肉や嫌みや、あるいは悲惨な死を予言する軽妙な軽口が飛び出すのではないか。

しかしなにもなかった。

「いつもとちがうわね」

『奇妙な人間の感情の一つを試してるところだ。現実にはなんの役にも立たねえのに、それでもそれにすがって生きようとする』

「その人間の感情って、なに？」

『希望だ。きっと成功するという希望を持つ。この星系に来てから一度もそんなことはなかったけどな』

ようやくいつもの調子にもどった。

「了解。いいわよ、アクタイオン。やって」

111

アルペイオス号のエンジンがうなりだした。ブリッジまでつたわってくる。暴力的な加速だ。船は崖から落ちるように惑星へ直進しはじめた。人工重力がなければペトロヴァはシートの背もたれに押しつけられ、眼球はGでゆがんでほとんど見えなくなっただろう。

前方の窓にパラダイス-1がある。まだ親指の爪くらいの大きさ。地球の地表から月を見るのとおなじかやや大きい程度だ。それでもしだいに大きくなっている。

耳もとで警告音が響き、はっとしてコンソールをつかんだ。これが鳴るのはもっと先だと思っていた。迎撃の船が接近していると知らせる警告だ。

「アクタイオン、どうなってる？」

「局限（きょくげん）宙域で四隻の船が加速中。それぞれ最大デルタVでこちらへむかっています」

多少の迎撃はやむをえない。なるべく攻撃されないように最適な降下軌道を計算したとはいえ、軌道上に船が多すぎてぜんぶはよけきれない。直近（ちょっきん）の四隻の軌道が画面に表示される。旅客輸送船二隻、偵察船一隻、貨物船一隻。いずれもバジリスク感染AIに運用され、惑星に近づく船を破壊するよう命じられている。

こちらのエンジン燃焼を探知されたのが思ったより速かった。加速時間がもっとあると思っていた。しかしなんとか振り切るしかない。

窓からのぞいたが、目視できる距離ではない。

「軍艦は？　反応してる？」

「惑星の裏側の軍艦は軌道を修正しています。迎撃にむかう軌道操作です。惑星封鎖をしているほかの船もです」

「待って。〝ほかの〟って、ほかの船もぜんぶ？」

訊くまでもなかった。

「そうです。百十五隻すべてが加速しています。それぞれの動きから予測すると、こちらの位置へ集まってくるはずです」

くそ……くそ、くそ。なんてことだ。しかし予想外でもない。バジリスクはなんとしても地上を見せたくないのだ。アルペイオス号の乗員が免疫を獲得しているとわかればなおさらだ。

ならば、なにがなんでも見てやる。どんな犠牲を払っても。

「まず武装した船をよける軌道を計算して。接近中の船については、一隻目の警戒すべき点を教えて」

ホロスクリーンで直近の四隻のうちの一隻、旅客輸送船をしめす点が明滅しはじめた。

「この船は高速で接近中です。速度優先でエンジンに高負荷をかけています。三十秒以内に接近するはずです」

「三十秒以内って……もうすこし正確に予測できないの？」

「むこうの乗員がどこまで大加速を許容できるのか不明です。核融合炉の遮蔽(しゃへい)はすでに破れています」

「そんな……」

ありえない。遮蔽が破れたエンジンをそれほど大出力で稼働(かどう)したら、船室区画の乗客は致死量の放射線を浴びる。乗っている全員にとって死を意味する。わずかな速度を稼ぐためにそこまでするのか。

「軌道操作とその後の遷移(せんい)軌道から予測すると、迎撃ではなく、高速度での衝突を狙っているようです」

「そんな……。おたがいに消えてなくなるじゃない」

ペトロヴァはつぶやいた。信じられない。バジリスクの望みは対話であり、抹殺(まっさつ)ではないと思っていた。すくなくとも初期段階では。

どうやらコミュニケーションより秘密保持が優先らしい。

「その船からできるだけ離れる回避コースを提案して。ただし……そのためにほかの危険に近づかないように。希望が多くて申しわけないけど」

「そのとおりです。警部補、惑星への安全なコースを計算するのはわたしの演算能力を超えつつあります。こういうときのためにアルペイオス号のような船には人間のパイロットが乗っています」

パーカーが……彼がいれば。しかし望んでも無駄だ。

「それでも提案して、アクタイオン。せめて助言を」

「こうなっては現在のコースから離脱を検討されるべきでしょう」

ペトロヴァは歯を食いしばった。

「その選択肢はないのよ！　ここで退却したら二度と惑星に近づけない。いっしょに答えをみつけて」

「わかりました、警部補。命令をお待ちします」

112

「ラプスカリオン、ジャン、加速にそなえて！」

船内インターコムで呼びかけると、ペトロヴァはバーチャルな操縦桿でアルペイオス号を横へひねった。パラダイス-1へ落ちつつ、接近する旅客輸送船の軌道から逃げる。

「アクタイオン、なにか情報を。かわせそう？」

「旅客輸送船は衝突コースのまま、加速を続けています」

悪態をついて右のバーチャルキーボードを叩く。すべて右手で操作するなどばかげている。しかし対応できるようにロボットが配置してくれた。

「ラプスカリオン、もっと推力を出せる？　もうすぐ強い回避機動が必要になるのよ」

『乗員全員を殺して、船体を真っ二つにしてもいいのか？』

問い返してくるロボットに弱気で答えた。

「いいえ」

『まあ、できるかぎりのことはしてやるよ』

首を振って、真正面の窓を見つめる。パラダイス－1は横にずれたが、着実に大きくなっている。アクタイオンが警告する。

「旅客輸送船は衝突まであと二十秒です」

「了解。こっちへ来ているほかのは？」

べつのスクリーンが開いたが、手を振って消した。じゃまだ。アクタイオンは声で説明した。

「二隻目の旅客輸送船も同様の衝突コースで接近しています。小型船はこちらとコースをあわせるところまで加速しました。偵察船のようです。貨物船は現在、惑星とのあいだをさえぎる軌道にいます。ただし低速で、その攻撃計画は読めません」

「ひとまず見張って。二隻目の旅客輸送船は……」

「衝突まであと四十九秒です。念のために、偵察船は衝突コースではなく、九十二秒後に一キロメートルの間隔をおいて併走（へいそう）してくるはずです」

ペトロヴァは眉をひそめた。偵察船はたいした武装を持たない。かわりに……。

「偵察船は……どんなセンサーを積んでる？」

「さまざまなセンサー類を搭載しますが、なかでも高出力の長距離分光レーザーがあります」

くそ！　それだ。だまし討ちする気だ。レーザーの出力を上げれば、近距離なら強力な武器になるのだろう。

しかしいま心配すべきなのは二隻の旅客輸送船だ。バジリスクによって誘導ミサイルと化した有人船が突進してくる。

正面のホロスクリーンを指で操作した。各船の位置がリアルタイムで表示されている。二隻に衝突されないルートを探す。しかしこちらのコース変更を計算させると、旅客輸送船も軌道修正してくる。機動性はこちらがやや高いが、たんに速度が劣っているからだ。敵は数で優勢。さらにおのれの生存が条件にない。

「なにか手があるはずよ、アクタイオン。惑星へ最大出力で直進すれば……貨物船を衝突寸前でかすめるコースをとれば……」

何度もスクリーンを指で操作し、提案されるコースを検討する。まるでチェスの手を探しているようだ。ただしすべての駒が同時に動く。ポーンの位置をつねに予測しなくてはいけない。

「アクタイオン、なにか……なにか……」

そのとき、スクリーン上にかすかな白い線があらわれた。仮の軌道だ。よく見るとこの線はおかしい。カーブの途中に意味不明の小さなねじれがある。なんだ……。これによってなにか変化が起きるのか、拡大して調べようと手を伸ばした。ところが指がふれるまえに線は消えた。

「ちょっと、どうしたの？　いまの軌道をもう一度見せて」

「なんのことかわかりません。どの軌道のことでしょうか」

「もういい」ペトロヴァはＡＩを黙らせた。「いまのはなし。一隻目の旅客輸送船と衝突するまで何秒？」

「十三秒です」

時間がない。なにか手を打たなくては。思い出そうとした。消えた線はどうなっていたか。船をどうかわしていたか。

「アクタイオン……」

「九秒前です」

「聞いて。いいから聞いて。ラプスカリオン、あなたもよ。こちらが合図したら出力全開で、あらゆるエネルギーをつぎこみ……姿勢制御ジェットを前方へ噴射して。わかった？」

ロボットが答えた。

『ランチでサンドイッチをおいしく食べただろうな。そんな強烈な機動をやったら、サンドイッチとふたたびご対面だぜ』

「衝突の大爆発で死ぬのとどっちがましかよ」

アクタイオンが冷静に、きわめて理性的に告げた。

「三秒前」

頭のなかでカウントする。……二……一……。

「噴射！」

113

敵の旅客輸送船は高速でやってきた。ペトロヴァはブリッジの窓から一瞬だけ見た。ありえないほど大きく、近い。エンジンノズルから出る青い炎が見えた気がしたが、気のせいかもしれない。

衝突直前――つまり二隻がもろとも粉砕されて消滅する寸前――アルペイオス号は姿勢制御ジェットを強く噴いて慣性と速度をころした。古式ゆかしいレトロモーターだ。

一瞬だったので速度に大きな変化はない。ホロスクリーンにプロットしてみると、アルペイオス号の軌道はほとんど変わっていない。ただ、そのカーブの途中に小さなねじれができた。なにかに迷ったように。

ブリッジのペトロヴァは急激な速度変化で前方に投げ出された。もちろん耐加速シートに拘束され、ベルトが肌に食いこむ。全身は強く絞られた歯磨きのチューブのようになった。

せいぜい一、二ミリ秒の出来事だ。一瞬がすぎると体はシート側にもどり、荒い息をついた。口のなかはいやな味の唾液でぬめり、眼球は変形してろくに見えない。成功したのかとアクタイオンに問う力もない。破壊はまぬがれたのか。

答えはすぐにわかった。ぎりぎりだった。敵の旅客輸送船はわずか数十メートルの間隔でニアミスし、飛び去った。高速度ゆえに乗員は——実際には乗員は死んでいると思われるので、かわりをつとめるＡＩは——修正できなかった。ふたたび体当たりを試みる位置につくには、大量のエネルギーを使って減速しながら、大きな弧を描いてもどらねばならない。そのころにはアルペイオス号は惑星に降りているはずだ。

問題が一つ片づいた。しかし障害はまだある。

「アクタイオン、二隻目の旅客輸送船は？　コースを変えてる？」

「いいえ。衝突まであと二十一秒です。一隻目とおなじくエンジンを過負荷にしています。警部補、あえて警告しておきますが——」

「状況は悪化しているということ？　わかってるわ」

二隻目の旅客輸送船のあとも敵は続く。併走してくる偵察船、下で待ちかまえる貨物船……。

貨物船か。

正面に浮かんだホロスクリーンを引きよせてセンサーのデータを見た。貨物船の行動が急に気になりはじめた。衝突攻撃を狙ってはいない。下で待つだけ。こちらと惑星のあいだにはいって、サッカーのゴールキーパーのように阻止しようとしている。アルペイオス号が惑星への猛進をはじめたときからコースも速度も変えていない。意図があるはずだ。いったいどんな。

そのときになったら考えよう。

二隻目の旅客輸送船が数秒で衝突するところへ迫っている。一度やったトリックは二度使えない。次の発想が必要だ。スクリーンにどこからともなくあらわれた軌道の小さなねじれのように。妙案がほしい。早く。

しかしなにも浮かばない。

「なにか……なにか……」

「衝突まであと十六秒」

アクタイオンが冷静に通知した。いまいましいほど落ち着いている。

そのときスクリーンの半分が閃光で真っ白になり、ペトロヴァは驚いてまばたきした。まる一秒——貴重な一秒間を茫然としたあと、われに返って訊いた。

「いまのはなに?」

アクタイオンは新しいホロスクリーンを開いた。望遠鏡映像は、アルペイオス号と惑星のあいだの低い軌道にいる貨物船を見せている。一個の風船のようだ。大きな球形の貨物コンテナを鉄骨フレームではさんでベルトとケーブルで固定している。後端(こうたん)には小さな推進ユニット、前端(ぜんたん)にはさらに小さな乗員区画。どちらもいかにも後付(あとづ)けだ。貨物が船体のほぼすべて。

映像が動きだした。並行してアクタイオンが解説する。

「推進ユニットのプラズマ封じこめ機能が適切な予防措置(そち)をこうじないまま突然消失しました。そのため大爆発が起きました。衝撃波が船体を破壊し、広範囲のデブリ原(げん)をつくりました」

デブリ。つまり吹き飛ばされた貨物だ。アルテミス号に衝突してくるのをジャンが見たというヤムイモの箱を思い出した。スクリーン上ではブロックノイズのような雲が広がっている。小さな四角い物体が回転し、衝撃波に乗ってゆっくりと拡散している。

敵方の大事故に見えるが、そうではないだろう。

「やられた。フェンスを張られた」

貨物コンテナの雲は、パラダイス-1への道をふさぐ鋼鉄の壁のようなものだ。無数のコンテナが回転しながら跳ね返り、ブラウン運動のように複雑な軌道で動いている。

「残念ながら、警部補、このデブリ原を通過するコースはリソース不足で計算できません。わたしの能力を超えています」

このコンテナの一つに高速で衝突したら、アルペイオス号は終わりだ。ペトロヴァもジャンもラプスカリオンもアクタイオンも、衝撃と炎のなかで悲惨な死を迎える。

「衝突まであと十二秒」

ペトロヴァは唇をなめた。近づく旅客輸送船は高速で避けようがない。もう奇手はない。過激な高速機動も危険な賭けもない。

あとは運に頼るしかない。

意を決するだけ。結果は甘んじて受ける。なりゆきまかせと呼ぶなら呼べ。愚行でも蛮行でもいい。窮余の一策。

アクタイオンはこちらの考えがわかったようだ。

「あらためて警告しますが、警部補、このようなデブリ原で安全なコースを計算するのは無理です。そんな能力は――」

「うるさい。行くわよ」

耐加速シートのパネルが開いて、右手の下に操縦桿が出てきた。全面的な手動操縦に切り替わる。

考えるだけで額に冷たい汗がにじむ。
しかしほかに道はない。

114

「衝突まであと八秒」

「そうはさせない」

ペトロヴァは操縦桿を横に倒した。操縦画面のホロスクリーンをブリッジ全体に拡大。これで周囲を飛ぶ無数のコンテナがよく見える。その一つが正面で大きくなり、横に舵を切ってかわした。次はややそれてくれたので小さな修正だけでよかった。

汗が流れる。胃は小さくなってどこかに隠れている。足を耐加速シートから浮かせながら急転舵。貨物モジュールが集まってピンボールのようにぶつかりあっているところをよけた。運動方向の急激な変化にブリッジの人工重力がついていけず、シートのなかで横に振られる。ベルトの下はあざだらけのはずだ。

「旅客輸送船はどこ？　まだ追ってきてる？」

「衝突まであと三秒……二……」

ブリッジをつつむスクリーンに白い光が広がった。背後からの閃光だ。直視していないのにまばゆくて目が痛い。

「いまのは旅客輸送船？」

「そうです。貨物モジュールに秒速六キロメートル近い速度で衝突しました。危険は去りました」

ひとまず安堵した。乗員は衝突のずっとまえに死んでいただろうが。

二番目の敵を排除できてよろこんでいるひまはない。周囲では貨物モジュールがランダムに飛んでいる。よけられるかどうかはこちらの腕しだいだ。

適任者でない意識は強くあった。パイロットの訓練など受けていない。アクタイオンはこの三次元迷路を解く能力がないとはっきり言っている。それはこちらもおなじだ。

努力はする。最善をつくす。できるところまでやる。そのあとは……。

ラング局長が見ていてくれればいい。失敗して死ぬようすから学習してくれればいい。防警が次の旅客輸送船になにも知らないお人好したちを乗せてパラダイス‐1へ送るときに、多少なりと成功率が上がるだろう。もしかしたら目的地に到達できるかもしれない。

うまくいけば。

すこし横の下で二個のコンテナが高速で衝突し、赤熱した破片がまわりに飛んだ。近すぎて対応できない。溶けた鉄片が雨あられと船体を叩き、アルペイオス号は揺れた。なかでも大きな破片が船腹にあたり、外壁を深くえぐられた。ペトロヴァは悪態をついた。

「くそ。被害報告を！」

「右舷の電力コネクタが軽微な被害を受けました。二次経路に迂回して電力供給を続けます。警部補、このままデブリの雲に深くはいると衝突の危険が増えます。引き返すべきです」

「それはだめ。引き返そうが、このまま突っこもうが、死の危険はおなじよ」

根拠はないが、そのはずだ。

正面の窓から見えるパラダイス－1は、手を伸ばせば届きそうなほど大きい。

「大気圏上層まであとどれくらい？」

空気の層に接触すればデブリは減るはずだ。コンテナの破片も散乱した内容物も摩擦熱で燃える。高空とはいえ地上への飛行経路が開けるかもしれない。

「まだ百七キロメートルあります。警部補――」

「ちょっと……待って……」

操縦桿をいったん左へ倒し、一気に右へ切り返した。ほぼ原形をとどめた貨物モジュールがアルペイオス号をかすめていった。ぶつかったら船室区画に大穴があくところだった。

「あぶなかった」

アクタイオンはあらためて言った。

「警部補、雲のなかで貨物モジュールどうしの衝突が増えています。そのたびにデブリの破片が指数関数的に増えて障害になります」

そのとおりだ。モジュールどうしが衝突すると数十個、あるいは数百個の破片に分裂する。発生した破片は小さく、発見も回避も難しくなる。

「集中させて。とにかく集中させて」

「わかっています、警部補。これから――」

大きく固いものが船尾付近にぶつかった。ペトロヴァは耐加速シートのなかで人形のように振りまわされた。ベルトで固定されていなければブリッジの反対側へ吹き飛ばされただろう。眼球は眼窩（がんか）ではねまわり、衝撃で耳鳴りがする。なんとか操縦桿に手を伸ばしてホロスクリーンを見ようとした。しかし目がかすんでしばらくなにも見えなかった。なにも考えられず、なにも聞こえない……。

ようやくラプスカリオンの叫びが聞こえた。

『ペトロヴァ……ペトロヴァ、答えろ！　異なる三層べつべつのデッキで火災発生。たいへんだ。応答しろ!』

「聞いてる」

正面に迫る貨物コンテナが見えた。あやうく操縦桿をつかんで間一髪でかわす。

ラプスカリオンが言う。

『新しい機体がいる。かなりやられた。片手じゃ修理できない。そっちは……いや、あれはなんだ——』

「どうしたの?」

ペトロヴァは顔を上げた。

前方の空間へ伸びる明るい光の線が見えた。完全に直線の破壊の光。鋭利なナイフで紙を切るように貨物モジュールを両断した。

「まずい。忘れてたわ」

偵察船だ。高出力分光レーザーを搭載している。ぴたりと後方につき、間隔を詰めてくる。恐れおののくペトロヴァのまえで、二本目のビームが闇を切り裂く。三本目はアルペイオス号の鼻先を切断した。

115

船体は揺れるどころか、ろくに振動もしなかった。一瞬の鮮やかな切断だったせいで、アルペイオス号は自分が切られたことにしばらく気づかないようだった。

しかしすぐにブリッジのコンソールの半分から火花が上がり、燃える電子機器が煙を噴いた。アクタイオンがなにかを叫ぶ。しかし混乱のなかで声は遠ざかった。だんだん小さくなる……。

ペトロヴァは呼んだ。

「アクタイオン？ ラプスカリオン？ だれか被害報告を！ どうなって……」

轟音(ごうおん)とともにブリッジの空気は船首の穴から吸い出された。背後ではハッチが閉まり、火花も消えはじめた。呼んでもなにも聞こえない。だれも……。

「警部補……」

ようやくアクタイオンの声がした。これまでブリッジで聞こえていた声ではない。宇宙服のヘルメット内でヘッドセットから聞こえる。空気がなくなったブリッジでは声がつたわらないのだ。

「警部補、無事ですか？」

「だ……だいじょうぶよ」

窓に貨物モジュールの破片がぶつかって跳ね返り、ペトロヴァはぎょっとして声を漏らした。ポリカーボネート製の窓にひびがはいったが、もはや関係ない。ブリッジはすでに真空だ。しかし次の衝突は死を意味するだろう。薄い船体を切り裂き、そして……。

「警部補！」

貨物船の船室区画らしいモジュールの一部が左側を通過していった。ペトロヴァは操縦桿(かん)で障害物をよけた。煙か氷の塊か、あるいはヤムイモかもしれない。いまいましいヤムイモめ。

宇宙服の死体が通っていって驚いた。まさかジャンか。アルペイオス号がばらばらになって船外に放り出されたのか。いや、そうではない。貨物船の乗員だろう。そのはずだ。

レーザーがブリッジの数メートル横をかすめ、真下の惑星へ伸びていった。パラダイス－1はすでに窓の半分を占めている。

ペトロヴァは船体を長軸(ちょうじく)にそって回転させた。そして顔を上げたとき、次のレーザーが首をかすめた。

ブリッジのそばという意味ではない。内部を貫通したのだ。一メートルずれていたら頭と胴が泣き別れになっていただろう。

恐怖で声が裏返った。子どものような声で言う。

「アクタイオン……アクタイオン。どうすれば……どうすればいいの？」

なにかが船にあたった。もはやどこにどうあたったのかわからない。ペトロヴァは横に振られ、頭がヘルメットの側面に衝突した。そして……。

なにもわからなくなった。

116

大きくまばたきした。口のなかが不快だ。銅の味か、血の味か。いや、もっと悪い。血よりもっと悪い……。

まわりで光と火花がまたたいている。だれかが呼んでいる。だれか。アクタイオンではない。人間の声……。

まさか。

ありえない。

また意識が遠ざかった。

117

近くでなにかが爆発した。だれかに足を引っぱられた。

船はまだ飛んでいる。よかった。貨物モジュールが右や左を飛んでいく。すれすれをかすめる。見下ろすと手は操縦桿(かん)を握っていない。

自分は操縦していない。操縦装置にさわっていない。

左を見ると、ラプスカリオンがいた。すくなくともその機体の一つ。緑のプラスチックの脚でペトロヴァのベルトのクイックリリースボタンを叩いている。そのむこうを見ると、ブリッジの壁が切断されてまるごとなくなっている。宇宙空間に露出している。壁の切断面はオレンジ色の鈍い輝きが残っている。むこうでは貨物モジュールがくるくると回転しながら飛んでいく。アルペイオス号はまた姿勢と飛行方向を変えた。

自分は操縦していないのに。

右にむこうとすると……。

しかし頭がぼやけ、体がいうことをきかない。力をこめる。反射や本能にあらがう。歯を食いしばって顔を右にむける。

だれかいる。コンソールにかがみこむように立ち、すばやくキーを叩いている。人だ。なのに宇宙服を着ていない。ジャンではない。ありえない。それははっきりしているが、では、だれ……。

「サム?」

ラプスカリオンの声が聞こえた。ヘッドセットから奇妙にゆがんで響く。

「はずれェェェ……ろォォォ……」

最後のベルトがはずれた。

ペトロヴァはもがいた。操縦しているのがサムなのか見たい。ところがそのとき負傷したほうの腕をつかまれた。肘から脳へ激痛がつたわり、悲鳴をあげる。それでもロボットは頓着しない。

「危険ンン……だからァァ……」

こんなふうに声がゆがんで間延びするということは、よほど多くの機体に分かれて同時に活動しているのだろうと、ぼやけた頭で思った。

「サム」

ペトロヴァはもう一度呼んだ。

するとパイロットは顔をむけ、親指を立ててみせた。そして操縦にもどった。

118

ジャンはほとんど息ができなかった。宇宙服はヘルメットにじかに酸素を吹きこんでくるのに息苦しい。視界もきかない。通路は煙が充満し、露出したエンジンコアに迷いこんだのかと思うほど。手を引く緑の脚はラプスカリオンだ。それはわかるが、なにが起きているのかさっぱりわからない。

さっきまで船室にこもっていた。エアバッグにつつまれ、腕も脚も押さえこまれて、船の動きに対してしっかり固定されていた。そのエアバッグが突然しぼんで、真っ暗闇の無重力になった。いまは荷物のように長い通路を移動させられている。行き先は不明。安全かどうかもわからない。

角を曲がると、かん高い音が聞こえた。まるで獲物に襲いかかる猛禽類の鳴き声。まわりの煙が通路の先へ流れ、壁の穴から吸い出されている。正真正銘の穴だ。船体が破れている。パラダイス－1からの光がさしこみ、破壊の輝きのようにまがまがしい。

やはり安全地帯などない。船室区画よりいくらか危険が少ない場所へ移動するだけ。

「ついてェェェ……こおォォい……」

ラプスカリオンの声はゆがんで抑揚がなく、ノイズまみれ。荒々しい無意味ならなり声にしか聞こえない。それでもついていった。船の長い首を通ってブリッジへむかう。

「ほんとうにこっちでいいの？」

その問いを宇宙が聞いて、矮小な人間に運命を教える決心をしたらしく、船全体が鐘のように震えた。さらに通路の人工重力が消えた。と思ったら方向を変えて復活し、壁が床になって叩きつけられた。

通路の先で不気味にゆがみはじめたハッチをみつけて、ラプスカリオンが駆けよって飛びついた。プラズマトーチでハッチをすばやく溶接する。あいた脚で通路の先をしめした。

「行けェェェ……ガガガ」

後半は無意味なノイズに変わった。ジャンはパニックになってブリッジ方面へ走った。たどり着いてみるとハッチは閉まっていた。開閉パッドを何度叩いても制御パネルは赤く点滅するばかり。表示は次のとおり。

アクセス不可。

この先は真空。

表示はいったん消え、べつの内容になった。

強い放射線環境。

それも消えて一般的な警告文になった。

危険、立入禁止。

ジャンは無線に切り換えて大声で呼んだ。

「ペトロヴァ？　警部補？　どこにいるんだい？」

「退がれ！」

強い調子の声が聞こえた。ジャンはハッチが爆発するのかとあわてて離れた。

開いたハッチからあらわれたのは、まるで怪物だった。脚が百本、頭が四個。触手やとげや腕がいくつも突き出てわらわらと動いている。

ただしそれが緑のプラスチックでできているのを見て、ジャンはほっとした。

「ラプスカリオン」

「よろこぶのは早いぜ」

ロボットは答えた。よく見ると、七本の腕のうち六本でペトロヴァを抱きかかえている。拳でプラスチックの甲羅を叩いているのは、下ろせという意思表示か。しかしラプスカリオンはしっかりとかかえなおした。

「お客さまに贅を尽くした旅の経験をしていただくためさ……」

ジャンは驚いた。

「待って、その声。まるで……」首を振る。「まさか。でも、パーカーの声に……」

通路の先にむきなおった。動くものが見えた気がした。人間のようだった。しかしいまは破片と煙が渦巻くばかり。

「時間がない。言うとおりにしてくれ」

パーカーの声でロボットが言った。はっきりとアメリカ英語の訛りがある。ラプスカリオンはジャンの背中を押して走りだした。ペトロヴァをかかえたまま壁や天井を這う。通常はブリッジと船倉をつないでいる短い通路へ案内する。

その先で小さなハッチが中心から開いた。奥は小部屋になっている。というよりクローゼットくらいの空間しかない。六角形の断面で、壁は分厚いクッションにおおわれている。ストラップやベルトや手すりがあちこちに設置されている。

これは脱出ポッドだ。

「すべて自動で動く。乗れ」

パーカーの声が言う。

ジャンはうなずいてなかにはいった。なにも考えられない。考えている場合ではない。かかえたペトロヴァを渡された。本人はまだもがいている。その宇宙服をつかんで壁に押しつけ、胸の上にベルトをかけようとした。負傷した腕に用心する。

そのとき通路からだれかが呼んだ。

「サシャ」

ペトロヴァが強く抵抗し、押さえていられなくなった。ペトロヴァは振りほどいたものの、遠くへは逃げなかった。出入口のハッチで止まる。閉まらないように枠を手で押さえている。

ジャンはその肩ごしに外をのぞいた。なにがあるのか。視線をたどって信じられないものをみつけた。

サム・パーカーがいる。

死んだはずのサム・パーカーだ。

船内用のジャンプスーツだけで通路に立っている。炎と火花と煙どころか、空気がなく、放射線と過酷な温度にさらされた環境で平然としている。

「サシャ、きみは行け。俺は……ごめん。ほんとうは……できるなら……」

「サム……サム」

ラプスカリオンが怒鳴った。

「やばい、閉めて射出しろ！」

ペトロヴァはポッドのなかへ乱暴に突き飛ばされ、ハッチは閉まった。低いうなりが壁を震わせるなかで、ジャンはあわてて自分のベルトを締めて、ペトロヴァを引きよせた。ポッドのエンジンが噴射されると、二人は壁に強く押しつけられる。

なにもないポッドの中心に、ホロスクリーンが投影された。急速に遠ざかるアルペイオス号が映っている。断末魔にあえぐ姿。外壁は切り裂かれ、構造材は折れてゆがんでいる。脱出ポッドが射出されたところのハッチが開いたままで、そこからパーカーが見えた。業火を背景にシルエットになり、片手を上げて別れのあいさつをしている。

ポッドがむきを変えて船は画面からはずれた。漂流物か、あるいは爆発の閃光を避けるためだろう。アルペイオス号とパーカーは去った。

ペトロヴァは息を震わせた。

「サムの……ばか」

119

恐怖心をまぎらわせようと、ジャンはポッドの内部を調べた。なにができるのか。結果は……たいした機能はない。機械的に安全なだけだ。

操作できるところがない。ホロスクリーンが出せるだけ。表示されるのは緑点灯の列。ポッドの各機能が正常であることをしめす。ああ、よかった。安心だ。そのためにスクリーンを見せるのだろう。ほかはなにもわからない。今後の見通しをつける情報もない。

無線の受信機が組みこまれている。しかしさわってみると役に立たなかった。アルペイオス号からの信号はなし。パラダイス星系内の放送も拾えない。軌道封鎖に参加している船団のおしゃべりも聞こえない。

センサー類はろくに搭載されておらず、ホロスクリーンで現在位置や行き先を調べようとしても、出るのは外部カメラ映像だけだ。映るのは星ばかりで、たまにパラダイス－1の一部がはいる。茶色の円盤と薄青の外周。大気の層が淡く光っている。しばらくするとポッドは惑星から遠ざかり、宇宙しか映らなくなった。

ポッドのなかにはもう一つ、無視できない存在が乗っている。しかし機能を停止している。ペトロヴァは茫然自失のあまり恐怖も感じていないようだ。体をまるめて動かない。息をして、たまにまばたきするだけ。おとなしいというより怖い。射出されてから黙りこくり、失語症にでもなったかのようだ。

ショック状態。ただし医者として正式な診断ではない。宇宙服を脱がせてバイタルサインを診ないと正しい結論は出せない。しかしどうやらそのようだ。呼吸は正常で、特段の障害はないようなので、そっとしておくことにした。

ポッドのなかは立って歩いたり、簡単な運動をするような広さはない。重力がないので自重筋トレもできない。気をまぎらわせるために無味乾燥な単純作業でもやりたかったが、それもできない。

ペトロヴァの宇宙服を脱がせて左腕を診察しようかと考えた。一時的でも有意義な仕事をしている気分になれるだろう。医者として技能を発揮し、役に立ったと思えるだろう。

しかしフェイスプレートをのぞきこんで、やめた。半分死んだようなうつろな表情。診断する気をなくしたままのぞいていると、ゆっくりとその目が動いて視線があった。スローモーションで目を細め、唇をなめる。すでに眉をひそめはじめている。

もういい、気にしないでと、ジャンは思った。じゃまして悪かった。申しわけない気持ちであわてて顔をそむけた。

ペトロヴァは茫然自失にもどった。

そのまま永遠に続くように思えた。不安と恐怖と、なにも起きない停滞。

それがふいに破れた。

突然だったのでジャンは思わず驚きの声を漏らした。ホロスクリーンにいきなり光がともり、薄暗いポッドのなかが青く明るく照らされたのだ。最初は断続的なブロックノイズと無意味な光の変化だったが、やがてぼやけた映像が出た。ラプスカリオンの頭部だ。多数の目が並び、凶悪そうな口器（こうき）が横に広がる。安っぽい緑色のプラスチックで成形された巨大な蜘蛛（くも）の顔。

『よう、二人ともまだ生きてるみたいだな。ひと安心だぜ』

「やあ、アルペイオス号。そちらの声は大きくはっきり聞こえるよ」

『そうかい、そいつはよかった。さて、よく聞いてくれ。時間がねえんだ。いま連絡してるのは、こっちで問題が起きてることを教えるためだ。あんたたちをポッドに押しこんだのは一時避難のつもりだった。船内状況が安定したら出して、それから……どうするかは決めてなかった。ところがそのあと核融合炉がメルトダウンしちまって、いまは船内全体が生存不可能の環境になってる。人間にとってはな。あんたたちがもどってきたら数秒で死ぬ。だからしばらくそこでがまんしてくれ。なにか動きがあったら連絡する』

ロボットの頭部が画面からはずれかけた。

「待ってよ、ちょっと待って。もどって！」

ジャンが呼ぶと、ラプスカリオンは言われたとおりにした。

『なんだ、質問でもあんのか？』

「こっちはなにが起きてるのかさっぱりわからないんだよ。最後に聞いたのは強行突破して惑星へむかうって話で、それはどうなったの？」

『ああ、そのことか。だめだった』

すると急にペトロヴァがスクリーンに身を乗り出して訊いた。ジャンは驚くばかり。

「なんですって？　どういうこと。ここはどこ？　どこへむかってるの？」

『状況が悪化してたんだ。どうしようもなかった。宙域が貨物モジュールだらけになって、それでパーカーが操縦を交代した』

ペトロヴァはあっけにとられてまばたきした。さっきまで神経症のように茫然自失の状態だったのに、すっかり忘れたようだ。

「サムが……。どういうこと？　パーカーが交代したって」

『おいらもあんたたちも、あいつに救われたんだよ。いきなりホロ映像としてブリッジにあらわれて船を操縦しはじめた。ただし惑星へ下りるのをやめて高度を上げた。貨物モジュールから離れた。あとで聞いたら、あのままだと衝突して粉々になってたってさ。だから方向転換してみんなを救ったんだと。ただし船体が折れそうな急旋回になったから、人間たちは脱出ポッドに退避してもらった。突然で悪かったな。のんびり説明してたらみんな死んでた』

「いまはどこへむかってるの？　このポッドは最終的に惑星へ行くの？」

『悪いが、ちがう。そこはパーキング軌道でひとまず安全だ。こっちの修理が終わったら迎えにいってやる。それがいまの状況だ。じゃあな――』

「サムと話させて」

『なんだって？』

ロボットは困惑の表情……というのは正しくない。人間のように感情表現できる顔の設計ではない。かわりに声の調子で表現するしかなく、そういう返事だった。

「彼とかわって。早く」

『いいかい、警部補。いま説明したとおりだ。かろうじて状況を安定させてるだけで、船はアルテミス号よりひどい状態だ。おいらは修理作業が山積みで――』

「あなたがわたしの船を修理しているあいだに、彼と話をさせて」

断固(だんこ)たる口調に、ラプスカリオンは折れた。

『了解、警部補』

120

通信画面に出るのではなく、ポッド内にじかにあらわれた。ホロスクリーンが消えて、そこにサム・パーカーが登場したのだ。

ペトロヴァはしばらく茫然（ぼうぜん）として見た。もとの姿そのままだ。四角い顎（あご）に、いつも浮かべている強気の笑み。ただし、目つきがすこし取り憑（つ）かれたように見える。しかたない、幽霊なのだ。

ジャンは隣で小さくなっている。足もとを見ると、狭いポッドのなかで膝をできるだけ横によけている。どういうことかと、自分の脚を見ると、パーカーの膝と交差して突き抜けている。ジャンはそんな気まずい接触を避けようとしているのだ。

パーカーは固体光（ハードライト）を使っていない。ポッドに機能がないのか、そんな演出はもう必要はないと判断したのか。いまは普通のレーザー光による単純な投影だ。それでもポッドが急に混雑したように感じられる。

パーカーは申しわけなさそうに声を漏らすと、下半身を消した。といっても切断されたように消えたのではなく、腰から徐々に暗くなり、脚は黒い影にはいった。

「気味悪い」

ペトロヴァがつぶやくと、パーカーはやや傷ついたように笑みをゆがめた。

それでいい。ペトロヴァは糾弾(きゅうだん)をはじめた。

「嘘をついたわね。わたしたちがこの星系で目覚めたときから嘘をついていた。すごく不愉快」

パーカーは目をあわせられないように横をむいた。

「なにか言うことはないの？」ペトロヴァは首を振った。「といっても、だれを責めているのかしらね。あなたはアクタイオンのAIコアのサブルーチンなの？　サム・パーカーのシミュレーション？　それとも別個のAI？」

パーカーを軽く肩をすくめた。言葉はあいかわらずない。

「アルテミス号とアルペイオス号のコンピュータコアは必要以上に大きかった。まるで軍用のように。アクタイオンさえ理由を説明できなかった。ラング局長がコンピュータ設備を強化したのは、ホロ映像のパイロットを運用するためなの？　説明して。なぜあなたは死んだ乗員の姿と声で話すのか、わかるように教えて」

パーカーはようやく話しはじめた。

「それは……わからない。船がやった……のかな。思考や記憶をいつ外部に記録されたのか……憶えていない。冷凍睡眠中だろう。アクタイオンが再起動しようとしたときだ。船のコンピュータが使うインターフェイスのバックアップとしてじゃないかな。たぶん」

「たぶんね。まったくなんてこと。そしてアクタイオンが再起動を完了した時点で、あなたは用ずみと判断された。そういうことなの？　サム、あなたはどこにいるの？　画素の雲のように消えたわけじゃなかった。なにか残っていた。そしてわたしをずっとそばで見ていた。あれからどこにいたの？」

パーカーの映像は肩をすくめた。

「生まれるまえはどこにいたのかという質問とおなじだ。肉体はなく、声もなかった。べつに怖くはなかった。苦痛はなく、苦悩もなかった。つらいとは思わなかった。それでもきみが見えた。あるレベルできみを見ていられた」

ペトロヴァはじっとパーカーを見つめた。理解できない。

「そしてこうしてもどってきた」

「そうだ」

ペトロヴァはゆっくり長く息をした。次の問いまでの時間稼ぎだ。質問は単純。しかし答えはとても複雑になるはずだ。

「なぜ？　なぜもどってきたの？」

パーカーは唇をなめた。しばし上を見て、次は足もとを見た。それからようやく答えた。

「きみが必要としていた？　必要としていたから」

「死んだいまいましいパイロットに取り憑かれることを？」

「危険だった。この星系に到着したとき、なにもかも悪い状況だった。俺はすでに死んでいた。いまはそうだとわかる」

「いま？　当時はわからなかったの？」

パーカーはまた肩をすくめた。それがしゃくにさわる。

「あのときはよく考えなかった。ただ……そこにいた。きみは生き延びるために助けを必要としていた。そのあとはいろいろなことが立てつづけに起きた。息つくひまもなかった。違和感はあった。自分は幻影にすぎないとわかっていた。でもきみが必要としていたんだ」

「一杯のシリアルをね」

「よく憶えていない。いまの記憶は鮮明じゃない。きみが船を操縦していて……そのコースだときみは死ぬとわかった。だから――」

「姿をあらわしたのね。ふたたび助けるために」

パーカーはうなずいた。ペトロヴァは言った。

「訊きたいことがたくさんある。理解したい。そして——」

「ちょっと……」

「なに？」

「行かないと。すぐに……もどってくる」

いきなり空中から消失した。

121

ペトロヴァは身を乗り出して、消える相手をつかまえようとした。無駄なのはわかっている。湧き上がる怒りを抑えきれず、ポッドの壁を片方の拳で叩く。

跳び上がって驚いたジャンがしばらくして言った。

「あれは……なにかおかしいよ。そう思うだろう？　本物の人間とはぜんぜんちがう」

ペトロヴァは深呼吸してからうなずいた。そのとおりだ。

どうにかしなくてはいけない。いますぐ。シャットダウンすべきだ。あんなものいらない。パーカーは過去の思い出だ。悼むべき対象だ。こそこそと人についてまわったり、肩ごしにのぞいたりしなくていい。危険だからと介入して人の命令を取り消すなど言語道断だ。シャットダウンさせる。消えてもらう。本物のサム・パーカーではない。

では……なにか。

ジャンが訊いた。

「まさかあれが……一杯のシリアルがどうのと言っていたけど……影のようについてまわって、なにかしてたのかい？」

ひさしぶりに活発に話している。ペトロヴァは答えた。

「こっちはほかの問題で忙しいのよ。あんなものいらない。あれは――」

「冒瀆だ。本物のサム・パーカーの思い出をけがすものだ」

「そうよ」

ジャンはどうしてこの話を続けるのか。同意見ではある。それはそうだが。

パーカーと話すペトロヴァの表情や口調からジャンはなにか気づいたのではないか。

「あのなかにはサムの一部があるのはたしかよ。わたしは昔のサムを知ってる。会ったことが……ある。本物そっくり。よく似てる。ときどき……」

「あれはどこも本物のサム・パーカーじゃないよ」

「アルペイオス号を操縦できるじゃない。わたしたちを脱出させて助けてくれた。そもそもその理屈で言ったらラプスカリオンはどうなの？　あのロボットの気持ちが本物だといえる？」

「でもラプスカリオンはきみに恋愛感情を持っていない」

ペトロヴァはあっけにとられ、ついで怒りが湧いた。

「ばかなことを言わないで」

ジャンは腕組みをするばかり。ペトロヴァは続けた。

「ばかげてる。ありえない。わたしたちを助けようとしているだけよ。死なせないようにしているだけ。そのために出てきている」

「僕たちを助けようとはしてないよ」

「どういうこと？」

ジャンは正面から相手の目を見た。

「さっきあらわれたときだよ。なぜまた出てきたのかという質問に、〝きみが必要としていたから〟とあれは答えた。きみだと。きみだけが理由だと。僕のほうに取り憑いたりはしない」

そんなの納得できない。意味不明だ。

ペトロヴァは呼んだ。

「パーカー、もう一度出てきて。聞いているのはわかってる。話がしたいの。話してはっきりさせたいことがいくつもある。姿を消してそれっきりなんて――」

薄暗いポッドの中央にいきなりホロスクリーンがあらわれた。空中に浮かぶ四角い板で、明るい緑色。ラプスカリオンの色だ。そこに文字があらわれた。

静かにしろ。第三者がいる。

ホロスクリーンはぱっと消えた。ポッドの動かない空気のなかに二人は残される。どちらもしばらく凝然（ぎょうぜん）とした。やがてペトロヴァがジャンにむきなおると、やはりジャンもむきなおった。それぞれの宇宙服のこすれる音が耳ざわりなほど大きく聞こえる。

「つまり……」

ペトロヴァはできるだけ小声でささやいた。

ジャンは理解してうなずいた。

122

サム・パーカーは息をしようとあえいでいた。体が冷えきっている。腕をこすり、跳びはね、運動をする。なにをしても体のしびれや奇妙な寒けが消えない。息が苦しい。思考が……ぼやける……。

ラプスカリオンが怒鳴った。

「パーカー！　なにやってるんだ」

両手を見ると、むこうがすけて見える。体が消えかかっている。また透明になろうとしている。まえとおなじ思考停止に。

船が自分を必要としているのに。ペトロヴァが必要としているのに。

「ラプスカリオン、どこにいる？」

中継映像が送られてきた。煙と火花が充満する通路をロボットは走っている。脇の通路から突然噴き出す炎をよけていく。

アルペイオス号はひどい状態だ。いつ船体が崩壊してもおかしくない。船のシステムでそのひどい状況を確認した。人工重力はすべて停止。どの区画も強い放射線にさらされている。基幹（きかん）システム自体も問いあわせに正常に反応しない。壊れて復旧不能か。

ラプスカリオンはあちこちで必要な修理をしている。折れた構造材を溶接し、焼けた基板を交換している。しかし無駄かもしれない。アルペイオス号はもう居住可能にならないだろう。ポッドで脱出した人間たちはよそに生存場所を求めるべきだ。その最悪の知らせをどうつたえればいいか。

　しかしいま最大の問題はそれではない。

「パーカー！」

ラプスカリオンがブリッジから呼んだ。

気づくと体が消えうせ、船のシステム内を通って移動していた。体あるいは姿かたちを維持するには意識を集中しなくてはいけない。ただのホロ映像でも存在は存在だ。気持ちしだいだ。ブリッジに姿をあらわそうと努力した。ホロ投影設備の性能いっぱいに明瞭（めいりょう）に、すけないように。固体光（ハードライト）設備も目覚めさせて使った。貴重なシステムリソースを消費するが、これによってものにさわれる。肉体を持ったように感じられる。

「来たぞ」

「よし。ちょうど百万倍も悪い状況になったところだ」

「なにが起きてるんだ。アクタイオン、ホロスクリーンを……」

「必要ない」

「どういうことだ？」

「おまえはもう制限だらけの人間じゃない。プログラムだ。アクタイオンのセンサーにじかに意識をつないでみろ。できるはずだ」

「ああ、できる。うわ、なんだこれは」

「そういうことさ」

望遠鏡映像が精神の目に見えた。付近の宇宙空間だ。そこにいる船も。数が多い。惑星封鎖していた船がいっせいに集まってきている。突破を試みたせいで注目されたのだ。戦艦も一隻、一時間以内のところにいる。ほかは推力全開で距離を詰めてきている。旅客輸送船、貨物船、病院船が矢のように急いでいる。アルペイオス号の船腹をつらぬく勢いで集まってくる。

そのなかに星系内で最大の船があった。あのペルセポネ号より巨大な植民船だ。パーカーもこれほどの大型船はじつは見たことがない。周囲をうろつく小型船が、女王蜂をとりまく働き蜂に見える。戦艦や旅客輸送船ほどの速度は出ないが、それでもアルペイオス号を阻止しようと来ている。

「軌道に居すわるのをやめて、とうとう殺すつもりできやがったな」

「そう……かもしれないが」

「なんだよ。べつの目的があるってのか？」

パーカーはコンソールに手を伸ばして長距離センサーのスイッチをいれた。ラプスカリオンが声をあげる。

「おい……待て！　やばいって。まったく、なんてことを」

危険は承知だ。長距離センサーは宇宙にむけて電波を出す。その気になればだれでも受信できる。SOSを打ったのとおなじだ。

「もう関係ない。封鎖船団はこちらの居場所も、生存者がいることもすでに気づいてる。それより知りたい。ポッドの二人が無事かどうか。そして……ほら、心配したとおりだ」

ポッドが移動している。本来ならありえない。船から打ち出されたポッドは軌道を変えられない。旋回もコース変更もできない。なのにセンサーによればポッドはこれまでと異なる方向へ移動している。移動するだけでなく加速している。

投げたボールをキャッチするように、宇宙をただようポッドをなにかが、だれかがつかまえたのだ。そして引っぱっている。ポッドは捕獲された。

ラプスカリオンが言った。

「くそ、なんとかしてやりたいが、ここからじゃ手も足も出ねえ」

ホロ映像のパーカーは苦しげな表情だ。

「なんてことだ。納得できない」

わざわざ死からよみがえったのに、あきらめるわけにいかない。

123

息をころしてすわっているしかない。耐えがたい。

ジャンはRDが手首に針を刺すのがわかった。落ち着かせるための薬剤を投与している。しかし効いている感じがしない。小声で言った。

「ホロスクリーンで外のようすを見てみたらどうかな」

「なにも見えないわよ。見えたとしても……」

うなずいて同意した。ポッドの唯一のセンサーはカメラだ。それで外を見たからといって位置を特定されるわけではない。危険はないはずだ。なのにためらう。なにをしても危険な気がする。

ジャンは鼻を掻きたいのをこらえた。そっとペトロヴァを見ると、目を閉じて、口が小さく動いている。祈りか、宇宙へのあてのない命乞いか。

無意味なことはわかっている。そしてやはり無駄だった。

一時間近く黙ってすわって、変化を待った。なにが起きるのかわからない。バジリスクが襲ってくるなら今度こそのがれようがない。こちらの負けだ。ほかの船の乗員たちとおなじように。

ペトロヴァが右手を伸ばしてきた。手のひらを上にむけている。ジャンはとまどってそれを見た。

「ふれられるのが嫌いなのはわかってる。でもいまだけ、お願い」

ジャンは自分の手を伸ばそうとした。言うとおりかもしれない。他人を信用することをそろそろ学ぶべきだろう。求められるものを……。

突然ポッドがなにかにつかまれた。二人は横に放り出され、もつれて倒れた。引っぱられるポッドのなかで悲鳴をあげる。いきなり重力が生まれた。ただし方向がおかしい。床だったところが壁になっている。二人は折り重なっておたがいにつかまり、乱暴に引かれるポッドのなかで恐怖に耐えた。

やがて加速が止まった。ジャンは徒競走をしたあとのように胸をあえがせた。首をひねってポッドの壁を見まわす。どこかが破れて、空虚な空間に放り出されるのではないか。

しかしそうはならない。なにも起きないまましばらく時間がたった。

「これは……？」

なんとなく訊いてみた。明確な考えはなく、ペトロヴァの考えもわからない。そのペトロヴァは言った。

「待って。ラプスカリオン？　パーカー？　聞こえるなら応答して。アルペイオス号、聞こえる？」

返事はない。

数秒、さらに一分がすぎた。ジャンは止めていた息を再開しようとした。

そのとき恐れていたことが起きた。最悪の事態だ。ポッドのハッチが荒々しい金属音と火花とともに切断されたのだ。ジャンは背をむけ、体をまるめて頭を守る姿勢をとった。

しばらくして、そろそろと顔を上げる。ハッチが剝ぎ取られた穴を見る。外は真っ暗でなにも見えない。ポッドは停止し、ホロスクリーンは消えている。宇宙服の表示灯から出るわずかな光が空中を舞う埃（ほこり）を照らしている。

空気中を。

ポッドの外には空気がある。

124

ペトロヴァがヘルメットライトのスイッチをいれた。突然のまぶゆさにジャンは目を細めた。ペトロヴァは立ち上がり、ハッチの穴にもぐりこんで外に顔を出した。

「待って。ちょっと待って」

ジャンは声をかけたが、聞く耳をもたないようす。ポッドから飛び下りて外の床に立ち、そのまま闇に分けいっていく。ジャンはあわてて続いた。ポッドから出ると足の裏に人工重力を感じた。自分のヘルメットライトで周囲を見る。

小型宇宙船を運用するためのエアロックらしい。あるいはその格納庫か。大型船の船内に引きこまれたのだ。ぼろぼろのポッドの隣に、大気圏シャトルがある。ストレーキつきの長い翼と、耐熱シールドでおおわれた丸いノーズ。使用痕がどこにもなく、一度も飛んでいないようだ。

格納庫に人影はない。だれも迎えにあらわれない。船のＡＩが出す歓迎メッセージもない。どう考えればいいのか。生き物の気配がない。宇宙船として不自然なことに、照明どころかパネルの表示灯すらついていない。

ヘルメットランプを振って詳しく見たが、不可解な感じは変わらない。格納庫はどこもかしこもきれいだ。まるでペンキ塗り立て。シャトルの着陸装置の下にすり傷はなく、ゴミも落ちていない。

自分たちのポッドが清潔なタイルの床に落ちた不潔な生ゴミのように見える。すり傷、へこみ傷、腐食、焼けこげだらけ。アルペイオス号が惑星へ降下しようとして失敗したことによる損傷だ。一目で再使用不能とわかる。切り取られて床にころがったハッチはゆがんですすだらけ。切断に使った機械工具は見あたらない。ロボットも作業員もいない。

シャトルとポッド以外に見るべきものは格納庫にない。背後には閉じた大きな気密扉。正面にはおなじく閉じた小さな気密扉。こちらが船内への内扉だろう。床に描かれた線がこの扉に集まっている。行き先ごとに親切に色分けされている。オレンジはブリッジ方面、赤は機関区方面、青は冷凍睡眠庫方面。

ペトロヴァはさっさと扉へ歩きはじめた。

「待ってよ」

ジャンが呼ぶと、意外にもペトロヴァは足を止めた。とはいえ振りむかず、顔は内扉にむけたまま。右手は腰のホルスターの上にかまえ、拳銃のグリップのそばで指を曲げ伸ばししている。早撃ちガンマンが扉の開く瞬間を待っているようす。

「ここはどこなんだろう」

「わかるわけないでしょう。なんらかの植民船よ。ペルセポネ号とはちがう。大きくて高規格」

「ということは乗客が多いはずだ。すくなくともバジリスクに感染するまでは」

ジャンは隣に追いついて内扉をいっしょに見つめた。

「どんな対応をするつもり?」

「いまの予定としては、襲ってくる者はだれであれ撃つ。姿を見せた者は襲ってくる気だと推定する」

「残弾数は?」

歯ぎしりする音が宇宙服の無線ごしに聞こえた。

「この会話を聞かれているかもしれないから、言わないでおく」

よけいな質問だったとうなずいた。その答えでわかる。多くない。

「アルペイオス号の乗員のように、歓迎される可能性もあるよ」

「たしかめる方法は一つ。待つのはあきた」

ペトロヴァは内扉に歩みよって、開閉パッドを叩いた。音もなく開く。機械の整備状態はいい。

むこうは広い通路だ。色分けされた線が延びる。格納庫とおなじく無人で、ペンキ塗り立てのように清潔。

「行くわよ」

ジャンはあとにしたがった。

125

船の通路は標準的。親切に床に描かれたオレンジ色の線にしたがってブリッジ方面へ歩く。ジャンは指摘した。

「本気でこっちへ？　船のＡＩはたいていブリッジでうろうろしてる。あれとまた対決するの？」

「照明がつくところがあればそこでいい。だれか来たら見えるから。ここはへんよ。ほら」

ペトロヴァは長い天井を顔でしめした。照明設備をジャンは見上げた。たんに消灯されているのではない。発光パネルがはずされ、不格好な穴があいている。

通りかかったハッチの開閉パッドをジャンは叩いた。正常に開く。やはりよく整備されている。それでもハッチのむこうは闇。ヘルメットライトの光が漆黒(しっこく)の空間をさぐる。いくつか物体が見えた。椅子の側面と背面。低いテーブルらしいもの。

「こんにちは、だれかいる？」

ペトロヴァが大きく声をかけた。ジャンは驚いて飛びすさり、つまずいてあやうく壁につかまった。驚きが急速に怒りに変わる。

「静かに！　こちらの居場所を教えるつもりかい？」

「だいじょうぶよ、ジャン。なんのためにこそこそするの？」

「それは……待ち伏せにそなえるとか……」

ペトロヴァはあきれた声を漏らした。手を上げてヘルメットライトをしめす。

「船内にだれかいるなら、こっちの行動はとっくに気づかれてる」

「それは……なかなか気分のいい考えだね」

「さあ、立ち止まってるひまはないわ」

どこまでも延びる通路を歩きつづけた。アルペイオス号よりはるかに広い。大きさを肌で感じる。巨大な迷路にはいりこんだようだ。格納庫へ引き返そうにも、もうもどれないのではないか。

ペトロヴァは何度も大声で呼びかけた。

「みんな、どこなの？　返事をして！　要求があるなら聞かせて。どうなの？」

ジャンは息を詰めて耳をすませた。しかし返事はない。

「わからないな」

「なにがわからないの？」

ペトロヴァはその場でゆっくり一回転した。ライトの光が壁をすべっていく。通ったあとから通路は消え去る。なにもなかったように。

ジャンは指摘した。

「無人ということはありえない。ポッドはだれかにつかまえられたんだ。重力ビームで捕獲され、格納庫に引きこまれた。その人たちはいったいどこに？」

ペトロヴァは肩をすくめた。ライトが上下に揺れる。

見まわし、自分のヘルメットライトで闇を一時的に遠ざける。

「自動システムがやったのかも」

「ありえなくはない」

「乗員乗客は全員死亡して、ブリッジのＡＩだけが生きている。それが蜘蛛のようにそばに来た獲物を引きこんでいるのかも」

「それは……愉快じゃないね」

ペトロヴァはくるりと振り返った。ライトがまばゆくて顔は見えない。

「反対に、何千人も船内で生きていて、こちらが救助を求めてくるのを待ってるのかもしれない。ありえないかしら。このあたりは必要ない区画だから閉鎖されている。照明器具が剝がされているのは電力節約のため。全員が船首付近で待っている。盛大な歓迎パーティを用意して」

「まさか、冗談だよね」

ペトロヴァは短い苦笑を漏らした。

「まあね。この暗闇がなにを意味するのか、もう見当がついているでしょう。バジリスクのせいよ。わからないのは今回どんな症状なのか。どんな狂ったメッセージを人々の頭に吹きこんだのか。わたしの推測を聞きたい？」

ジャンはすこしむっとして言った。

「聞かせて」

「これは厄介よ。とても厄介。この船には……おおぜいの乗客がいる」ヘルメットライトで通路の両方向をしめした。「数千人、もしかしたら一万人。それが全員、姿を隠している。なにかから隠れている」

ジャンはゆっくり深く息をした。RDが手首を締めつける。宇宙服の外側から巻きついているので抗不安薬を投与できない。今回ばかりは投与してほしかった。

「なにか……危険ななにかから。そうだとしたら、どうしてこの線をたどるの？」頭を下げて、ヘルメットライトで床のオレンジ色の線を照らした。「この行き先はブリッジだ。宇宙船のブリッジになにがいるかわかってるだろう。ＡＩだ。みんなそこにいる。きみはそこへ行こうとしている」

「そうよ。さっさと行って、さっさと決着をつける」

船の奥へずんずんと歩いていった。ジャンはあわててついていく。置き去りにされたくない。

126

もちろん、すぐにはたどり着けない。二人が歩く通路は、船内のさまざまな区画への通路と交差するアクセス路だ。オレンジ色の線は先へ先へと伸びる。

この船はおなじ植民船のペルセポネ号よりはるかに大きい。さまざまな区画へ分岐する通路が何キロメートルも張りめぐらされている。船倉は巨大な空間で、薄暗いなかに貨物コンテナがどこまでも整然と積まれている。農業機械や建設機械の専用格納庫もある。種子庫には数千種の植物の遺伝物質、数百種の遺伝子改良された家畜の凍結受精卵が保存されている。プレハブの建物はモジュール部材になって積まれている。病院もまるごと折りたたまれて、着陸したら数日で組み立てられるようになっている。人類の叡智を集めた図書館にはガラスのデータチップが保護容器のなかで何列も並んでいる。温度湿度とも一定に管理された部屋で貴重な宝物として厳重に保管されている。

銀河のどの惑星に下りても人類の入植地をゼロから構築できるようになっている。人間が快適に生存できる惑星ばかりではないので、環境を改良する巨大なテラフォームエンジンも積まれている。雲を発生させる降雨(こうう)装置や、砂漠に灌漑(かんがい)ネットワークを築く巨大ロボット群。大型タンクに微生物の粘液をいれたバイオリアクターは、生命の棲まない岩石を肥沃(ひよく)な黒土(くろつち)の土壌(どじょう)に変える。

普段のジャンならこれらを眺めて感心したはずだ。巨大な船倉に眠る宝の山。こんなふうに恐怖でこわばり、手が震えているのでなければ、とても興味深かっただろう。

しかしいまほんとうに見たいのは人間の顔だった。乗員乗客はどうなったのか。ここまでひとっこ一人、死体一つ見ない。なぜなのか。

「こっちよ」

ペトロヴァに先導(せんどう)されて展望エリアにはいった。通路の一角が広くなって一方の壁が透明な窓になっている。そこから微弱な光がさしこみ、室内を照らしている。見えるというより、ほのかに光っているだけ。それでも暗闇のなかにあったジャンの目には大きな癒やしだった。人間の目は暗黒の環境に長くいるようにはできていない。わずかな星明かりでもありがたい。

テーブル、椅子、簡単なソファが並んでいる。着陸前の数日間、近づく新世界を眺めるために入植者が集まる場所らしい。いま窓から見えるのは黒い宇宙を背景に白い点がいくつか。星か。いやちがう。その一つがときどき動く。ある窓からべつの窓へ急速に移動している。

ほかの船だ。惑星封鎖船団の一部。この植民船のまわりに集まっている。親衛隊のように。

ジャンはいらだってため息をついた。ほかの船が集まる理由がまったくわからない。これほど研究し、経験したのに、バジリスクの正体もその目的も不明だ。

「ここを通るようね」

ペトロヴァが言った。展望エリアの先は広いコンコースになっていた。入口から星明かりがわずかにさしこんでいるものの、奥はふたたび闇に沈んでいる。

境界から足を踏みいれると、暗い大海に飛びこむようだった。つかのま水面に出て息を吸うが、すぐまた深みにはいる。黄泉の国のように暗く陰鬱な水。タイタンの海を思わせる。液体メタンの海。

目を閉じると……骨が見えた。たくさんの骨。暗い海底にころがっている。

「ジャン？」

ペトロヴァに腕をつかまれた。断崖絶壁から間一髪で引きもどされた気分。めまいがしてしばし震えた。

「ごめん。いわゆる〝囚人の映画〟を見たんだ」

「映画？　なんのこと？」

ジャンは首を振った。囚人の映画と呼ばれる現象をペトロヴァが知らないのは当然だ。

「人間の脳は刺激がまったくない状態に耐えられない。なにも見えないと、なんでもいいから見ようとする。思い出や、夢や、無作為で断片的な幻覚。独房に閉じこめられた囚人がしだいに正気を失い、視覚刺激を得るために壁にさまざまなものを見はじめる現象をそう呼ぶんだ」

ペトロヴァの顔はヘルメットのフェイスプレートごしで見えないが、じっと見られているのがわかる。しかたない。

「僕はだいじょうぶだよ。問題ない。手を離してくれていい」

腕が解放された。

展望エリアの先の広い空間をいっしょに探索していく。ヘルメットライトをあちこちに動かして断片的に室内を見て、ゆっくりと売り場を理解する。

ペルセポネ号のショッピングモールに似ているが、規模がはるかに大きい。長い空間を鉢植えの樹木や生け垣のプランターで仕切って、適度な広さで居心地のいい町の広場のように見せている。樹木のあいだからのぞくと、コンコースはすくなくとも一キロメートルは続いているようだ。冷たく長い恒星間旅行で乗客が閉塞感に悩まされないように考えられた空間だろう。

しかしジャンには逆の効果をもたらした。空間が大きければそれだけ闇が深い。無限に広がる黒い霧に巻かれたように感じた。空間を満たす濃い毒煙をライトでかろうじて押しのける。

こんな感覚は振り払うべきだ。正常な感覚をとりもどしたい。簡単ではない。恐怖が強い。空虚な空間ではなく、まわりの固い物体に意識をむけた。

まだコンコースにはいったばかりだ。オレンジ色の線は先へ延びている。目的地へはこの広い空間を抜けていかねばならない。

歩きだすまえに背後を振り返った。そこは面積の広い黒い鉄板の壁で、大きな壁画が描かれていた。

「あれを見て」

ペトロヴァは顔をしかめたものの、振り返った。ライトの照射範囲を調節して壁画全体を広く照らすようにする。それでも明るい二点のほかは影に沈んで色もわからない。描かれているものを把握するまで時間がかかった。

パラダイス-1の地上の風景だ。この惑星は奇岩怪石が多いことで知られている。溶岩チューブがつくった複雑な地下迷宮が造山運動によって押し上げられ、洞窟だらけの山岳地や、コーヒーカップにのせた泡のようなスポンジ状の山頂部をつくっている。そんな突兀峨々たる遠景に対して、視点がある近景には緑が多い。菜園だ。野菜や果物がいつでも収穫できそうに育っている。過酷な大地に生まれた肥沃な一角。未来への希望、そして機会。

中央には三人の人物が立ち、そろって日の出を見上げている。労働用の作業服姿。もとは船内服のジャンプスーツだが、労働生活にあわせて継ぎや補強があてられている。みんな笑顔で頬を染めている。

ペトロヴァが手で壁画をしめして言った。

「これは見たことがある。間接的にね。母から送られてきた映像のなかにあった」

さらに、壁画の隅に落書きのように書かれたメッセージをしめした。

パシパエ号へようこそ。
新生活へようこそ。

これを信じた入植者たちのことをジャンは考えた。列をつくってこの船に乗り、長い通路の先の冷凍睡眠室にはいってパラダイス－1へ旅立った。冒険と労働の新世界、なにもかも未知の他星系をめざして。

バジリスクの餌食(えじき)になるとはだれも思わなかっただろう。

ラング局長はどうか。知っていて送り出したのか。この船でパラダイス星系へ渡った数千人は……生け贄(にえ)だったのか。

「すくなくともこれで船名はわかったわ」

「パシパエ号だね」

壁画の文を読んでジャンは答えた。

すると、応えるように物音が聞こえた。かなり遠くからだ。驚いて首をすくめる。

「なにか……聞こえた……？」

ペトロヴァのライトが縦に揺れたのはうなずいたからだ。

「ええ、もちろん。音がした。先のほうよ」

壁画とは反対方向へライトを振る。コンコースの奥。ブリッジ方面だ。

「なんの音か……よくわからなかったけど」

ジャンもわからない。ただ、すくなくとも人間がたてる音ではない気がした。

「調べて……みる？」

否定の返事を期待した。しかしだめだった。ペトロヴァはさっさと歩きだした。正体不明の音のほうへ。

127

ペトロヴァは息を荒くして走った。ライトがはげしく揺れるせいで断片的な視野しか得られない。いったん足を止めて耳をすまし、進むべき方向を確認しようとした。しかし物音はもう聞こえない。振り返ってジャンを見ると、前かがみになって息を整えている。すこし待ってやった。しかしほんのすこしで、すぐまた走りだす。

コンコースの左右から中程度の広さの通路が分岐していく。中程度といってもアルテミス号やアルペイオス号のどの通路より広い。奥になにがあるのかわからないハッチも数十個並んでいる。

床には色分けされた案内線が交錯している。この船の乗客はどこへ行くにもこの線が頼りなのだろう。迷宮に張られた案内の糸がもつれたように見える。

このままでは迷子になる。暗黒の船内で迷い、途方に暮れて弱気になったらすぐに死が待つ。

首を振った。いやいや、被害妄想がすぎる。危険の徴候(ちょうこう)はここまでなにもなかった。死体も、争った痕跡もない。壁画の奇妙な落書きにとくに深い意味はないだろう。ゆっくりと足を止める。もう一度見まわし、手がかりを探す。行くべき方向をしめすものがないか。みつけたのは、結局、ブリッジ方面をしめすオレンジ色の線だ。しばらく見失っていたが、みつけた。笑って首を振る。

「この場所のせいですこしおかしくなっていたわ。そっちはだいじょうぶ?」

ジャンの返事はない。ふいに確信が浮かんだ。振り返ってもだれもいないだろう。はぐれてしまった。一人きりになった。無音ではてしない暗闇で。

そう思うと心臓の鼓動が速くなった。ゆっくりと振り返る。いるはずだ。返事がないのは呼吸を整えているせいだ。動顛(どうてん)してしまった自分に苦笑して——

いない。

背後にはだれもいない。

「ジャン……ジャン!」

「静かに」

ささやき声がした。あわてて見まわす。どちらにむいてもライトの光は闇に吸いこまれるばかり。声は宇宙服の無線からだ。ヘッドセットから聞こえたので方向はわからない。

もう一度呼ぼうと思ったとき——やっとみつけた。白い宇宙服の脚だ。光を上にむけると、背中の生命維持装置が見え、ヘルメットが見えた。背をむけている。フェイスプレートはむこうにむいている。分岐する通路のほうを見ている。ライトをその方向へむけると、壁に落書きがあった。急いで書いたらしく、オレンジ色の塗料が下に流れている。

安全なのは暗闇。

歩みよった。ジャンが肩ごしに振り返ったが、フェイスプレートに光が反射して顔は見えない。片手を上げて合図しているが、わからない。退がれ……ということ？ ジャンはゆっくりと首をまわして落書きをふたたび見た。いや、通路の奥を見ている。ペトロヴァもそちらをのぞきこんだ。ヘルメットライトの光が暗い通路にはいる。ふいにジャンがこちらに走ってきた。両手を上げ、ペトロヴァのヘルメットの左右にやる。押し返そうとしたが、そのまえにライトのスイッチを切られた。すぐにジャン自身もライトを消す。

暗闇につつまれた。冬のとばりのように重く、息苦しい。なにも見えない。ジャンの宇宙服についた小さな黄色い表示灯だけ。無の空間にただよう火花のようだ。

そのジャンにいきなり肩をつかまれた。負傷した腕のほうの肩だ。べつのほうにむかされる。とたんに位置がわからなくなった。方向感覚も失った。ジャンの意図がわからない。なぜべつの方向にむかせるのか。ライトを消すのか。と思ったら、なにかが見えはじめた。鈍くぼんやりした輝き。遠くも近くもない。通路のつきあたりの壁になにかの光が反射している。動いている。近づいてくる。聞こえた。コンコースの入口で聞いたのとおなじ物音。ただし今度はもっと大きく、はっきりしている。低音だ。鈍いうなり、あるいは響き。音が反響するトンネルの壁を動物が鼻でかいでいるような感じ。荒い鼻息。

つきあたりの壁に映る光がだんだん強くなる。近づく。もうすぐ角を曲がる。いまにも姿をあらわしそうだ。

動けない。息ができない。恐怖で固まる。やってくるなにかに殺され、引き裂かれるとしても抵抗できない。

魅入(みい)られた状態をジャンが破った。ヘルメットに手が伸びてライトがついた。いきなりまわりが強い光で照らされた。地球の夏の日差しのように明るい。目がくらむ。それでもうれしい。ばかばかしいほどうれしかった。

ジャンが訊いた。

「どうする……どうする？」

通路のつきあたりを見た。光源が、不気味な音が近づく。ペトロヴァは反対方向にむいた。

「逃げるわよ」

ジャンが先に走りだした。床を蹴る足音を追ってペトロヴァも走る。

128

脇道の通路を走り、開いたハッチの奥へ飛びこむ。ジャンは壁に背中をつけてあえいだ。

「いまのはなに？　姿を見た？」

ペトロヴァも息を切らしている。

「姿は……あなたが見たんじゃないの？　先にみつけたんでしょう」

手でジャンをしめして言う。

ジャンは首を振った。通路のつきあたりを照らす光を見た。奇妙なうなりを聞いた。それだけだ。それだけで全身の血が凍りつき、逃走本能にかられた。

「なんだかわからない。わからないよ」

ハッチにもどって外をのぞく。暗闇でなにか動いていないか。しかしなにも見えない。

ヘルメットに手を上げてライトを消そうとした。しかし指が動かない。一時的にでも暗闇にもどるのを本能が拒否する。意志の力で指を動かし、スイッチを切った。光は背後のペトロヴァのライトだけになった。

ふたたびハッチの外に身を乗り出す。

なにも見えない。

自分の心臓の音ばかりうるさいが、なんとか耳をすます。

なにも聞こえない。

小声でペトロヴァが言った。

「ジャン、あれを見て。また……」

そのヘルメットライトが照らしているのは、ハッチのむこうの壁だ。そこをライトが照らすと、スプレーで大書された落書きが見えた。

光を消せ。いっさい。

「やばいよ、やっぱりやばい。ここではなにかが起きてる。とてもまずいなにかが」

「そうね」

「でも死体はどこにもない。それに……」

ジャンは首を振った。考えを口にするのをためらった。

船のAIはどこにいるのか。バジリスクはどこか。

「進みつづけるしかないわ」

「進むって、どこへ？」ジャンはハッチを閉じて室内にこもった。「ここでじっとして、暗闇のなかで息をひそめていれば、通りすぎてくれるかも」

「一時しのぎにしかならない」

「恒久的な解決策がある？」

ペトロヴァはため息をついた。

「あるとしたら、ブリッジへ行くことよ。船のAIと話す。船内で起きていることはわかっているはず。ええ、もちろん――」機先を制した。「――AIもバジリスクに感染しているでしょうね。だからこそよ。今回はどんな症状なのかわかる。わたしたちは感染しないはず。二人とも免疫がある。だから危険は……まあ、最小限とまでは言えない。言いたいけど、相応の危険はある。でもここの乗客にあらわれている症状……」

「光恐怖症、だね。落書きからするとそうらしい。光を恐れている。あるいは、見られることを恐れているのかも。通路をうろつくものから」

「たしかに、さっきは見られるのが怖かった。でも、ジャン、いつまでもここにはいられない」

「このハッチは頑丈そうだよ」

「そうね。だから暗闇に隠れて待ちつづける。いつまでも待って、最後は飢え死に。それがいやなら出て戦うしかないわよ。よく考えて。答えは明白」

「終わりにしたい。もう終わりにしたいよ。この船から出て、惑星へ下りて、すべてに決着をつけたい」

宇宙服の袖をゆっくりと揉むRDを見た。この恐怖を取り去ってくれるはずだ。平静な気分にしてくれる……。

しかしそこで首を振った。RDに頼りすぎだ。問題への対処をこのデバイスにまかせきりにしてきた。もう自立すべき……かもしれない。

開閉パッドに手を伸ばして叩いた。ハッチはなめらかに開いた。

暗い出入口ですこし長く足を止め、外の暗闇を見つめる。消しているヘルメットライトを順番に点灯する。しかし明るくなったとはあまり感じない。

ペトロヴァが訊いた。

「ほんとうにいいの？　安全なのは暗闇らしいわよ」

「もういいよ。モンスターに食われようと、首の骨を折られようと、前方が見えないのよりましだ」

ペトロヴァは声を出さずに笑った。二人とも息が切れているのは疲労のせいばかりではない。

「よし。じゃあ行くよ」

ジャンは宣言して通路に踏み出した。

無だ。どちらの方向もとっぷりとした暗闇。物音も、うなり声も聞こえない。

通路を進みながら、さっきの物音について考えた。動物のうなり声だと思ったが、よく考えるとそれほど似ていない。むしろ放置されて錆びた機械の音に近い。金属のきしみをシンセに通してエコーやディストーションをかけるとあんな感じになりそうだ。

見えたと思ったけれども、そうだろうか。具体的になにを見たのか。ただの光。影の反対だ。暗いのではなく明るいだけ。不明瞭で不鮮明。

過剰反応だったのではないか。逃げ出す理由があったのか。

それでも、どうしようかとペトロヴァに相談したら、同意見でほっとした。ためらいが消えた。二人とも緊張のあまり、ありえないものを想像して、それで――

うなりが聞こえた。右から。

凍りついた。ゆっくりとペトロヴァのほうに振り返る。相手のフェイスプレートを照らさないようにライトを消す。表情を見るためだ。

目は大きく見開かれている。口は真一文字に結んでいる。恐怖の顔だ。

通路にむきなおってライトを再点灯した。もと来た方向にむく。物音に背をむけて。

するとまた聞こえた。今度は正面からだ。

「まずい、まずい……」

ペトロヴァが言った。ジャンは白い光が前方の角を曲がってくるのに気づいた。青白くぼんやりとした光だ。そしてなにかがあらわれた。人間のようで人間でない。人間より……大きい。そんなものが正面に見えてきた。

吠える。ショックでジャンは息が止まった。相手は突進してくる。ありえない速度で床を蹴る。あっというまに組み敷かれた。視界はぶれてなにも見えない。

姿を見てから倒されるまでのわずかな時間に、見えたものを考えた。腕も脚も丸太のように太い。指は鉤爪（かぎづめ）のように曲がって広がっている。巨大な頭部からは角（つの）のようなものがはえている。

ヘルメットを拳（こぶし）で叩かれ、フェイスプレートが割れた。破片が目にも口にもはいってくるなかで、悲鳴をあげた。ひたすら悲鳴。悲鳴のほかはなにも出ない。

129

ペトロヴァは恐怖であとずさった。得体のしれないものがジャンにのしかかり、拳でヘルメットを叩きつぶした。ペトロヴァは恐怖と驚愕で声を漏らす。頭骨を割られて死んだにちがいない。

しかしそのあとジャンの悲鳴が聞こえた。まだ生きている。とはいえこのままでは長くないだろう。

訓練で叩きこまれたとおりに動いた。宇宙服の腰につけた拳銃を抜いて、両脚を踏んばり、怪物の腹を狙って三発。警告の声はかけない。最初から殺すことだけを考えた。

体の中心に三発命中。まちがいない。

あらためて見ても正体不明だ。体形は人間型。ただし奇妙に奥行きがなく平べったい。スクリーンに投影した映像のようだ。白っぽく、やや青みがかって、自発光しているように見える。

それは起き上がってジャンから離れ、ペトロヴァのほうにむいた。顔はない。ぼやけた発光面があって、それが頭部だ。反(そ)った角(つの)が左右にはえている。まるで悪魔か、それとも……。

考えるのをやめて、また撃った。今度は顔を狙った。顔があるはずのところを。銃弾は突き抜けた。その姿がわずかにまたたき、乱れた。スクリーン上でデータが崩れたような感じだ。生物が負傷したようには見えない。

まるで……ホロ映像を撃ったようだ。

そうだ、まさにそうだ。天井の投影設備がつくる光の映像なのだ。ただの虚像だ。

興奮した牛のように怪物は突進してきて、ペトロヴァは壁に叩きつけられた。息が押し出され、肋骨(ろっこつ)が曲がる。このまま胸を陥没させて心臓も肺も押しつぶすつもりか。ヘルメットの両側に怪物の手が伸びる。金属がきしむ。骨が折れるように鉄板が鳴る。左右のヘルメットライトがもぎとられた。ペトロヴァは悲鳴をあげ、相手はいったん退(さ)がった。しかしすぐまた襲ってくるだろう。

固体光(ハードライト)だ。

パーカーとおなじだ。

ハードライトのホロ映像。光の立体映像のなかに人工重力ビームをしこんだもの。

それでも二人を殺す力がある。
阻止できない。風にあらがえないように。

130

光でできた怪物に右腕をつかまれ、通路のむこうへ投げられた。壁にぶつかった衝撃で歯のつけ根がゆるんだようだ。顔が迫り、角(つの)が左右から近づく。悪魔の角というよりクワガタムシの大顎(おおあご)。息を詰めてじっとした。怪物が爪の曲がった手を上げると、恐怖で硬直した。

怪物が吠える。どうして動物のたてる音だと思ったのだろう。これは破損データのきしみだ。損傷ファイルから出る雑音だ。周波数が低いせいで胸に響く。

手が振り下ろされ、宇宙服の胸についた計器パッケージが叩き壊された。宇宙服の装備は半分が破壊されている。穿孔(せんこう)ができていないか調べるために右手首の小型スクリーンを見ようとしたが、無駄だった。スクリーンはない。まるごともぎとられている。

それだけではない。宇宙服でわずかでも発光する部分、ステータスランプやホロ映像の投影装置などが、すべて壊されていた。

もしや……これが狙いなのか？　光源をつぶしたいのか？

ジャンのほうを見た。床に倒れたまま苦しそうにしている。ガラスの破片まじりの唾を吐き飛ばしている。顔は血だらけ。そしてヘルメットライトはまだ煌々（こうこう）とともっている。

怪物、あるいはホロ映像は、ジャンにむきなおった。ペトロヴァから離れてのしのしと、しだいに速くそちらに近づく。

ペトロヴァは叫んだ。

「ライトを消して！　暗くして！」

ジャンはとまどった表情をむけた。怪物が近づくのに動かない。動けない。もう一度襲われたら今度こそ命がない。

「消しなさい！」

ジャンはヘルメットに手を上げてライトを消した。

怪物は足を上げたまま停止した。映像のゆがみが波のように全身を通り抜ける。両腕を上げ、手は握っておおまかに拳（こぶし）にしている。それがジャンのほうに下りていった。獲物を殴り殺そうとする獣のように。ペトロヴァはやめてと請（こ）い、叫んだ。

すると……怪物は止まった。

ぴたりと停止した。

攻撃しない。

ジャンを殺すのをやめた。

のっそりと周囲を見まわす。見えないものを探すように角をゆっくりと上下に揺らす。音をたてずに歩きまわる。もう吠えない。獲物のにおいを探すように首を左右に振る。さっきまでの凶暴さが、いまは混乱に変わっている。やるべき任務があると知りつつ、それを思い出せないようす。

いまだ。

ホロ映像の横を大きくまわってジャンに近づいた。わきに膝をついて宇宙服を調べる。やはり発光部分をすべて壊されている。ペトロヴァの宇宙服とおなじ。徹底している。ジャン本人はというと、ペトロヴァの背後を見ている。ほんの五メートル先に立って青白くまたたく巨体。

顔からガラスの破片をいくつか取りのけてやった。傷つけてしまったかもしれないが、出血のせいでわからない。本人もいまは痛みを感じていない。恐怖がまさっている。

小声で訊いた。

「立てる？」

「しー」

ジャンは声で制止するというより、あわてて息を吐いただけだった。

「まだ……そいつが……」

「もう眼中にないはずよ。さあ、立てる？」

簡単ではなかった。両手を壁についてゆっくり、そろそろと立つ。膝がわらう。

「あれを見ないで。見ちゃだめ。光源を襲うのよ。光さえつけなければ……」

「暗闇を手探りで行けって？」

ジャンは必死に声をひそめている。しかしホロ映像には聞こえないはずだ。光以外は感知できない。

「離れれば……きっとだいじょうぶ」

ジャンの腕をとり、負傷していない側の肩を貸した。いっしょに歩きはじめる。足の骨は折れておらず、恐怖で足もとがさだまらないだけだ。前方に通路の曲がり角がある。直角に曲がっている。ホロ映像から見えなくなれば安全だ。たぶん。一時的には。

「船内の人々はみんなあれに殺されたのかな」

ペトロヴァは首を振った。

「死体をまったく見ないでしょう。あれが後始末をしているとは思えない。ここで曲がって」

曲がると、暗い通路が長く延びている。

背後の曲がり角から小さな光がついてきた。ホロ映像の反映だ。奥は漆黒の闇。

「手を上げて壁にあてて。立ち止まらないで。距離をあければ……」

「ちがうよ、ちがうんだ」

「なにが？」

「距離では解決にならない。最初はあれに追いかけられ、こっちは逃げていた。ということは、どの方向からも来るんだ。映像だから。投影するだけのホロ映像はどこにでも出せる。おそらく船内すべて。逃げても無駄だ。どこにいてもあらわれる」

「絶望的な考えね」

「でも真実だ」

「そして答えはもうわかっている。最初からわかるべきだった。大きな字で壁に書かれていた。〝光を消せ〟と。あれの目的は光源を破壊することなのよ。その過程で人間を殺すかどうかは結果論で気にしない。だから暗闇にとどまるべきなのよ。そうすれば安全」

ジャンは口のなかに残ったガラスの破片を吐き出した。

「あれからはね。でもほかにもっと悪いものが闇にひそんでいたら？」

ペトロヴァは足を止めた。そんなことを言っている場合か。つまずいたり壁にぶつかったりするのを恐れてどうする。悲観主義をたしなめる言葉、前進をうながす言葉を考えた。

しかし思いつかない。口を開き、希望的な言葉をひねりだそうとしたが、そのまま彫像のように固まってしまった。

そのとき、前方でハッチの開く音がした。暗闇でまったく見えない。

足音が聞こえる。だれかが来る。

腰の銃に手を伸ばした。しかし見えないものをどうやって撃つのか。

足音は近づき、止まった。闇のなかで呼吸が聞こえる。人間だ。

「こっちよ」

性別不詳の声がした。手がペトロヴァの腕にさわり、手首に移動し、手をつかんだ。子どもの手だ。小さな手がグローブの手にすべりこむ。

「さあ、ついてきて！」

131

一行は急いでハッチをくぐった。ジャンはペトロヴァのささえがなくても歩けるようになってきた。壁に片手をつけ、つまずかないようにすり足で暗い通路を進む。だんだん力強さがもどってきた。ホロ映像にやられた負傷よりも恐怖心で足がすくんでいたのだ。しかし今度は行き先への懸念が大きくなってきた。暗闇から聞こえる子どもの小声は案内役として心もとない。しかしほかにいない。質問してもあいまいな短い答えしか返ってこない。

「どこへ連れていくんだい？」

「ほかのみんなのところ」

「ほかのみんなって、乗員？　乗客？」

「安全な人たちよ。すぐそこ」

「きみたちは何人いるの？　いつからこんなふうに生活してるの？　船のＡＩとは会話で

きてる?」

答えたのはペトロヴァで、穏やかにたしなめられた。

「ジャン、せっつかないで。二人だけでは遠からず立ち往生してたんだから」

そのとおりだと思った。

すぐそこという主張とはうらはらに、どこまでも歩かされた。長い斜路(しゃろ)らしいところを下るときは、つまずいてばったり倒れないように用心した。できればゆっくり下りたいが、子どもは待ってくれない。その手を握ったペトロヴァもさっさと進む。肩を借りたジャンもついていかざるをえない。すこしでも離れたらこの暗闇で二度と合流できない気がした。

斜路を下りるとまた長い通路。ハッチが並んでいる。壁に手をすべらせながら歩いているので、感触のちがいとしてかすかにわかる。床が硬くなって足音が響きはじめた。なにを意味するのか。もしや機関区か。一般乗客が来ない区画かもしれない。たぶん。

暗闇が耐えがたい。必要悪だとわかっているが、視覚刺激がないと脳がまわりの状況を勝手に想像しはじめる。とりわけ頭上の空間がどこまであるのかわからない。教会の礼拝堂のように天井が高いのか、それとも整備用トンネルのように頭すれすれなのか。かがんで手を上げて頭上をさぐりたい。天井の低いところに額をぶつけそうな恐怖感がある。いつあたってもおかしくない。

そのせいで耳が敏感になった。壁に反響する足音に注意する。視覚の欠如をいずれ聴覚がおぎなうとしても、反響定位で自由に歩きまわれるようになるのはずいぶん先だろう。いまはあらゆる音を警戒する。光のない世界は危険に満ちている。

ヘルメットのフェイスプレートが割れているので鼻がきく。とくに異臭はないが、ややすえたにおいがする。片方のグローブの先を口でくわえて手を引き抜いた（ペトロヴァの肩につかまっているほうの手は動かせない）。これで壁の感触がわかりやすくなる。ほとんどのところで壁は平坦だが、たまに突起がある。すこしだけ盛り上がっているのは案内板か、操作用のパネルか。ガラスが蜘蛛の巣状に割れていて、だいぶまえに壊された照明設備だとわかった。

そんなことを考えていたので歩いた距離の見当がつかなくなった。ずいぶん遠くまで来た気がする。とはいえ移動速度が速いのか遅いのかわからない。宇宙船の奥へどこまでもはいっていく気がするのは恐怖心のせいかもしれない。

ペトロヴァが突然足どりをゆるめて立ち止まり、その背中にぶつかってしまった。

「ごめんごめん、どうしたんだい？」

子どもが暗闇のなかで言った。

「着いた」

ジャンの手のすぐそばでハッチの開く音がした。室内から流れ出す空気が顔にあたる。人のにおい……というより人いきれを感じる。おおぜいの吐息。服の……しばらく洗っていない服のにおいがする。

子どもが言った。

「連れてきたよ。二人。男の人と女の人。はいるよ」

数人が息をのんだようだ。待ちかまえている。

「こんにちは。僕はジャンで、こっちはペトロヴァ。決して……あやしい者では……」

隣でペトロヴァが質問した。

「わたしたちになんの用？　どうしてポッドをこの船に引きこんだの？」

「引きこんだのはわたしたちではありません」

闇のなかでだれかが言った。男の声だ。ただし権威者はべつにいる感じがする。

「はいってください。ここは安全です。食べものもある。よろしければ」

ペトロヴァは質問を続けた。

「ではだれがやったの？　なぜここに？」

「あとの質問にはいまのところ答えられません。〝だれが〟という問いについては、アステリオス、この船のＡＩです」

「そのAIとすぐに会いたいわね」

だれかの笑い声が響いた。苦々しげだ。

「もう会ったはずよ――」

女の声が言った。笑った人物らしい。

「――襲われているから。ライトをもぎとられている」

ジャンは驚いた。

「なん……だって？　失礼、あの大きなホロ映像が？　角があって、鉤爪があって……光源を攻撃する。あれがこの船のAI？」

女の声はジャンを無視した。

「サシェンカ、来てくれたのね」

隣のペトロヴァがぎくりとした。肩の動きでわかる。全身がこわばっている。

しかしジャンはまだ質問したいことがあった。ペトロヴァが驚いた理由を斟酌していられない。

「じゃあ、AIがみなさんを暗闇に閉じこめていると？　AIが敵に？　AIからの……感染は起きた？　そういっても意味がわからないだろうけど……」

ペトロヴァがジャンの手を振り払った。室内へずんずんはいっていくのがわかる。

ジャンはペトロヴァとの接触を断たれて闇のなかに残されたとたん、強いめまいに襲われた。

「ペトロヴァ？　ど……どうしたの？　だいじょうぶ？」

「ママなの？」

ペトロヴァが言った。ジャンに対してではない。当然だ。

「そうよ、サシェンカ。わたしよ」

132

千キロメートル離れたところで、パーカーはセンサー画面を鵜の目鷹の目でにらんでいた。まばたきも忘れていた。そもそもホロ映像だ。まばたきは必要ない。

センサー画面から読みとれる状況は、すくなくともアルペイオス号にとってはよかった。数分前まで封鎖船団の全船が集まってきていたが、その動きが止まった。脱出ポッドが画面から消えたとたん、バジリスク支配下の船はいっせいに減速。さらにコースを変えて大型植民船の周囲に集まった。いまの関心事はそちらで、アルペイオス号の破壊は二の次になったらしい。

「ラプスカリオン？　脱出ポッドを引きこんだこの大型船について、なにかわかることはあるか？」

ロボットは機関区の奥深くで修理作業をこなしながら答えた。

「船籍データベースによると、パシパエ号だ」人間の男性が称賛の口笛を吹く音声ファイルを再生した。「でっかい母船さ。人類が建造した最大級の船。定員は約一万人。一年とちょっとまえに火星から出航した。この星系に来てバジリスクに感染した最初期の一隻みたいだな」

「武装は積んでるのか?」

ラプスカリオンは嘲笑した。今度は音声ファイルを鳴らさない。荒々しい電子音であざけりを表現する。

「武装なんざいらねえよ。船団を周囲にはべらせてるんだぜ。戦艦も五、六隻いて、小型船はわんさか。こっちがあやしい動きをしたら、われ先にと体当たりしてくるさ」

パーカーは憤懣やるかたない口調で言った。

「小型で操縦性のいいものがあれば、むこうに乗りこめるんだがな。宇宙戦闘機とか。それなら船団を突破できる。銃火をかいくぐり、体当たりもかわし、植民船の船体にとりついてプラズマカッターで侵入口を切り開いて……」

ラプスカリオンは満場の客が大笑いするファイルを再生した。

「おやおや、あの女に首ったけだな」

パーカーは顔をゆがめた。否定する言葉を探そうとするとさまざまな感情に襲われる。そんな単純な話ではない。しかしロボットにどう説明すればいいか。ようやく言った。

「死からよみがえったのには理由がある。彼女への思いはそのうちの――」

「自分について肝心(かんじん)なことをいくつか忘れてるようだから教えてやる。その一。死からよみがえったからって不死身じゃない。シミュレーションのパイロットにも弱点はある。プロセッサコアを壊されたらふたたび死ぬ。今度は永遠にな。突入計画はただの自殺行為だ」

「危険はわかってる」

「その二。かりにパシパエ号に乗りこめても、なかでペトロヴァを探さなきゃいけない。そしてみつけて……どうするんだ？　その固体光(ハードライト)の肩にかついでくるのか？　その三はそれだ。何度でも言うが、あんたは幽霊にすぎない」

「俺は役立たずじゃない！」

パーカーが声を荒らげたのは、まさにそういう気分だったからだ。

ラプスカリオンはたしなめた。

「そういうことじゃねえよ。プロセッサコアから五百メートル離れたら、あんたは霞(かすみ)と消える。軌道の反対側に投影することはこの船のコンピュータでもできない。よしんばできたとしても、ただの光のショーだ。ハードライトの能力はすべてアクタイオンが計算してる。ドアをあけるのもシリアルをボウルにいれるのも、この船のシステムを使ってこそだ。

パシパエ号に行ったら床に落ちたコイン一枚拾えねえぜ。ましてゾンビの群れを蹴散らして女のもとへ馳せ参じるなんて無理な相談だ」

「黙れ、ラプスカリオン！　たとえそのとおりでも……それでも……」

「冷酷無情でも真実だぜ」

パーカーはいらだってうめいた。

「わかったわかった。じゃあどうするんだ？　見殺しにするのか？　このままバジリスクの餌食にさせるのか？」

「まさか、そんなつもりはねえよ。あいつらは仲間だ。見捨てるつもりはねえ」

「言うじゃないか」パーカーの口もとに不敵な笑みがもどった。「計画をあたためてるなら教えてくれ」

「教えるさ。思いついたらな」

133

エカテリーナ・ウラジーミロヴナ・ペトロヴァが歩み出て、娘の顔にかかった髪を指でかき上げた。

これほど情愛をこめた母のしぐさは記憶にない。ペトロヴァは全身が震えた。

「ママ……」

また言った。幼児に退行して一語しか発語できなくなったかのようだ。

背後からジャンが近づいたのが、押しのけられる空気の感覚でわかる。

「いったいどういうことだい？」

「母よ」

言ったとたんに感情がこみあげて喉がふさがれそうになる。首を振り、目をきつく閉じた。

「エカテリーナ・ペトロヴァよ」

「防警の前局長ですね。そんなかたがなぜここに？」

ペトロヴァは言葉を選びながら説明した。

「惑星に下りたと聞いていたわ。一年あまりまえに引退して、パラダイス-1で隠居生活をはじめたと。じつはそこまで行っていないようね」

エカテリーナは言った。

「こんにちは、ドクター。すこしお願いしていいかしら。ここにいるマイケルの案内にしたがって別室で休んでいてちょうだい。質問には彼が。こちらは母娘でゆっくり話をしたいのよ」

ジャンの返事はやや支離滅裂だった。抗議というより驚きあわてている。さっき話しかけてきたマイケルという男が出て、ジャンを連れてどこかへ去った。たちまち居場所も行き先もわからなくなる。引き離されるときに奇妙なほど緊張した。孤立するのは致命的な失敗だと感じた。それでも一人になったとたんに襲われたりはしなかったし、遠くからジャンの悲鳴が聞こえたりもしない。

エカテリーナは娘の手をとった。負傷しているほうの腕の異変をさぐる。

「これは？」

「ギプスよ。船のＡＩに食われそうになったの。この船ではなく、べつの船。話すと長くなる」

多くの情報をいっぺんに話すと混乱する人もいるが、エカテリーナは落ち着きはらっていた。

「無事に来られてよかったわ、ラーポチカ」

ロシア語で〝小さな前足〟という意味だ。過保護な狼(おおかみ)の母親にかけて、ロシア人の母親が愛情をこめて子どもたちを呼ぶときに使われる。今回は負傷した手のこともかけているのだろう。母の微妙なユーモアには昔からついていけず、自分に冗談を解する頭がないせいだろうと思っていた。エカテリーナは続けた。

「危険な場所だから、ここまで来られるかどうかわからなかったわ。わたしは来ると最初から信じていたけど」

「最初からって……どういうこと？」

「あなたがこの船内に来たことは知っていた。詳しいことはいずれ説明するけど……いまはやめましょう」

「ママ――」言いかけて、大人の話として言いなおした。「――エカテリーナ、だいじな話があるの。この船のＡＩはある種の……病原体に寄生されている。その原因をわたしたちはバジリスクと呼んでいて、なんというか……拡散力のある妄想のようなものよ。言いたくないけど、あなた自身も感染している可能性がある。その妄想の影響下にないかどうかを……」

エカテリーナのため息を聞いて、ペトロヴァは話すのをやめた。母がため息をついたら、もう娘の言葉は耳にはいっていない。なにを言っても右から左へ抜けてしまう。

エカテリーナは言った。

「知ってるわ。あなたの言うバジリスクのことも」

「そ……そうなの？」

エカテリーナは舌を鳴らした。

「いらっしゃい。二人だけで話せる場所に行きましょう。いずれわかるでしょうけど、ここでは暗がりに耳がひそんでいるのよ」

娘の手をとってハッチを抜ける。べつの船室にはいり、さらに通路に出る。見えなくても自由に動きまわれるようだ。船内のべつの場所に来てようやく足を止めた。

「さあいいわ。本題にはいりましょう。バジリスクについて警告しにきたのね。でもそのことは知っている。わたしは感染していないと断言できる」

「それはどうかしら。わたしは感染した。もしジャンが助けてくれなければ……」

「あの男に助けられたの？　どんなふうに？」

「治療法を……開発してくれた」

ただし感染直後でないと効果がないことは話しにくかった。パシパエ号の乗客はおそらく全員が手遅れだ。

「興味深いわね。いいわ。順番にはじめましょう。わたしが正常でないと思ってるようだから、感染していないことを証明する。バジリスクは精神を破壊する。意識をむしばみ、やがて侵入した思想しか残らなくなる。だからわたしの精神が昔と変わらず明晰であることをしめせばいいはずね」

「といっても、わたしが納得できるかどうか」

「証明してみせるわ。そうね……たとえば……いいわ、この話。あなたは五歳のときに虫垂と扁桃腺の除去手術を受けた。憶えてる？」

「いちおう……ぼんやりと」

「その年にわたしたちは月へ移住したのだけど、月は医療水準が低いから、出発前に地球で手術しておくことにしたのよ。麻酔をかけられるまえ、あなたはわたしの手を握った。とても小さくて細い指だった。安心させてほしいのかと思ったら、そうじゃなかった。あるものをわたしの手に握らせた。なんだったか憶えてる？」

ペトロヴァは唇が震えそうなのをこらえて、小さくうなずいた。身ぶりは見えないと気づいて、小声で言った。

「ええ」

「小さなカエルよ。冬用コートのジッパーについていた小さなプラスチックのマスコット。月に冬はないからコートは捨てたけど、あなたはカエルをはずしてとっておいた。つまらないものなのにだいじにしていた。そして麻酔で眠るあいだ、なくさないように持っていてほしがった。わたしは警備員をつけて昼も夜も守らせると約束したわ」

ペトロヴァは顔を上げた。記憶があふれるようによみがえる。

「目を覚ますとあちこち痛くて、力がはいらなかった。そしてカエルはどこかと訊いたわ」

「秘書の一人に探しにいかせた。どこかにしまったけど、どこだったか忘れてしまった。当時は多忙で、そんなふうにうっかり忘れることはよくあった」

エカテリーナが首を振ると、その豊かな髪が大きく揺れた。ペトロヴァはそれがわかった。

「まちがって捨てられてしまったのではと心配したわ。見ためはただのガラクタだったから。でも秘書が無事にみつけてきてくれて、それをあなたに渡した。それから二人でアイスクリームを食べた――」

ペトロヴァは動くほうの右手をポケットにいれた。緊張のせいで拳に握っていた。そしてべつの疑問が頭に浮かんだ。

エカテリーナは続けた。

「――ピスタチオ味のをね」

ペトロヴァはどこかに腰を下ろしたい気分だった。

「ほんとうにママね。まちがいない。変わっていない」

「もちろんよ。心配していた？　モンスターかなにかに変身していると思った？」エカテリーナは笑った。「もとの人間のままなのは確実よ。昔とおなじ。さあ、今度はあなたの冒険を聞かせてちょうだい」

134

マイケルという男に案内されて、ジャンはべつの部屋へ移動した。ここがパシパエ号のどこなのか、もはやまったくわからない。格納庫へはもどれない。案内なしでは無理だ。しかしだれもそのことを心配していないらしい。闇のなかから手が何本も伸びてきてすわらされた。手が引っこむと放置された。さわられるのが嫌いなことを感覚的にわかってくれたのか。

「なにか食べますか？」

急に訊かれて、ジャンは跳び上がるほど驚いた。暗いので静かなような気がしていたが、実際にはそうではない。この部屋では人々がいつも動き、歩きまわっている。遠くではだれかが咳をしている。乾いた苦しげな咳で、なかなか止まらない。

「いや、けっこう」

ジャンは首に手をやってヘルメットのラッチをはずした。フェイスプレートが割れたのをかぶっていてもしかたない。脱ぐと割れたガラス片が膝にばらばらと落ちてきた。

女の声が言った。

「手伝いましょう。わたしはアンジーです。さあ、こちらに」

ジャンはためらった。ヘルメットにはまだ点灯できるライトが一個残っている。あずけてしまったら取り返せないのではないか。それでも結局渡してしまった。この人々のあいだではライトは無用だ。ヘルメットだけでなく、よってたかって宇宙服を脱がされた。部品ごとに持ち去られる。裸になったように無防備な気分。それでも快適にはなった。ペトロヴァに早くもどってきてほしい。この奇妙な人々のところにいつまでもいたくない。

腕のRDをはずそうとさぐる手を感じた。

「ああ、それはだめ。やめて。つけたままにしておいて」

この金色の手甲型デバイスははずせない。無理にやるなら腕ごと切り落とすしかない。無益な試みはやめてほしい。

「おかしなやつと思われるかもしれないけど……こういうところに慣れていなくて」

「暗闇に？」アンジーが言った。

「すぐ慣れますよ」マイケルも言った。「新しいやり方を学ばなくてはいけないけど、意外とすぐ適応できるものです」

「そんなに長居したくないな」言ってすぐに不適切だったと気づいた。「悪気はないんだけど」

笑いさざめく声が広がった。ここには何人いるのだろう。まわりにすわっているのが十人なのか千人なのか、感覚でわからない。みんなから見られているのに、自分だけ見えていない気分だ。注意が集まっている。たくさんの顔がこちらにむいている。部屋の広さは想像するしかない。人がすし詰めになって、中央の小さな空間に自分がいるような気がした。

マイケルが言った。

「習得できます。すぐわかるようになります。わたしたちもそうでした。光は危険です。暗闇に住むほうが安全です。光のなかでどうやって安全に暮らしていたのだろうと思うほどです」

まるで宗教の教義だ。ジャンは訊いた。

「よくわからないんだけど、みなさんは完全な暗闇で暮らすようになって……一年くらい？」

「最初はこうではありませんでした。学んでこの生活を身につけました。簡単ではありませんでしたよ」

見かけた壁の落書きを思い出した。あたりまえのように壁に書かれていたが、じつは暗闇の住民に文字のメッセージは無意味だ。

アンジーが話しだした。

「このパラダイス星系に到着してすぐにみんな感じました。新しい太陽を初めて見たときに、なにかが変わりました。違和感があった。肌で……危険を感じた。なんというか、焼かれるような、健康に悪いような感じを」

「憎まれていると感じた」まわりのだれかが言った。

「見られていると感じた。いつも」べつの高齢者らしい声が言った。

ジャンは訊いた。

「光が……？　恒星の光が？」

「理解しにくいでしょうが、感じるとそれはあきらかなんです」マイケルが答えた。

「とても不快でした」アンジーも言う。「体調が悪くなりました。力が出なくて、いつも気持ち悪い。血圧が上がり、心拍が乱れる。いまにも死にそうでした。原因がわかりませんでした。しばらくは」

「原因を教えてくれたのはペトロヴァ局長でした」とマイケル。

「エカテリーナ・ペトロヴァだね。僕の仲間のお母さんにあたる」ジャンは言った。

「局長は優秀なリーダーです」アンジーが言った。「体調が悪くなる原因をつきとめました。光が悪いのだと教えてくれました」

「彼女が……？」ジャンは訊いた。「言いだしたのは局長なのかい？　船のＡＩではなく？」

マイケルは問いを無視して語った。

「局長は聡明です。話を聞いてすぐ、そのとおりだとわかりました。パラダイス星の光だけではありません。はじめは窓に近づかないようにしているだけでした。そうやって体に悪い光を避けていたのですが、説明されてみんな変わりました。人工光も自然光も関係ない。どちらも体に悪いのです。敏感になったらもとにはもどれません。初期の対策は中途半端でした。なにかを見る必要があるときは光をつけていました。でもそんな必要はしだいになくなりました。見ないでできることが増えてきました。だんだんと光なしで一日すごせるようになりました。わたしたちはこれを〝暗闇生活〟と呼びました。健康な暮らしの基本です」

アンジーが話を継いだ。

「なにかを捨てるのは難しいものです。ああ、思い出すのもつらい話ですが、六、七人が船内の奥の小部屋に閉じこもって、小さなLEDの光をかこんでいるのをみつけたことがあります。キャンプファイアのようにじっとその光を見つめていました。命にかかわる危険だとわかっていても手放せなかったのです。それでもみんな努力して消してきました。消したらもう二度とつけてはいけません」

アンジーが嫌悪で肩を震わせるのがジャンにはわかった。

「だれがやったのか憶えていませんが、LEDは叩き壊されました。残像だけを憶えています。目の奥に小さな光の点が焼きついて残り、やがて消えていきました」

ふたたびマイケルが話した。

「安全でないとわかったあとも光を使いつづける者がいました。一部が光を手放せませんでした」

なにか大きな身ぶりをしたらしい衣ずれの音がした。

「エカテリーナがひきいる聖戦がおこなわれました。隠れ家をあばく戦いです。光をともした秘密の部屋を探し、摘発(てきはつ)する日々が何カ月も続きました」

ジャンは顔をしかめた。

「発見したら、その人々をどうしたんですか？」

マイケルはしばらく沈黙した。ようやく答えたとき、まずため息をついた。

「犠牲は必要です」

「犠牲が必要だったわ」若い声の女性が言った。

「犠牲は必要なんだ」

十数人が口々に言った。結束した主張ではなく、それぞれが自分を納得させるための言い訳に聞こえた。

この人々はバジリスクに感染しているのだと、ジャンはあらためて思った。彼らにとっては筋のとおった説明なのだ。そのために仲間の乗客を殺したらしいが、だからといって断罪する気にはなれなかった。

「身を……守るためにね。AIから身を守らなくてはいけなかった」

「AIから？　アステリオスから身を守る？」

マイケルが言って、べつのだれかが笑った。さらに五、六人。まわりからも堅苦しい、つくり笑いがくわわった。笑っていないと気づかれたくないようすだ。

「へん……かな？」ジャンは訊いた。

「アステリオスから身を守るために暗くしているのではありません。アステリオスは、光を使いたい誘惑からわたしたちを守ってくれているのです。アステリオスはみつけた光源をすべて破壊する。身をもって経験されたはずですね」

アンジーが満足げにため息をついた。

「わたしたちの守護者です。わたしたちを光から守るためにエカテリーナがプログラムを書き換えました。おかげで安心して暮らせます。まさに守護天使」

ジャンはあのホロ映像にやられて胸や顔に多数の傷を負った。それについて判断するのはあとにしよう。

「でもあれは光でできているよ。行く先々を光で照らす」

マイケルが答えた。

「理解しにくい謎はあるものです。実行しにくい行動があるように」

アンジーはささやいた。

「犠牲はつねに必要です」

135

「でも、わからない。ママはバジリスクに接触している。そのはずなのに、影響を受けていないなんて」

ペトロヴァが言うと、エカテリーナは強調した。

「健康そのものよ。心身ともに。生まれつき一部の病気に耐性を持つことはしばしばあるわ、サシェンカ。強力なミームに抵抗する素質をわたしが持っているのがへんかしら？」

バジリスクに意志の力で抵抗できる人間がこの宇宙にいるとしたら、それは母だろう。

「手を握って。すこし歩きましょう。人々の健康管理もまかされているのよ。真剣に取り組んで、毎日運動させているわ」そこで笑った。「もちろん、指示した回数の腹筋やジャンプ運動をこなしているかは、見えないからわからない。そこは自主性にまかせるしかないわね」

「ママのような性格にとっては悪夢でしょうね」

「また皮肉ね。やめなさい。悪い癖よ」

ペトロヴァはうつむいた。

「ごめんなさい」

「それでいいわ。さあ、手をとって」

ペトロヴァは母の手を握り、引かれるままに闇のなかへ進んだ。壁にぶつかりそうな不安はどうしてもつきまとう。それでもエカテリーナは進む方向をわかっているようだ。

「ここへ来たら学習することがたくさんあるわ。まず、食事はパッケージ食品だけ。パシパエ号で農作物は生産できないから、船内の備蓄で生きるしかない。さいわい充分に長く持ちこたえられる備蓄がある。数千人を養える設計の船で、いまは百人以下だから」

「百人以下？　この船の定員は約一万人だとジャンが言っていたけど。じゃあ、さっきの部屋にいたのは……あれは……」

「ほぼ全員が船内勤務の乗員よ。それくらいは気づいてほしいわね。もっと注意深くならないと」エカテリーナは笑った。「この星系に到着してすぐ、危険な場所だとAIが判断した。そして乗員と不可欠なスキルを持つ一部の乗客に限定して目覚めさせた。もちろんわたしは一番に選ばれた。特別な才覚が必要になるとアステリオスに判断されて」

エカテリーナのナルシシズムはバジリスクに接触しても変わらないようだ。

「残りは？　ほかの乗客たちはどうなったの？　いまどこに？」ペトロヴァは冷たい恐怖を感じた。「彼らをどうしたの？」

「そのままよ。なにかしたと思っているの？　冷凍睡眠にはいったまま。パラダイス－1での新生活を夢みながら冷凍睡眠庫で安全に眠りつづけている。いつまでもそのままにしておける」

「永遠に凍らせておくつもり？」

「食料供給のめどが立つまではすくなくとも」

「長期計画はいちおうあるのね。当然でしょうね。エカテリーナ・ペトロヴァの仕事なんだから」

「バジリスクはさまざまな方法でその意図をつたえてくる。たとえば惑星には船を着陸させないと明確にしている。だからそれにあわせるしかない。この船は完全自給自足にする。自立した恒久的コロニーにする。あなたにそれを手伝ってほしい。具体的には、サシェンカ、わたしの副官として働いてほしい。仕事はたくさんある。副官がいれば助かるわ」

「つまり……個人秘書になれと」

「そう」

「でも、ここにはいつまでもいられない。やるべき任務があるのよ」

「よく考えなさい、サシェンカ。あなたが安全でいられるのはここだけよ」

「安全？　ここが？」

「どこよりも安全。バジリスクは惑星へ下りることを許さない。それがその存在理由のすべて。惑星を守るためにある。近づけば破壊される。あなたはここから出ない。わたしが許さない」

エカテリーナの目が怒りの光をおびた。もちろん本人は強く自制し、抑制している。母のこの目がなにを意味するかわかっている。この光は……。

ふいにぞっとした。

「ママ……ママ、どこに連れてきたの？　顔が……見えるんだけど」

自分の手を見た。暗い。とても暗いが、指が見える。手のひらの皺さえ見える。

顔を上げると、展望室のようなところにいるのがわかった。パシパエ号の船体外壁ぞいの長い通路。そこに大きな窓が並んでいる。むかって左側。星空がある。そのかすかな星明かりのおかげで……見える。ホロ映像に襲われて以来初めて、ものが、人が見える。

「危険よ」

ペトロヴァはつぶやき、あわてて見まわした。アステリオスがいるのではないか。あのまたたく青い光が。

エカテリーナが言った。

「ごめんなさい。娘の顔をもう一度見たかったのよ。でもたしかにそうね。もどったほうがいい」

きびすを返そうとしてやめて、ペトロヴァの顔をのぞきこんだ。なにかを探している。

「いいわ。すでに学習しているわね。ここでの暮らしかたを。これからそのスキルが必要になる。残り一生をこの船内ですごすのだから」

136

「ジャン？　どこにいるの？　ちょっと……失礼……友人を探してるの……いっしょに来た男性で、もしかして……。ごめんなさい……失礼……」

ペトロヴァが近づいてくるのは声でわかった。ほんとうは立って駆けよって迎えたかった。この見知らぬ群衆のなかで信頼できる一人だけの仲間と早く合流したかった。しかし自分が移動したら暗闇のなかで行きちがいになるかもしれない。

「ペトロヴァ！　警部補！　こっちだ！」

まわりの人々が道をあけているのがわかった。その奥から荒い息が近づいてくる。暗い空間を急いでくる風圧を感じた。ふいにペトロヴァの右手が顔にふれた。指で目を突かれそうになり、ぎくりとしてよけた。

「ごめんなさい。さわられるのが嫌いだったわね」

むしろその手をつかんで永遠に離したくない気持ちだった。

「ここにいたらその性格がなおったみたいだ」

左右に顔をむけたが、聞き耳を立てる者がいるとしてもわからない。近くにだれかいて、ペトロヴァと再会したジャンの反応を観察しているかもしれない。警戒すべき問題でもある。

ペトロヴァといえば、もう一つ心配なことがあった。

「隣にすわって。どう、お母さんとはゆっくり話せた？」

「母はここの責任者になっていたわ。なにをどうしてるのかはわからない。わたしたちは協力を求められた」

「わたしたちって、僕も？」

「医者がいないのよ。わたしにはなにをさせたいのかわからない。探偵が必要なのか」

べつの疑問が喉まで出かかったが、いったんこらえて、その肩に――負傷していないほうに手をかけた。耳もとに顔を近づけてささやく。

「いずれにせよ、無理だよ。ここにいつまでもいないんだから。それから言いにくいことだけど、お母さんを信用すべきじゃないと思う」

ペトロヴァは急に笑いを噛み殺すようすになった。どういうことか。ジャンは続けた。

「よく聞いて。ここは普通じゃない。ほかの船ではＡＩがバジリスクを拡散していた。でもここではきみの――」

ペトロヴァはその口を手でふさいだ。耳にキスするつもりかと思うほど顔を寄せる。ジャンとしてはきわめて居心地悪い体勢だが、がまんした。

「いまはやめて。安全な話題じゃない。当面はここになじむ努力をして。あとで話しましょう、可能なら」

ここになじむことに強い懸念を覚えたが、しかたない。たしかにそうするしかない。

まわりの群衆はいまのところ友好的だ。しかしルールを破ったら豹変するだろう。バジリスクに感染しているのはまちがいない。拡散力のある妄想にとりつかれた人々は、一瞬で暴力的に変わる。だから調子をあわせるしかない。

それから一日かけて、二人は人々の役に立てることをみつけていった。居場所がそれぞれできると、自然におたがいと離れてしまう。心細いが、なじむためにはしかたない。

ジャンは暗闇のなかで手探りで医者の仕事をした。医者が目をつぶってやれることは多くない。また医薬品は基本的なものしかない。それでもできることをやった。

光のない環境でいちばん多いけがはやはり打撲だ。ハッチの戸枠にぶつかったり、人とぶつかったりする。捻挫や骨折もときどきある。足首を包帯で巻いたり、冷やすための氷嚢を渡したりした。

そんな働きぶりはマイケルから感謝された。名目上のリーダーはエカテリーナだが、船内の人々にとっては雲の上の人だ。日常的にはマイケルがリーダーの役をになっていた。

マイケルは人々をなるべく忙しくさせていた。暗くても船内に仕事はある。船倉へ行って食料をとってくるチームもいれば、浄水装置の大きなフィルターを手探りで交換する人々もいる。勤労意欲を維持するために注意する人もいる。心理状態の低下や不安に悩む人の相談に乗る。しばしば出てくる問題だ。光のない環境では抑鬱症になりやすい。

仕事は無限にある。とはいえ過酷というわけではなかった。平均的な乗員の労働時間は一日数時間にすぎない。一日の半分近くは眠っている。二十四時間のうち十二時間。それを四時間ずつに分ける。四時間眠って四時間起きるサイクルをえんえんとくりかえす。奇妙だが、説明できなくはない。光がないことで脳のメラトニン合成が阻害され、サーカディアンリズムがおかしくなるのだ。

マイケルはたいした問題とは思っていないようだ。

「ときどき一日十六時間眠るんですよ。そのリズムに生活パターンを切り換えるかもしれない。そのほうがストレスが少ない」

ジャンは医者として助言した。

「やめたほうがいいな。筋緊張の低下と床ずれの徴候が見られる。つまり寝過ぎだ。眠けをがまんするようにみんなを指導してほしい。できるだけ仕事をあたえて。無意味な課題をつくってでも」

マイケルは苦笑まじりに答えた。

「そうなんですか？　うーん、まあそうしてもいいけど」

ジャンは眉をひそめた。相手に見えないのだと思い出して、口で言った。

「これはまじめな話だよ。僕たちは人々の健康に気を使わないと――」

「〝僕たち〟ね」

自分でも気づいた。つい口から出た。医師としての訓練から、患者個人だけでなくコミュニティに奉仕する思考がある。コミュニティの一員としての意識が必須（ひっす）だ。

さらに……それだけではない。生活をともにするうちに、ここの人々が光のない環境に適応しているのがわかってきた。それによって……理解できるようになってきた。それどころかおなじ思考をするようになってきたかもしれない。

逆説的だが、パシパエ号は安全だ。人々は基本的に健康。ジャンはそれをさらに増進している。飢えはなく、外からの攻撃もない。その点はエカテリーナ・ペトロヴァのおかげかもしれない。封鎖船団のほかの船のAIや船長と交渉し、状況を安定させるために一日じゅう働いているのだろう。あるいは、この暗（あん）順応した生活を永遠に続けられるように算段しているのか。

とにかく、ここには可能性がある。パラダイス星系に来て初めて感じる可能性だ。

ここになら住める。

この人々といっしょに年をとる。彼らの医者として存在意義と満足を感じる。求めていたものかもしれない。悪夢をようやく振り払える。タイタンの悲劇にまつわる罪悪感を清算できる。

その可能性。

しかし考えたとたん、鳥肌が立った。そんな生活はありえない。

四時間の〝睡眠〟――それが船内で事実上の時間単位だ――のあとに、マイケルに訊いてみた。

「一つ教えてほしい。もし僕が出ていくことにしたら……そう決心をしたら……」

「どういうことですか？　船内のべつの場所で新しいコミュニティをつくるとか？　もちろん空き部屋はたくさんあるけど、そんな必要はないでしょう」

「いや、ちがうんだ。そういう意味じゃない。もしパシパエ号から出たらということだ。べつの船へ行ったら」

たとえばアルペイオス号へ。ほかの船でもいい。目のまえにかざした両手が見えるところへ。

するとマイケルが言った。

「そういう考えは口にしないほうがいいでしょうね」

「いや……たとえばの話で……」

「力ずくで止めます。あなたのために」マイケルは闇のなかでため息をついた。「たしかに実感としてわからないでしょう、ドクター。でも光が毒なのはだれにとってもおなじだ。あなたもパラダイス星系に到着した瞬間に変わった。もとにはもどれない。宇宙服なしでエアロックから出るのが論外なように、光のなかにもどるのは論外です。安全な場所はこなんですから。この先もここに、わたしのそばにいるべきです。だからそんな考えは捨ててください。いいですね？」

「わかった……そうするよ。それが一番だ」

マイケルはとなえた。

「安全なのは暗闇。安全なのは暗闇。安全なのは暗闇」

137

それから睡眠二回ののちに、ペトロヴァが来てこっそりと言った。

「だいじな話をしたい。この部屋から出る口実をつくって」

ジャンはうなずいて、ペトロヴァからすこし離れ、だれにともなく言った。

「ええと……しばらく気になっていたことがあって……」言うべきことを考えた。このコミュニティの外へ一時的に出る口実だ。「その……つねに暗闇ですごすことに懸念が……医学的な懸念があるんだ、うん」

するとマイケルが発言した。暗がりに聞き耳というのはほんとうだった。

「みんな健康だと思いますよ」

「それはどうかな。診察していて気づいたんだけど、共同体の健康状態に悪いパターンが出ている。ビタミン欠乏のせいだ。ビタミンDが不足するとカルシウム不足になりやすい。骨が弱くなったり、歯が抜けたり。それはよくない。ビタミンDをおぎなう最良の方法は……その……」マイケルやほかの人々が嫌悪する言葉を出さなくてはいけない。「日光浴だよ」

「地球の太陽の光ならそうでしょう。でもパラダイス星の光はちがいます」

「それでもビタミンDはいるよ。必須だ。ないと長期的によくない」

「体が適応しますよ。必要なら」

マイケルは気にしていないらしい。ここの人々は奇妙なほど諦観しているが、健康状態はそうはいかない。

「子どもはくる病になる。大人は早発性の骨粗鬆症になって骨がもろくなる。それは……心配だろう」

「犠牲は必要です。ときにはね」

マイケルは言った。肩をすくめる音が聞こえそうな調子だ。

ジャンはさらに主張した。

「ビタミンDは脂肪の豊富な魚からも摂れる。でもそういうタンパク質は船内の備蓄にあまりないはずだ。サプリメントは？　ビタミンや微量栄養素をおぎなえるサプリメントは積まれている？」

マイケルが答えるまえにペトロヴァが言った。

「そうね。備蓄を見にいきましょうか」

「見る?」

マイケルが笑う口調で言った。ペトロヴァは言いなおした。

「探すという意味よ。船倉でも倉庫でも……食品や医薬品が保管されているところへ行って、ビタミンDのサプリメントを探せばいい」

「そうだ。そうしよう」

ジャンは言った。ペトロヴァの真の狙いはわかっている。このコミュニティから離れて今後について話す機会をつくる。この光のない船からの脱出計画も立てられる。

「二人で行こう」

「ここに受けいれてもらったお礼にね」

「好きにすればいいでしょう」マイケルは言った。

「じゃあ、善は急げよ。その倉庫への行きかたを教えてもらえれば」

「あなたたちだけで行くのは無理でしょう。アンジー……アンジー?」

「なに? ここよ、ここ。いま……眠ってたの」

「この二人を食料倉庫へ案内してくれ。用がすんだら連れて帰るんだ。迷子にさせないように気をつけて」

ジャンはがっかりした。もうすこしで二人きりになれるところだったのに。

しかしペトロヴァの手が伸びてジャンの手首を握った。監視を遠ざける策があるようだ。

策などペトロヴァにはなかった。

138

策を求めてあれこれ考えた。

アンジーは先に立って暗い廊下を一定のペースで歩いていく。おかげで考えごとができそうなものだが、実際には足もとに神経を集中しておそるおそる歩いていた。闇にひそむ底なしの穴を恐れる子どものようにアンジーの手をきつく握る。

ジャンが話しかけようと近づいてくるのも困る。その手がかかっているのは右腕だが、顔を近づけてくると肩を押され、負傷のある左腕が動く。耳もとでささやかれるたびに腕に痛みが走る。

「この光のない場所からどうやって逃げる？　ブリッジへ行くのはまだ有益かな？　それとも格納庫にあったシャトルで脱出する？　きみのお母さんはどう言っている？」

「あとにして。いまはよくない」

たしなめたことでしばらく落ち着いた。黙ってうしろを歩いてくれる。背中にぶつからないように歩調をあわせている。しかし腕にかけた手にしだいに力がくわわった。べつの質問をしたいらしい。

「あの子をどうする？」

するとアンジーが急に立ち止まった。ペトロヴァも顔をしかめて立ち止まる。

「ひそひそ話は聞こえていますよ。堂々と話したらどうですか？　いないと思って」

ペトロヴァは歯ぎしりした。

「ご親切にありがとう。一つ教えて。光を捨てるまえのあなたはなにをしていたの？　パシパエ号の乗員？」

「そうです。航法士でした。方向感覚がすぐれているので。案内をまかされたのもそれが理由です。このあたりの通路は複雑で、気をつけないと迷いやすいんです。もし迷子になるとみんなの迷惑になります。みつかるまで時間がかかる。だからちゃんとついてきてください。食料倉庫はここから五百メートルくらいで、それほど遠くありません」

「迷っても、そのうちだれかが来てくれるんじゃない？」

ジャンが言うと、アンジーはすぐに答えず、歩きはじめた。壁に手をあててこする音をたてていく。ようやく言った答えは、弁解がましく聞こえた。

「犠牲が必要なときもあります」

ペトロヴァは訊いた。

「よくそれを言うけど、具体的にどういうこと？」

アンジーが肩をすくめたのがわかった。暗闇に順応したといいつつ、身ぶり手ぶりはやめられないらしい。

「犠牲というのは……。来たばかりの人を怖がらせるつもりはないんです。これまでの苦労や、その重要さを知らないわけだから」

「でも話して」

「予想しない事態でした。パラダイス－1での新生活を夢みて到着したのに、ここの恒星光が有害だなんて思わなかった。それがわかると、これからどうするかでもめました。論争どころか闘争になった。負傷者や死者が出るほどの。あるグループは引き返すことを主張しました。パシパエ号で太陽系に帰ろうと。でもそれは解決になりません。みんなすべてを捨ててきたんです。ここでなんとかするしかない。恒星から隠れて軌道上で一生をすごすことになっても、必要ならやるだけです。そんな生活を成り立たせるためになにが必要か、最初の数カ月で思い知らされました」

「それが犠牲ね。期待を裏切られ、生活の質を下げざるをえなかった」

はなく、弱者を犠牲にせざるをえないということです。必要な能力を持たない者を」

「生活の質？　いいえ、ちがいます。入植生活がきびしいことは覚悟していました。そうで

「ちょっと待って……」

ジャンが口をはさんでも、アンジーは無視して話しつづけた。

「食料や医薬品やその他の必需品は無尽蔵ではありません。そのリソースを消費するだけで、みんなの役に立とうとしない者。困難に立ちむかおうとしない者。いいえ、誤解しないでください。そういう人々を殺しているわけではありません。くじ引きで口減らしをしているわけでもない」

「それなら……いいけど」

「でも、こういう暗闇で迷子になって帰れなくなった者をどうするか。捜索するという優先順位はとても低い。ドクター、あなたのスキルはとても必要とされるので、マイケルは探せと指示するでしょう。警部補、あなたはエカテリーナにとってだいじな人なので捜索隊が出る可能性は高い。でもわたしは？　航法士はほかにもいます。だれも探さないでしょう」

「それは……よくないね」

「つらいですよ。親しい人が暗闇のなかに去ったら、それっきり。つらいです。でも早く

からわかっていたことです。犠牲は必要です」

ペトロヴァは固く目をつぶり、顔をしかめた。いざとなるとためらう。それでもやらざるをえない。

コミュニティに迎えられたときに拳銃は奪われなかった。腰のホルスターにはいったまま。アンジーの腕から手を離して、それを抜いた。銃身をアンジーの首のつけ根にあてる。

「これがなにかわかる？」

アンジーは足を止めた。そのジャンプスーツごしに銃口を押しあてる。アンジーは小声で答えた。

「わかります」

蚊帳（かや）の外なのはジャンだ。

「なんのこと？　なぜ止まったの？」

かまわずペトロヴァはアンジーに言った。

「ここからみんなのところへ帰れる？」

「はい」

「だったら帰って。わたしたちをおいて」

ジャンがなにか言おうとするのをペトロヴァは黙らせた。

「さあ、行って」

アンジーが振り返って反撃してくることをなかば予想していた。暗闇で銃はあまり有効な武器ではない。アンジーのほうは見ないで動く経験を充分に積んでいる。争いになったらたちまち悲惨なかたちで決着がつくだろう。

ところがアンジーは襲ってこなかった。驚きと困惑の吐息を漏らすばかり。むしろ泣いているようだ。

「なにを捨てることになるかわかっているんですか？　ここだけが生存可能なんですよ。楽な生活ではないにせよ、安全で――」

「行って、早く！」

アンジーはもと来たほうへ駆け足で去っていった。

ペトロヴァは足音が遠ざかるのを長く聞いたあとに、ジャンにむきなおった。

「これがまちがった判断でなければいいけど」

「まちがってないよ」

ペトロヴァは大きくため息をついた。

「一時間後にすっかり迷子になって身動きとれなくなったときに、そう言えればね。ここから脱出しなくてはいけない。それはたしか。でも、ジャン、それには光が必要。光があれば床の線が見える。線をたどって格納庫へもどれる。でも光がないと――」

「わかってるよ。それはわかってるよ。でも光を使うとどうなるか、言うまでもないだろう。あれが……AIのアバターが襲ってくる」

　百も承知だ。

「行動原理はわかってるわ。襲われたら明かりを消せばいい。あれの狙いは光源だけ。宇宙服のライトを壊すのが目的で、わたしたちを殺すつもりはない」

「そう簡単にいくかな。失敗すれば負傷するか、殺されるかも」

「リスクをとらないとここで死ぬことになる」

「コミュニティの人たちは敵意を持っていないよ」

　ペトロヴァはため息をついた。

「そういうことじゃない。アンジーもマイケルも……」

　その点では母も危険ではない。エカテリーナははっきりとおかしいところがあるが、こちらに殺意は持っていない。それはたしかだ。

「それでもバジリスクはバジリスク。その働きはわかってる。即効性(そっこう)にせよ遅効性(ちこう)にせよ、感染者を殺す。目をあけて歩きまわっていても死んでいるのとおなじ。ジャン、ここにあるのは闇のなかの死よ。ある種の死」

ジャンはいらだってため息をついた。

「わかってる、それはわかってる。とにかく、明かりがほしいならやるべきことははっきりしている。光源はとっくに壊されているけど、なにかしら残っているかもしれない。通路をすこしもどったところにハッチがあった。まずそこから探してみよう」

ペトロヴァはうなずいた。そして見えていないことに気づいて言った。

「そうね、わかった」

139

ジャンはハッチを探しあてて歓声をあげた。戸枠をなぞってかたちを確認し、すぐに開閉パッドをみつけた。すんなり反応して風の音とともに開く。

そこで足が固まった。断崖絶壁のむこうは奈落というように一歩をためらう。足を上げ、室内側にいれて、そろそろと下ろしてさぐる。床をみつけてほっと一息。

「よし、はいろう。なにかあるはずだ」

ペトロヴァが隣を通ってさっさと室内にはいった。壁に手をあててさぐりはじめる。

「棚が並んでるみたい。倉庫ね」

「なんの倉庫か調べてみよう」

ペトロヴァが考えこむようにうなった。

「どうしたの？」

「ちょっと思ったのよ。アンジーはすこし遠くまで走って、もういないと思わせておいて、こっそりもどって待ち伏せしているかもしれない。暗闇にひそんでいるかも」

「かもしれないけど、どうかな。その猜疑心はわかるよ。僕にもある。でも当面は安全だと思うんだ。きみとちがって多くの人と会話したからね。わかるだろう、あの人たちの従順さを」

「そうね」

「暗闇のせいじゃない。バジリスクがそうさせてるんだ。まちがいない。人間を内側からむしばむ。感情や欲望や目的意識を食い荒らして、中身のない、外来思想のたんなる宿主にする。最悪だよ。死んだほうがましだ」

嫌悪で身震いした。そしてなにかに気づいたように口調をあらためる。

「……ごめん。つい口がすべって」

「なにが？　わたしの気にさわるような話題があった？」

「きみの……お母さんも……」

「エカテリーナはバジリスクに耐性があるのよ」

「耐性？」

ペトロヴァは笑った。

「どういうわけか撃退していた。生まれつきの耐性だと言っていたわ。よくわからない。

はっきりしているのは、母がここの人々を利用していること。幻覚を逆手にとって操作し、支配している」

「そんなふうに……言わなくても。自分の母親を。防警の元局長なんだから、どんな状況でも指導的立場になるのは自然じゃないかな」

「あなたは母をよく知らないのよ」

棚をさぐるジャンの手が大きな薬瓶(びん)にふれた。振ると数千個のカプセル薬らしい音がする。これがビタミンDのサプリメントなら皮肉だ。見ればすぐわかる。わずかな光さえあれば……。

「待てよ……」

「どうしたの？」

「弾薬だよ、銃のなかの。はいってるはずだよね、その……火薬が」

「火薬というか、無煙発射薬と呼ばれるものだけど、基本にはおなじね。それが？」

「それを使って……火をおこせるかも」

「なるほど、たしかに。でも……うーん、なにが必要なの？　わからない。火を燃やしたことがないから」

「僕だって」

子どものころの遊びを思い出そうとした。医者として火傷の症例もたくさん診た。

「燃料とか、燃えるものとか」

薬瓶をあけてプラスチックのようなカプセルにさわってみた。これではだめだ。ほかに……なにかあるはずだ。

「医療用品があるんじゃないかな。包帯とか、ガーゼとか、布製品が」

ほかの棚をさぐる。使えるものがないか。重い瓶が並んでいて、振ると液体の音がした。蓋をあけて順番ににおいをかいでみる。やがて希望どおりのものをみつけた。

「アルコールだ。消毒用のイソプロピルアルコール。理想的だ。包帯はありそう？」

「ないわね……かわりにこれは？」

布を裂くような音。ジャンプスーツを裂いているのかと思いきや、差し出された布を手にしてわかった。負傷した腕に巻いた空気式ギプスの一部だ。

「ちゃんとギプスをしないと治らなくなるよ」

「暗闇のなかで死んだらどうせ治らない」

反論しようとしてやめた。ペトロヴァは言いだしたら聞かない。

「じゃあ、次だ」

アルコールを探しているときに、杖の束をみつけていた。その一本をとって、先端にギプスの布をしっかり巻きつけ、ベルトで固定する。そこにアルコールをたっぷりしみこませた。

ペトロヴァに説明しておなじ作業を順番にやらせた。なにか忘れていたら彼女が気づくはずだ。

「あとは火花さえ出せればいい。弾薬でどうにかして火花を出せるだろう。よくわからないけど……この松明を狙って撃つとか」

「もっと利口な方法があるわ。床において。わたしたちのあいだに」

金属音がしはじめたのは、弾薬を分解しているらしい。

「薬莢の底にプライマーがはいってる。雷管という、撃針の衝撃で発火して発射薬に着火させるものよ」

力をこめると、金属のなにかがはずれて床にころがった。

「銃弾を抜いたら、あとはただの爆薬。ジャン、ここは危険よ。冗談抜きで」

「わかった。やってみて」

「三つかぞえる。一、二、三！」

なにかが金属にあたった。鍛冶屋のハンマーが鉄床を打つような音。しかしそれだけでなにも起きない。

「もう一度」

言われるまでもなくペトロヴァは試みた。金属音が鳴り、鼓膜を圧する破裂音とともに、火花と炎が噴き出した。しかし一瞬で消えてしまう。光を求める目の錯覚だったのか。ところが……。

小さな光が見えた。布地をふちどるような青い炎。布はみるみる焦げていく。ジャンは目を見開いた。光をむさぼるように見る。顔を上げると……。

「見えるよ。ペトロヴァ、きみが見える！」

ペトロヴァは笑い、飛びかかるように右腕でジャンの襟をつかんだ。

「わたしもよ！」

140

ペトロヴァは松明（たいまつ）を前方にかかげた。まぶしくて目が痛いほどだ。残像を消そうとまばたきする。持ちかたをいろいろ試して、高くかかげたほうが目にちらつかないとわかった。負傷した左腕は痛みをこらえて脇に引きつけ、手をポケットに突っこむ。かなり痛いが、痛みのおかげで集中できる。そう思うことにした。

「あけて」

ジャンが駆けよってハッチの開閉パッドを叩く。

開くとすぐ通路に出た。左右を奥まで見る。パシパエ号の乗員たちが待ちかまえているのではないか、アステリオスがいるのではないかと不安だった。もっと心配なのは松明そのものだ。弾薬は無煙発射薬だったが、松明は盛大に煙が出る。さらに繊維が溶けて炎の滴（しずく）がたれ、点々と床に落ちる。炎はなびいて不安定。動かすたびにゆらいで消えそうになる。明かりとしてもすでに暗く感じる。遠くまでは見えない。アルコールがなくなったらどうなるのか。どうするのか。

心配なことばかり。時間がないのにやるべきことは多い。

床を見ると、例の色分けされた線がさまざまな方向へ延びている。うしろのジャンが言った。

「オレンジ色の線がブリッジ方面だったよね。紫が機関区方面だったかな。思い出せない」

ペトロヴァはオレンジの線を探した。

「こっちよ」

ジャンはあわててついてきた。

「これは……格納庫方面？　それは緑の線だったような。記憶がはっきりしないけど……でも……あの……」

「わたしがどこへ行くか、わかってるでしょう」

ペトロヴァは足もとのオレンジ色の線を見た。ときどき矢印があらわれて正しい方向だとわかる。

顔を上げると、壁の落書きに気づいた。塗料は古い。松明で照らしても文字は薄れている。それでも読みとれる。

光はすべて有害。

ペトロヴァは歩きつづけた。松明が消えるまえに着かなくてはいけない。暗闇にもどるわけには……。

「これ、ブリッジ方面だよね。ブリッジへ行くつもりなんだね」

背後からの声に、しばし足を止めた。振り返らずに答える。

「そうよ」

「そういう計画なんだね。この船から降りない。つまり……乗っ取るとか?」

「可能ならね。あなたはべつの考えだったかもしれないけど……」

「次にこういう決断をするときは、あらかじめ話してほしいな。頼むよ」

ジャンは脇から追い越して、ぐんぐん歩いていった。オレンジ色の線にそってブリッジ方面へ。

ペトロヴァは足を止めようかと思った。理由を説明するべきか。これはパシパエ号の人々のためではない。バジリスクを撃退したいからでもない。そんなことは無駄だ。星系に百隻もいるうちの一隻にすぎない。

この船を乗っ取りたいのは……母がいるからだ。

ジャンがさらに言った。

「いずれにせよ決着をつける。僕もいっしょにね。かならず。いいね？」

ペトロヴァは目をぱちくりさせて、どう返事をしたものか考えた。

「わかった」

コンコースを通った。左右に並ぶ商店はどれも太陽系を出発してから一度も開いていない。そこから脇道にそれると、今度はハッチが並んでいる。

どこまで行っても船内は広い。無限の迷路をさまよって永遠にブリッジに着かないのではないかと思えてきた。あるハッチをくぐったときに松明の炎が揺れてはじけ、あやうく消えそうになった。

そのとき、真っ暗な通路から呼ぶ声が聞こえた。

『サシェンカ』

唇を嚙んで無視した。進まなくてはいけない。ブリッジまでどれくらいにせよ、松明に火をともしたときより近づいているはずだ。ブリッジにはいれたら、なかからハッチをロックして、そして……。

『サシェンカ、どこへ行くの？　なにをするつもり？』

エカテリーナの声は天井に埋めこまれたすべてのスピーカーから流れてくる。ハッチからも脇道からも聞こえて反響する。ペトロヴァはとうとう天井を見上げた。

「行かせて、ママ。やるべきことをやるだけ」

『わたしには責任があるのよ、サシェンカ。この船の人々を守る責任。思い出して、ここで光をともした者がどうなるか』

ブリッジは近いはずだ。もうすこし行けば……。

『あなたは娘よ。愛しているわ』

前方に青い光があらわれ、通路を照らした。近づいてくる。

『でもわたしはこの人々をひきいることを選んだ。だれでも犠牲は必要』

アバターが近づいてきた。ペトロヴァはべつの通路へのハッチに飛びこむことを考えた。ブリッジ方面のオレンジ色の線から離れてしまうが、アバターに襲われるよりは……。

ジャンが叫んだ。

「ペトロヴァ、気をつけて！」

爪のある大きな手がうなりをあげて頭へ飛んできた。はっとしてかいくぐり、逃げようと走りはじめる。

「松明を捨てるんだ、松明を！」

しかし松明なしでは行く手が見えない。捨てられない。

アバターがまたたいて消えた。と思うと、正面にふたたびあらわれた。

やられた。当然だ。振り切れない。逃げるのは無理だ。相手は光でできている。物理法則に縛られない。

ジャンがその手から松明を奪って通路の奥へ投げこんだ。さらにペトロヴァを——それも負傷しているほうの腕を——つかんで横へ押しやった。ハッチをくぐる。

「もう安全だ。暗いけど、安全なはずだ」

ジャンはハッチを閉じて、安心させるように言った。まぶたを閉じたように光が消え、冷たい闇にもどっている。

腕がふたたび痛みだしたのにくわえて、失敗したという思いに打ちのめされた。

「くそ、あとすこしだったのに！」

ジャンはそんなペトロヴァを抱きよせる。

「でも安全だよ。安全だ」

そんな二人のまえに、青い光があらわれた。人間型の巨体。頭には二本の角。

光がまたたき、青から赤に変わった。

大きな手が振り下ろされてペトロヴァは側頭部を叩かれ、横へ飛ばされた。

「ペトロヴァ！」

ジャンが叫んだ直後に、いやな音がした。それっきり静かになる。

赤い光でできた手がペトロヴァの足首をつかみ、引きずって通路を進みはじめた。抵抗したが無駄だった。

エカテリーナの声がふたたび聞こえはじめた。とても小声で近く、幻聴かと思うほどだ。

『ルールをつくる立場のいいところは、自分はルールに縛られないことよ』

141

ペトロヴァの足首をつかむ手はチタン製のように硬く、とても光とは思えない。蹴って抵抗しても無駄。暗闇から赤い固体光（ハードライト）の手がたくさん伸びて押さえられた。立とうにもハッチの角につかまろうにも、引っぱる力が強い。とうとうかつぎ上げられ、足は床につかなくなった。ハッチを抜けて暗い部屋に運ばれる。

暗いが、まったく光がないわけではない。赤い光に不気味に照らされている。上や前方に青白い光もある。顔を上げると、窓だ。窓がある。そこから弱い光がはいってくる。母の顔を見たのとおなじ星明かり。コンソールや座席の輪郭（りんかく）がかろうじてわかる。どうやらパシパエ号のブリッジらしい。

皮肉さに笑った。

ここが目的地だった。なんとかして船の制御を奪おうと思っていた。ところがここで殺されるらしい。

うしろでハッチが開き、赤い光がブリッジを照らした。

「ママ、やめて」

意識のないジャンをアステリオスが運んできて、床に放り出した。仕事を終えたホロ映像はブリッジの奥に退がった。窓とは反対側だ。星明かりでジャンのようすがいくらか見えた。打撲やすり傷があるものの無事のようだ。生きている。

「ママ、近くにいるのはわかってる。お願い、ジャンを解放して。必要ないでしょう」

「医者は必要よ。乗員の健康維持に」

エカテリーナは深い影から歩み出た。

「悪いわね。希望どおりにしてあげたくても、ここではリソースを無駄にできない」

立っているところはブリッジのなかで一段高くなっている。おそらく船長席だろう。その姿は赤い光で強い陰影ができている。同時に背後の窓からの星明かりが豊かな髪を後光のように輝かせている。

「サシェンカ、いつになったらわかるの？　ママがいちばんよく知っている。いちばんよくわかっている。なのに反抗してばかり。まあ、でも、今日で終わり。理屈でわからないなら実力行使よ」

エカテリーナは横をむいて椅子をしめした。航法士か情報士の席らしい。赤い光のホロ映像が奥から出てきた。ブリッジのなかにどれだけいるのか。とにかく五、六体がジャンを床から持ち上げ、椅子へ運んですわらせた。手と足を乱暴に拘束する。頭はヘッドレストにつけて正面にむけ、口の上に紐をかけて縛った。くつわをかけて話せなくした状態だ。

ホロ映像の一体がジャンの正面に移動してしゃがんだ。その顔が変化する。造作が原始的になっていく。解像度の低い牛の鼻面に似る。両の眼窩は黒い穴。

ジャンが身動きして目を開いた。あわてて左右を見る。ここはどこか、どうやって移動したのかと思っているようだ。

エカテリーナはジャンの背後に移動した。両手を医者の頭に下ろして髪をなでる。

「サシェンカ、見るのはつらいかも」

ジャンは顔を上げてペトロヴァを見た。恐怖の表情だが、なんとかパニックを抑えている。騒がずに見つめている。

その正面のアバターが顔を近づけた。暗い眼窩が青白く光り、やがて小さな黄色い炎が燃えはじめた。

「ママ！」

ペトロヴァは叫んだが、ハードライトの手でがっちりと押さえられた。見ることしかできない。アバターに押さえられて動けない。手を出せない。ただ見るだけ。

「なんのつもり？　ジャンはバジリスクに感染しない。免疫があるのよ！」

「そうかしら。バジリスクの武器の一つに有効な予防接種を開発したようね。とても利口。でもこれほどの力を持つ存在が武器を一つしか持たないと思う？　バジリスクは生きている。生き物。生きるとは適応すること。一度感染に失敗したなら、次は新しいやり方を試みる」

ジャンの視線は、ホロ映像の眼窩で燃える二つの炎に惹きつけられている。抵抗するものの目を離せない。まばたきが多いのは目を閉じたいからだろう。しかしまぶたはすぐ上がってしまう。痛いほど見開いている。

エカテリーナは続けた。

「バジリスクが彼の精神を裂こうと思えば、濡れ紙のように簡単。でもさいわい医者は乗員の健康のために必要な人材よ。だからすこしだけ従順になってもらう」

「なぜ……バジリスクについてそんなに詳しいの？　生まれつき耐性があると言ったけど、どういうこと？　どうなったの？」

エカテリーナは笑った。

「信じないだろうと思っていたわ。いまだになにも知らないのね、サシェンカ。病原体にとっては利用価値のある宿主とない宿主がいる。人類は利用価値のある宿主になることが、今後の生存のために必要なスキルになるのよ」

　ジャンがなにかうめいた。口にかかった紐のせいで話せない。うめくばかり。そしてついに悲鳴をあげはじめた。

　ペトロヴァは声を荒らげた。

「やめて！　わたしがなんでもするから！」

　エカテリーナは応じない。

かわりにべつのものが応じた。アバターの一体がジャンの椅子から横に離れた。立っているだけだが、その変化がわかった。このホロ映像も顔が牛になりはじめている。

その目。小さな石炭のように炎をあげはじめている。

　ペトロヴァは理解した。わかったと思った。バジリスクはずっとまえからささやき、話しかけていた。サシェンカと……。なぜか。母がなんらかの方法でバジリスクに影響をあたえたのか。記憶を提供するとか、あるいはもっと根源的なやり方で。

　ペトロヴァは足を踏み出した。押さえていた手ははずれている。動ける。その気になればジャンに駆けより、椅子から引き離してもいい。しかしやらない。阻止されるだろう。そのために手を離したのではない。

機会をあたえられた。その道は一本だ。

離れて立つアバターに駆けよった。エカテリーナがなにか言ったが、聞かずに行動した。アバターの正面に立ち、燃える目をのぞきこむ。自分の目が自然に開くのを感じた。眼球が眼窩から飛び出しそうだ。目を離せない。物理的に不可能。だから試みない。

アバターは大きな手でペトロヴァの両肩をつかむ。双眸(そうぼう)がかがり火のように燃えさかる。

受け取ったものを理解して悲鳴をあげた。

自分はなにをしたのか。なにをしてしまったのか。

142

骨の散らばった階段

一歩

また一歩と

降りる。

手すりをさぐるが、

ない。

「やめて」とジャンはつぶやく。

「やめてくれ」と願う。もういやだ。

目を閉じると、

消える。

143

目をあけた。タイタンにいる。なにもかもここからはじまった。

医学ラボの顕微鏡観察用の席にすわっている。ジャンプスーツの上に白衣。

憶えている。このときのことははっきり記憶にある。

あわてて席から立つ。診断用の器具がたくさんはいったトレーに手があたって床に落ちる。背中が壁にぶつかるまであとずさる。硬い岩に後退をさえぎられる。

部屋のドアを見る。もうすぐ……。

ドアが開いた。ホリー・クラークがはいってくる。ホリー……。

ホリーだ。

見るだけで胸が苦しくなる。思いあたる理由はない。それでも……なにか重要だった気がする。思い出せないことが。とても重要な。

本人を見て、なんだろうと考える。ホリーはタブレットを持ち、顔を下から照らされている。顎は死体のような白、唇はかすかな青。金髪を雑にくったポニーテール。ジャンを見て目を輝かせる。

「なにか落としたの？　まあいいわ。これを見て、レイ。今朝受診した女性にとても奇妙な症状が出ているのよ。あなたが調べてることに関係あるかもと思って」

ジャンは言った。

「ちがう。これはただの夢だ。夢なんだ」

トラウマ体験がある者ならだれでも言うだろう。目が覚めない夢はすべて悪夢だと。

144

サシャは怖くて悲鳴をあげた。

カモメが砂の上で……魚かなにかを……ついばんでいる。解体している。眼窩にくちばしをいれて湿った肉をむしっている。

サシャは手を口にあてて唇を固く閉じ、吐き気をこらえた。

ここは……どこか。なにがどうなっているのか。

自分は……サシャ……。

「サシャ？」

ロディオンの声。母の部下である警視監の息子だ。数週間前からボーイフレンドとしてつきあっている。初めてのボーイフレンド。それがどういうことかよくわかっていない。どんな特権があり、なにを期待していいのか。なにを期待されるのか。

ちょうどよかったので、そのつるりとした胸に顔をうずめた。ロディオンはそっと腕をまわし、砂浜に背をむけて歩きだした。死んだなにかとカモメから遠ざかる。

「ただの魚だよ、キーサ」

仔猫(キーサ)。ガールフレンドへの愛情をこめた呼びかけ。ロディオンがそう呼んだのは初めてだ。

「もう死んでる。なにも感じない」

サシャは涙をぬぐってその胸の上で笑った。からかうように押しのけ、砂浜を走りだす。

ロディオンは追いかける。つかまえようと手を伸ばすが、サシャはすり抜ける。その先に漁船の廃船が横たわっている。ずっと昔に浜に引き上げられた錆びた鉄塊。その日陰にはいってしゃがみ、息を整えた。追いついた彼はむかいにすわり、指で砂をいじりはじめる。

「ごめんなさい。取り乱しちゃって。母からいつもタフになりなさいと言われてるのに」

サシェは上目づかいに相手を見た。そのあとに彼が言うはずのことを待つ。

ところが、いつのまにか相手はロディオンではなくなっていた。四角い顎(あご)、明るい瞳。

「パーカー？」

困惑して訊く。パーカーは微笑んだ。その笑顔に安心と……信頼を感じる。

しかしなぜこんなところにいるのか。

「きみのお母さんは立派な人だ。真の指導者だ」

サシャは眉をひそめた。

「それはロディオンが言ったことよ、ずっと……昔に。サム、どういうこと？」

145

ホリーはタブレットを差し出した。

「とにかくこれを見て。どうしたの、レイ？」

ジャンはあとずさり、なにもさわらないようにして横をまわった。自分の記憶の世界にはいっている。ここはトラウマ記憶のなか。それでも、なにも見ないようにして逃げ出せば……。

タブレットにはいっているのは赤扼病の最初の症例のデータだ。見たくない。絶対に見たくない。

自分の記憶にからめとられている。脱出しなくては。

ホリーの呼ぶ声を振り切って部屋のドアを抜けた。

「レイ？　どうしたの。どこへ行くの？」

医療区を走った。ここはタイタンのメタンの氷に掘られたトンネルと洞窟だ。壁には織維質の断熱材が厚く吹きつけられている。医療区は広い空間になっていて、自動外科ユニットやカーテンで仕切られた小さな診察室が並んでいる。患者が次々と顔を上げるなかを、ジャンは黙って走り去る。ひたすら急ぎ、医療区とコロニーをへだてるエアロックにたどり着く。ガラスドアごしに、のどかな日常生活を送るタイタンの入植者たちが見える。自分たちがすでに死んでいることをだれも知らない。

「どうにかしないと。どうにか」

そこにグラウコスの声がした。

『ドクター・ジャン。どうしましたか？』

ジャンは首を振った。

グラウコスはタイタンのコロニー全体を守るＡＩだ。生命維持系や電力や水を管理している。その声はやさしい老人、あるいは愛情深いおじさんのようだ。コロニー内で困ったときにどこでもあらわれて助言してくれる。

ジャンにとってはひさしぶりに聞く声。いろいろなことを思い出す。

「なんでもないよ。エアロックのドアをあけてくれ」

『わかりました、ドクター。ご用のときはいつでも声をかけてください』

「いまはなにも」

ジャンは歯を食いしばって言った。

エアロックを抜けると、タイタン・コロニーの中央広場だ。吹き抜けになっていて、巨大な円筒のシャフトが百メートル上の氷の表面まで届いている。てっぺんには大きなドーム屋根がかぶさり、ガラス窓から遠い太陽の弱い光がはいる。シャフトのまわりは十数階の階層構造になり、そこから多数のトンネルが氷の奥へ延びている。オフィス、科学ラボ、製造施設、さらに家族用住居やジャンのような独身者用の部屋に分かれている。

シャフトの中心には螺旋階段があり、最上階まで登っている。コロニーのすべての階に通じ、てっぺんでは地上へのエアロックに出る。この高い螺旋階段に手すりはない。低重力のタイタンでは必要性が薄い。

ただの階段。光へむかって登るだけ。

しかし見たとたん、ジャンは心臓が苦しくなった。無理だ。登れない……この階段は。

ほかの脱出路を求めて見まわす。記憶のパターンを崩すだけでもいい。螺旋階段の下にある公共の噴水で子どもたちが遊んでいる。笑いながら水をかけあう。髪や服の上で水滴がきらめく。

コロニー管理責任者のコイがいる。おなじく運営責任者のベケットとともにオフィスの外の小さなテーブルでコーヒーを飲みながら、目尻に皺をつくって笑っている。来月の予定でも話しあっているのだろう。

二人のオフィスにはどこかに通信ユニットがあるはずだ。地球まで連絡できる。

「コイ！　通信機を貸してください。緊急事態なんです」

「なんですって？　どういうこと。なにかあったの、ドクター？」

驚く彼女に、ジャンは首を振った。

「ちがうんです。そうじゃなくて……これは……。とにかく電話をかけなくてはいけないんです、ラング局長に」

ベケットが眉をひそめた。

「ラング？　だれのことだ？　局長とはどこの？」

「防警です。だいじな話なんです」

ベケットはさらに顔をしかめる。

「ドクター、なにか思いちがいをしているようだが、防警の局長はエカテリーナ・ペトロヴァだ。そもそも防警局長に直接通報すべきことがあるとは思えないが」

そうだ、そうだった。タイタンのコロニーはまだ新しい。入植者は内惑星のあわただしさを嫌い、平穏な生活を求めてここへ来た人たちだ。ここには平和で安全な暮らしがある。

タイタンは安全。安全だ……安全。

ジャンは拳でこめかみを叩きながら言った。

「安全……安全！　たしかにまだ安全です。だから信じてもらえないでしょう」

ベケットがジャンの腕に手をおいて、席にすわらせようとした。

「ドクター・ジャン、落ち着いて話そうじゃないか。医学的な緊急事態かね？　まじめに話を聞こう」

「時間がないんです。もういい！」

ジャンは言い放って、二人のオフィス兼住居があるトンネルに飛びこんだ。ベケットが呼び止める声は無視する。

通信ユニットの場所はすぐわかった。タイタンのトンネルはどこも小規模なので、探せばすぐみつかる。操作パネルの上で手を振って画面を出した。

背後にグラウコスがあらわれた。厚手のセーターに眼鏡をかけた温厚な老紳士の姿。眼鏡の厚いレンズに星と星雲が映っている。

「電話をつなぐのにお手伝いが必要ですか？　権限の有無を確認する必要があります」

「消えろ」

ジャンはＡＩに言って、バーチャルキーボードを叩いた。ラング局長の名前とアドレスを探す。通信システムのデータベースのどこかに載っているはずだ。たとえまだ正式な防警局長に就任していないとしても、知っているはずだ。パラ……パラ……なんだっけ？

　パラなんとかについて訴えなくてはいけない。コロニーだったか、惑星だったか……。

「なぜみつからないんだ！」

　ラング局長のアドレスがみつからない。防警のアドレスは多い。地球の月の管理局へ直通の回線があるはずだ。コロニーの管理責任者がタイタンでの政治的暴動などを緊急報告する手段が用意されている。犯罪を匿名（とくめい）で通報できるアドレスもある。局長のオフィスを探した。ペトロヴァ局長の名前でも探してみた。しかし、ない……。

　背後からグラウコスが言った。

「ご希望をおっしゃってください。お手伝いできるはずです。かならず」

「つたえなくてはいけない……局長に話さなくてはいけないんだ。それは……」

　必死で考えた。思い出さなくては。天国（パラダイス）？　天国がどう関係あるのか。わからない。キリスト教徒ではないし、意味をなさない。べつの名前を思い出した。

「バジリスクだ。赤いバジリスクについて……」

　いや、これもどこかおかしい。正しくない気がする。

　なぜこんなふうに混乱してしまったのか。

「ドクター」

コイの手が腕にかかった。その細い手を振り払う。

「知らせなくてはいけない。教えなくてはいけないんだ。ええと……ミノタウロスについて……緑色のロボットについて……それから……」

「ジャン」

ホリーだ。目のまえに立っている。まっすぐにこちらを見ている。穏やかで心配そうな表情。

「ホリー。ああ、きみか。会いたかった」

顔を寄せてキスした。その唇は……冷たい。おかしい。

目をあけてよく見ると、死人の顔だった。肌はつやがなく、冷たい。かたちが崩れ、目は白く濁っている。

息をしていない。

息をしていない。

ジャンは悲鳴をあげはじめた。

146

ラプスカリオンもあきれて目をぐるりとまわしたり、怒りのため息をついたりしたいときがある。人間はそういうしぐさを正しく理解するようだ。そこで脚を踏み鳴らしていらだちを表現したり、不愉快なホロ映像をじっと見つめてわからせようとする。しかしうまくいかない。

「むこうがどうなっているのか知る方法があればな」

パーカーが言った。大型植民船に脱出ポッドが取りこまれて以来、望遠鏡映像をいつまでも見つめている。焦燥(しょうそう)がつたわってくる。それがよけいに腹立たしい。

ラプスカリオンは修理中の電力線の分岐ボックスから顔を上げた。

「アクタイオン、シミュレーションはその後どうなってる？」

呼ばれたＡＩは答えた。

「結果は変わりません。アルペイオス号の現状を考慮すると、パーカー船長が舵(かじ)をとってもパシパエ号へいたるコースはみいだせません。最低でも二隻の戦艦に針路をふさがれます。アプローチ軌道へ動いたとたん、二十五隻以上から長距離兵器で迎撃を受けます」

もちろん聞くまでもない話だ。ラプスカリオンも自分のプロセッサで計算しておなじ結論に達している。わざわざアクタイオンに検証させた理由は自分でもわからない。人間といっしょにいるうちに非論理的なその思考がうつったのか。

「俺のアイデアのほうはどうなんだ？」

パーカーの問いに、ラプスカリオンはふさわしい嘲笑の音声ファイルを探した。しかし数ミリ秒で中止して答えた。

「まあ、アイデアは悪くない。まるっきり現実的じゃないのと、物理法則を理解してないのが問題なだけで」

「なんだと」

「おいらのコピーをつくれってわけだな。船団まるごとと戦えるくらいの数を」

ばかげた発想だ。そもそもこっちはちっぽけなロボットなのだ。戦艦じゃない。もちろん武装機体はつくれる。しかしせいぜいナイフの腕とか、目からビームとか、その程度だ。多連装ミサイルや高エネルギー粒子砲を載せるのはとても無理。

辛抱づよく説明した。

「アルペイオス号に残ってるプリンター素材でつくれるのは十機が関の山だ。艦隊戦がはじまったら〇・五秒で全滅する」

パーカーはぐうの音も出ないようすでうめいた。目は望遠鏡映像から離さない。

「くそ、もっと素材があれば……」

「あったってだめだ。3Dプリンターで一機製造するのに約十分。何機ありゃ満足なんだ？　百機か？　星系じゅうの素材をかき集めて千機、いや一万機つくれるとしようか」

パーカーが見ていないのを承知で首を振った。「二日でつくって、船団にむけていっせいに飛ばしたとする。次々とやられてくのを黙って見てるだけだ」

「だったら百万機だ。必要なだけたくさん」

「それでもだめだ。おいらは分身を動かすのに意識を分割しなくちゃならねえ。一機増やすごとに二分割。千機にも増やしたら、自分がだれでなにをしてるのかもわからねえくらいにバカになっちまう」

パーカーは大きくため息をついた。

「できない理由は聞きたくない。なにか……なにかあるはずだ。やれる方法が」

あらためて船団を見まわす。画面の小さな点でしめされた百十五隻。パーカーは言った。

「どの船も3Dプリンターを積んでるはずだな」

「そらそうだ。だから？」

「まず一隻に突入して乗っ取るんだ。倉庫の素材を使っておまえを増殖させる。そして次の船をまた乗っ取る」

ラプスカリオンは音声ファイルを検索した。適切なレベルの侮蔑（ぶべつ）の笑いを再生してやりたい。しかし検索を中断して、べつのことを考えた。

「待て。ちょっと待てよ。いまなんて言った？」

「船を乗っ取るというところか？」

「ちがう。そんなのはバカのやることだ。素材ってところだ」可能性を検討した。「もしかしたら……もしかしたら、妙案（みょうあん）かもしれねえぞ」

147

夏のセヴァストポリは暑い。砲兵湾は気温摂氏四十度にもなる。水にはいれば涼めるが、暑気からはのがれられない。水着のサシャは日差しに焼かれた歩道を素足で歩くと足の裏を火傷しそうだった。すわれる場所は庁舎ビル前にある日陰のベンチだけ。直射日光をのがれて暑さはいくらかまぎれても、鎖骨の上や背中のくぼみに汗がたまっていく。

海に面したベンチから寄せ波を眺める。ロディオンは政治の話や学校の授業の話、さらになんでもない話をした。返事や意見を求めない話題。

だから海を見る。

海……。

なにかいる。海のなかに。なんだかわからない。波の下に白っぽい大きな魚かなにかがいる。こちらを見ている気がする。

サシャは立って波打ちぎわへ歩きだした。たどり着くまえに、ロディオンがアイスクリームを二個持って追いついてきた。ウィンクして一個をよこす。

「なにかいたのよ。海のなかに」

ロディオンは笑う。

「早く食べて。この暑さだといつまでももたない」

アイスクリームは溶けはじめている。明るい青の滴が敷石に落ちる。

「何味？　この日のことは憶えているけど……アイスクリームの味は……なんだったかしら……」

ロディオンの手が伸びてサシャの肘を軽くささえた。それだけで考えていたことを忘れた。頭から消えた。海を見ると、波の下のものはもういない。遠い水平線あたりを遊覧船がゆっくりと進んでいるだけ。

頭がふわふわする。考えがまとまらない。どうしてこんなに混乱しているのか。暑さのせいか。

「ごめんなさい。なにか言った？」

「ダンスパーティのことだよ。今夜、埠頭である。いっしょに行かないか。きみのお母さんは許してくれるはずだ。軍人とその家族だけだから知っている人も多いだろう。頼むよ、いっしょに行こう。きみのドレス姿を見たい。きっとすてきだ」

サシャはうわの空だった。アイスクリームの溶けた滴が腕に落ちたのだ。左腕に。

へんな……感じがする。左腕。

アイスクリームをコーンごと歩道に捨てた。カモメが鳴き騒いで集まり、奪いあう。サシャは見むきもしない。

腕。左腕。悪いほうの……腕？　どういうことだろう。たしかに右利きだが、そういうことでは……。

「髪を上げるといいよ。あるいは、そう、ほどくとか」

「エカテリーナみたいに？」

サシャは笑って、髪に手を伸ばそうとした。もつれた髪に指をいれて広げ、母のご自慢の髪型をまねようとした。

しかし直前でやめた。また腕が気になった。

なぜ腕を気にするのか。細く、白い腕。セヴァストポリへ来るまえに注射を打った。遺伝子治療だ。肌を紫外線に強くした。皮膚癌にならないように。おかげでカモメの羽根のように白いまま。対照的にロディオンはこの数週間で美しいブロンズ色になった。

とても……白い。波の下にいたなにかのように。

首を振った。わけがわからない。肌のことを考える。白すぎる肌。細すぎる腕。まだひ弱な少女。ロディオンは二歳年上の十八歳だ。その目にどう映っているだろう。

裏のからくりはわかっている。ロディオンは自分を見初めたのではない。任務として身辺警護についているだけ。防警の事務方の文化担当官が持ち駒のなかから選んで局長の娘の担当につけたのだ。命じたのは母かもしれない。

腕のうぶ毛を見て、手首の骨の出っ張りを見る。指を広げ、拳をつくる……。しっかり握れない。なぜだろう。

「髪を上げるといいよ。あるいは、そう、ほどくとか」

顔を上げてロディオンを見た。手のことは忘れる。

「そのセリフはもう言ったでしょう」

そのはずだ。

「ダンスはできる？　できないなら教えてあげるよ」

ロディオンは勢いよく立ってサシャの手をとる。左手を自分の腰に引っぱる。ウエストバンドのすぐ上に。

「あっ」

「痛かった？」

ロディオンは蜂に刺されたようにさっと離れる。恐れの表情。ときどきこんなふうにふれるのを怖がる。

「ちょっと筋をちがえたのかも」

自分の手を見た。左手。

悪いほうの手。

拳をつくってみる。力をこめて。

激痛が走った。電撃のように肘が痛む。あまりのことに息が荒くなった。痛い。しかしおかげで……頭が冴えた。思考がはっきりした。

ロディオンがロディオンらしく見えない。なぜか。なぜこの体に違和感があるのか。自分の体でない気がするのか。

「なにか起きてる。これは……ほんとうは……」

現実ではないと言おうとした。

ロディオンは立っている。こちらをのぞきこんでいる。もうさきほどの違和感はない。むしろ自信にあふれている。兵士らしく背すじを伸ばして立ち、口は真一文字に引き締めている。

「箱のなかにもどしたほうがいいかもしれないわね」

声がちがう。ロディオンではない。氷のような目。

母の声。

目を見た。ロディオンの、あるいはべつのだれかの。どちらでもいい。

徹底して計算ずくの冷たさ。AIに見られているような。

返事をしようと口をあける。するとロディオンは眉を上げた。警告するように。サシャは言った。

「いいわ。ええと……ダンスへのお招きをよろこんでお受けしますわ、ロディオン・セミョーノヴィチ」

差し出された手を握った。そのまま遊歩道の上でくるりと一回転させられ、ほがらかに笑った。板張りの歩道はとても熱く、素足が焼けそうだった。

148

「呼吸に集中して。いいね。呼吸だけを考えて」

ジャンは重装備の呼吸マスクとゴーグルをつけているので、患者はその口もとが見えない。だから顎を上げて、下げる。また上げて、下げる。こうしてリズムをとる。

患者は赤くなって汗だくだ。はげしい運動のあとのように紅潮している。三十一歳の男性技術者で、健康状態は良好。ただし生体テレメトリーによれば深刻な呼吸障害が起きている。名前はカール。もちろんジャンは知っている。カード遊びにつきあったこともある。人口三百人のコロニーでは全員が顔見知りだ。

「吸って、吐いて。吸って、吐いて」

言いながら顎を上下に動かす。

カールは教えてもらってありがたいという顔だ。

うしろではホリーがコイ管理責任者に説明している。

「細菌、ウイルス、カビなどが体内に侵入した徴候はありません。検査したかぎりでは陰性です。ある種のプリオン病という可能性は調べていますが、おそらくちがうでしょう」

グラウコスが割りこんで解説した。

『プリオン病が見られるのは、アントロポファジーか、すくなくとも動物の脳を食べる習慣のある集団がほとんどです』

「アントロポファジーって？」

ホリーは説明した。

「いわゆる人肉食です。ゆえにこの可能性は否定できます」

「ではなんなの？　すでに二人が死亡し、集中治療を必要とする患者が四人。人工呼吸器がたりない。製造施設のハンナによると素材不足で増産は困難。どうすればいいの？」

「吸って、吐いて」

ジャンは患者に声をかけつづける。カールの呼吸がまた止まった。目が曇って、頭がゆっくりと倒れる。

「カール、カール！　よく聞いて。こっちを見て！」

カールの顎をつかんで引き上げる。顔から血の気が引いている。さっきまで真っ赤だったのに蒼白に変わりつつある。

「バッグを早く！」

ホリーがバッグバルブマスクをつかんで投げてよこした。マスクをカールの顔に押しつけ、バッグを圧迫する。空気が強制的に肺に押しこまれ、換気する。

コイへのホリーの説明が続く。

「基本的な反射を失っているようなんです。一回ずつ意識して呼吸しなくてはいけない。気が散ったり、疲れると呼吸が止まってしまう。そのまま再開しない。意識的にやらないかぎり」

「症状はわかりました、ドクター」コイはジャンの隣にやってきた。「医師の仕事はその原因をつきとめること。そしてさらに重要なのが治療法よ。どうなの、レイ？　治療法はあるの？」

ジャンはバッグの操作に忙しかった。押して、ゆっくりもどして肺から二酸化炭素を抜く。酸素をいれて、悪い空気を出す。いれて、出して。

いれて、出して。

コイが言う。

「患者は救ける。問題はその方法よ」

いれて、出して。

いれて、出して。
いれて、出して。

149

じつはストッキングを穿くのは初めてだと気がついた。

ダンス用のドレスは母の付き人がそろえてくれた。特別なものではない。保守的な仕立てのボディスと膝より長いスカート。処女性の白。それに肘上のグローブ、ごく小さなティアラ、ヒールの低い白のダンスシューズをあわせる。そのシューズの隣に、ていねいにたたんだシルクの黒いストッキング。

学校では制服の下にレギンスを穿いているが、それとはちがう。ストッキングは少女ではなく大人の女のもの。洗練と秘密めいた感じ。それをつけると新しい世界へ運ばれる。現実の場所、本物の場所へ。

この世界に対して、だろうか。どれくらい現実的なほうがいいのか。

「いちばん上はゴムで締めるようになっているけど、しっかり留まらない。むしろないほうがいいわ」

声を聞いて、サシャは深く息を吸った。一秒ほどおいて吐く。普通の呼吸法を忘れたかのようだ。ゆっくりとむきなおる。顎(あご)を引き、両手は体側にそってまっすぐ。

「はい、ママ」

「よして。楽にしなさい。わたしを見ると直立不動になる兵士のまねはしなくていい」

エカテリーナは軍服の上に大きなショールをかけ、サシャの寝室にはいってきた。トンネルから出てくる貨物列車のように風圧を感じる。サシャは脇によけ、母は室内にはいってベッドにすわった。

「もう子どもじゃないんだから一人前に身なりを整えなさい。今夜のダンスに来るそうね。踊れるの、サシェンカ？」

うつむいてドレスを見ながら答えた。

「ロディオンから習ってるところ」

「ロディオンね。まだまだ規律がたりない男の子。下士官用兵舎に六週間放りこめば背骨ができるはず。こっちを見なさい。目をあわせなさい！　ダンスフロアでへまをして将校たちのまえで恥をかかせないで。かわいい、キュートだと口でほめても、本心はべつ。わたしの教育がなっていないと笑う」

エカテリーナはため息をついた。

「これはあなたへの教訓でもある。なにを言われても鵜呑みにしない。批評の目にいつもさらされていると思いなさい。一挙一動と思慮分別を見られる。粗相のないように」

「はい、ママ」

「会場でもなるべく踊らないほうがいい。だいじなのは慎み深さ。超保守的な将校団にはそのほうが受けがいい。浮かれ騒ぐ者は排除する。どうしたの？」

サシャは返事をしようとしたが、そのまえに息ができなかった。息を吸おうともがく。鏡台につかまらないと立てない。羞恥心のせいでほんとうに窒息しかけている。

「こっちを見なさい。こっちを見て！　さあ、息をして」

言われたとおりにした。うなずき、肺に空気を吸いこむ。視野がチカチカする。

「吸って。いいわ。さあ、吐いて」

エカテリーナはサシャの首をつかみ、喉を強くこすっている。その手が離れたら倒れるだろう。

「吸って、吐いて。そのリズムで。吸って、吐いて。やれやれ、わたしがいなかったら床に倒れて死んでいたはず。母の存在に感謝しなさい。この世界に弱虫の居場所はないのよ、サシェンカ」

サシャは呼吸に集中する。

母の言うとおりにする。
どんなときも、どんなことも、そうするしかない。

150

「なにか音楽が聞こえない？」

レイのうなじに押しあてられたホリーの唇が動いた。

寮室の狭いベッドでいっしょに寝ている。消灯しているが、二人きりではない。まわりはベッドがいくつも並んでいる。未婚の若者が共同生活する大部屋だ。ここで同衾はめずらしくない。寮室は男女共用で、カップルができるのは暗黙の了解。毎晩パートナーを代える者もいる。タイタンは若いコロニーなのでできるだけ多くの妊娠出産が奨励される。その夜もベッドをともにする男女はほかにもいた。

レイとホリーは数カ月前から固定的なパートナー関係になっていた。さっさと結婚しろとからかわれていたが、レイは言いだす勇気がなかった。

「音楽……？　いいや。どんな音楽？」

「それが奇妙なの。行進曲みたいな感じ。チューバの音が聞こえる。ブンパッパー、ブンパッパー……って」

そう言って笑った。ホリーの笑い声を聞いてほっとした。医療危機のせいで気分が暗かったのだ。カールが数時間前に亡くなり、そのショックを引きずっていた。きっと抑えこめると思いながらも、不安はつのる。死者がこれまでいなかったわけではない。どんなコロニーにも死はある。しかし今週はすでにカールで三人目で、まだ続きそうだ。感染症のエピデミックか。狭く密集したコロニーで封じこめは困難。重要人物が罹患したらまずい。コイが感染したらどうする。コロニーのまとめ役なのに。

そんな乱れた思いを頭から締め出さなくてはならない。医師の訓練では区画化という思考法を学ばされる。一日の業務が終わったら死や病気について考えない。すくなくとも考えていないふりをする。

「僕に聞こえたのはドアの近くにいるスーニルのおならだけだよ」

ホリーは笑った。全身を震わせているのを背中で感じる。

「ダンスしたいわ。ダンスに行きたい」

「いいよ。こうかい？」

レイは尻を突き出して相手の腰にぶつけた。ホリーはきゃっと声をあげて、レイの腰を押さえた。

着の上から彼のものをつかんだ。レイはホリーの下着を脱がせていく。

したかった。めずらしく強く性欲にかられた。肌をあわせたい。彼女にふれ、彼女からふれられたい。体をかさね、そして……。

いきなり天井灯がついた。

半裸の二人は驚いて凍りついた。まわりじゅうの若者たちが不快げにうめき、悪態を漏らして起き上がる。

レイが顔を上げると、コイ管理責任者が立っていた。真剣な顔だ。

「ジャン、クラーク、すぐに来て」

レイはベッドの下からジャンプスーツをとってあわてて着た。隣ではホリーが床に落ちた下着をさりげなく探している。

二人とも急いで服を着て、コイのあとから中央広場を抜けて医療区へむかった。吹き抜けの中心にある螺旋階段を見上げて、レイはいやな感じがして身震いした。

ホリーがその腕をつかんだ。

「どうかしたの？」

「静かに」

レイは言って、ベッドのなかでむきなおり、キスした。ホリーは下に手を伸ばして、下

「暗い。とても暗い。見えない。なにも見えない」

「どういうこと？　なんの話？」

「わからない……気にしないで」

そのまま急ぎ足で医療区のトンネルにはいった。

先導するコイは、フィルター付きマスクとゴーグルをつけ、二人にもおなじ防護装備をつけさせた。そしてエアロックを通る。

「なにごとですか？」レイはさまざまな可能性を考え、声をひそめた。「死亡者が？」

コイは首を振った。説明するまでもないというようす。医療区を見まわすと、ベッドは満床。あふれた患者が床に寝かされている。その一部、約二十人がすでに死亡していると気づいてぞっとした。

医療区の奥にグラウコスが立っていた。ホロ映像の頭をうなだれ、こちらに背をむけている。この部屋の光源になっている。神経にさわるピンク色に光っている。

「見ないでください。近づかないで。見ると感染させてしまいます」

コイがささやいた。

「正気を失っているのよ。罪悪感かなにかにさいなまれている。この状況の責任が自分にあると思っている。もちろんばかげているわ。ドクター――」レイを見る。「――防護服を着て。検死をやってほしい。グラウコスにはまかせられない。ドクター・クラーク、こちらへ」

レイはうなずいて装備品ロッカーへむかった。エピデミック期における検死は全身をおおう個人防護具、厚手のグローブ、フェイスシールドを着用する。ホリーはどうしているのかと見ると、コイといっしょにホロ映像に近づいていた。勇気づけてやりたいが、こちらを見ていない。

二人は左右に分かれてグラウコスに近づいている。まるでAIに飛びかかって床に倒そうとしているようだが、ありえない。映像をすり抜けるだけだ。しかし正気を失ったコンピュータのアバターにどう対応すべきかは、レイにもわからない。

「見ないでくださいと言ったでしょう！」

グラウコスが声を荒らげた。ホリーのほうを見て、瞬間的にネオンのように真っ赤に輝く。理解できない変化が起きた。グラウコスの顔がねじれ、長くなり、ホリーのほうへ伸びた。ホロ映像がバグで乱れ、変形したかのようだ。

ホリーはうしろむきに倒れた。タイタンの重力は弱いのでゆっくりと倒れる。手をついてささえる余裕は充分にある。しかし目はグラウコスから離さない。その顔面に恐ろしいものを見て麻痺しているかのようだ。

「ホリー……ホリー！」

大声で呼んでも、振り返らない。

151

風光明媚だ。ほんとうは陳腐で安っぽくてくだらない。古くさくて退屈でばかげている。

なのに……魅了された。美しくてうっとりした。

砲兵湾に突き出た小さな桟橋。もとは漁船用だったのだろう。黒海の海産物が食用になった時代の話だ。いまはただの観光用。長いボードウォークの先に四角い展望台がある。昼間の眺めは平凡だ。高い杭の上に汚れた古い板を張った台があるだけ。しかしダンス会場となった今夜は桟橋の手すりにそってイルミネーションライトが吊られ、つきあたりには薄紗の天幕が設営されている。薄くすける布ごしに海が見える。海上でライトアップされた沈没船記念碑も。一つ一つのライトがきらめき、小さな後光をおびる。海におなじものが反射して揺れる。

波間に……その下に……白いものがある。海の底の白い光。呼んでいる……。

「きれいだろう？」

ロディオンに言われて、桟橋に目をもどした。風に揺れる天幕を見る。思考がうつろわないように集中する。そうだ、すてきだ。美しい。泣きそうなほどに。

音楽が空気を満たしている。いい曲。チャイコフスキーだろう。軍楽隊用にアレンジされている。チューバの音が胸に響く。ブンパッパー、ブンパッパー……。

早くも数組の男女が踊りはじめている。正装軍服の将校たちは清潔な鳩羽色の手袋に、うしろになでつけた短い髪。それぞれの同伴者は特別な仕立てのスーツや宝石のようにきらめく派手なドレス。青や緑のサテンが照明を浴びて艶やかに光る。

箱入り娘という自覚があった。友だちは少なく、狭い世界しか知らない。月からもどったあともそうだ。それでもこれほどきらびやかな場所には驚く。

「いとしい人、きれいだよ」

ロディオンが声をかけて、親指とひとさし指でサシャの肘をとった。奇妙な笑みを浮かべている。今夜はこっけいな茶番劇にすぎず、それをわかっていると言いたげだ。サシャは急に幼く軽薄な気分になった。

自分の肘上のグローブと、そこに提げた小さな小物袋を見た。袋にはなにもはいっていない。ドレスや靴などといっしょにベッドに並べられていたので、必要なのだろうといっしょに身につけてきた。急にばかばかしくなり、力いっぱい黒海へ放り投げたくなった。

しかしそうはせず、はにかみながらロディオンを見上げる。すると……。

いつのまにか顔がすっかり変わっていた。年かさで、頬には無精髭。顎は長くなって力強い。まったく異なる情熱的な瞳。背も高くなっている。はるかに高い。

「その服はなに？」

正装から一変し、焦げて汚れたジャンプスーツになっている。胸にはブロック体で〝アルテミス〟の文字。さわったらドレスが汚れそうだ。

「いまはごちゃごちゃ説明してる場合じゃない」声さえ変わっている。「ほら。俺たちが来たのはあのためだ。見て」

母だ。

ダンスフロアに出てきた。だれかと話している。相手は防警の警部補の軍服姿で、意味ありげにうなずいている。母は肩ごしに振り返り、下級士官になにか命令した。いつもどおり。ただし、いまのエカテリーナはきらめく真っ赤なドレスをまとっている。燃えるようだ。動くたびに角度が変わって光を反射する。海風を受けた髪はなびくのではなく、広がってふくらむ。いつも以上に大きく見える。

「すごいね。神々しいほどだ」

ロディオンが言った。十八歳の白いスーツ姿にもどっている。サシャの腕をとっていた手は、忘れたように離れている。

サシャは言ってみた。

「ねえ、あの……踊らない？」

「え？　いや、それは、やめておこう。ちょっと飲み物をとってくるから、ここで待ってて」ダンスフロアの手前で入口に近い。「えらい人がはいってきたら挨拶できるだろう」

「わかった」

わかった、ですって？　サシャは頭の一部で叫びそうになった。ほんとうにそう言ったのか。そんなに従順だったのか。どこまで現実なのか。風が吹いたら体から魂が脱けて、金切り声をあげながら海上へ飛ばされそうな気がした。どこまでほんとうに起きたことなのだろう。これは……記憶の世界だ。ただの記憶のはずだ。

「あなたへの教訓よ」

母が言った。正面に立っている。

「反抗はだめよ、サシェンカ。それがあなたの最大の欠点。命令に服従できない兵士は役に立たない」

サシャはどきりとした。

「タフでないことが欠点だと思っていたわ」

エカテリーナの鋼鉄のような手がサシャの頬を張った。頭が横に振られ、木製の手すりにつかまる。そうしないと床に倒れていただろう。顔がずきずきして、目が脈打つようだ。手すりに吊られたイルミネーションを見る。闇のなかに点々と並ぶライト。宇宙の星のよう。宇宙船のブリッジからの眺め。

「わたしの記憶とはちがう」

「なんですって？」

サシャは笑みを浮かべた。唇ににじんだ血を吸い、味を確認した。

「わたしの記憶とはちがう。ロディオンはフォーマルスーツではなかった。軍服だった。すでにあなたが入隊させ、兵士にしていた。髪を切らせ、タトゥーをレーザー除去させた。ロディオンはわたしと踊りたがった。そう求められたけど、あなたから踊るなと言われていたから断った。だからロディオンはしかたなく、あなたと踊ったのよ。わたしの目のまえで」

「そう？　あなたの記憶では？」

「これはすべてあなたがつくったもの。もとは……なにから？　どこが情報源？　大半は細部まで正しい。歩道に落ちたアイスクリームも。青だったことは忘れていたけど、たしかにそう。からっぽの小物袋のことも、あとで思い出した。でもそのほかの細部には誤りがある。わたしの精神を読みとれるようね。記憶も読める。でも小さなまちがいがあちこちにある」

「まちがっている？　ほんとうに？　忘れているだけでは？」

母の声だが、言わせているのはべつのだれかだ。

だれか。あるいは……。

声が言った。

「エカテリーナの記憶にもアクセスしている」

まだサシャは顔を上げない。

まだペトロヴァは手すりの外の光を見つめている。

声は言う。

「実際に起きたことを再現できる。おまえの記憶と彼女の記憶を照合する。人間のあやふやな記憶ではなく、事実をもとに現実を合成できる。おまえの記憶ではなく、ほんとうの現実を再現できる。やってみせよう。不愉快なはず」

「最悪のやつをお願い」

言ったとたんに後悔した。

光が消えた。あらゆる場所のあらゆる光が消滅した。宇宙は収縮して真っ暗で小さな空間になった。壁が迫る。体も縮む。指は小さく、脚は赤ん坊のように短くぷくぷくになる。悲鳴をあげる。その声は幼児の鳴き声で、十代の少女の声ではない。

サシェンカは泣きわめいて、箱の蓋（ふた）を叩いた。この箱に永久に閉じこめられるのだ。この箱が棺（ひつぎ）になる。

「ママ」

叫ぶが、返事はない。

152

コイの体が震えながら何度も息を吸う。目はパニックで見開かれている。

レイは両手を握って教えた。

「吐くんです。毎回。吸ったらかならず吐いて」

返事はない。目の焦点があっていない。脳に酸素がいっていないのか。すでに脳障害が起きているのか。もう目覚めないのか。

「グラウコス！　まだつながらないのか？」

レイは地球への連絡を何度も命じていた。助けが必要だ。人工呼吸器がたりない。医師もたりない。解決策がいる。できることがあるはずだ。

コイの呼吸が止まった。呼吸することを忘れている。赤疕病（せきやく）による症状だ。意識しないと呼吸できなくなる。疲れると呼吸をやめてしまう。

「バッグを。ホリー、バッグをくれ。コイのところだ！」

ホリーが走ってきた。しかしバッグバルブマスクが届いたときにはコイはチアノーゼが出ていた。皺の多い顔は血の気を失い、筋肉は弛緩し、白目をむいている。

「くそ」

その顔にマスクを押しあて、バッグを絞って空気を肺に吹きこむ。しかしうまくはいらない。空気を押しこんでも胸はすこししか上がらない。バッグをゆるめても空気漏れ程度にゆっくり出るだけ。

ホリーが言った。

「横隔膜が収縮していないわ」

「くそ、そうだ。人工呼吸器を。挿管する」

「もう残ってないのよ、レイ」

「死亡者から抜いてきて。コイを死なせるわけにはいかない」

「レイ」

ホリーはレイの手をつかみ、バッグの操作をやめさせようとする。

「じゃまするな。まだ救える。まだ……見込みは……」

「レイ、もう脳波が出ていないわ」

顔を上げてホロスクリーンを見た。コイのバイタルサイン。生きていればあるはずのものが、ない。

バッグを放した。

床にへたりこみ、頭を両手でかかえて前後に揺(ゆ)する。奇妙だ。現実感がない。呼吸のしかたをなぜ忘れるのか。呼吸反射がなぜ消えるのか。もっとも基本的な神経作用ではないか。意識しなくても働くはずのものだ。たとえ脳死しても呼吸は続く。それが……どうして……。

赤扼病とはだれがつけた名か。分類すらできないうちに一般名が必要になったのだろう。身体疾患(しっかん)なのか、それとも精神疾患か。病原体があるのか、それとも自滅的な恐ろしい意思の作用によるのか。

すでにコロニー人口の半分が死亡した。残りも大半が罹患(りかん)している。寮室(りょうしつ)でそれぞれのベッドにすわり、おたがいを見て声をかけ、はげましあいながら、呼吸を続けている。一回一回を忘れないように。

「グラウコス！　メッセージへの返事はあったのか？」

ホリーが顔を上げて医療区を見まわした。

「いないわ」

レイは片手で鼻をぬぐった。いつのまにか泣いていた。訓練は受けている。医師としての心がまえはある。それでもこんな状況への対処法は教わらなかった。それほどひどい。

「グラウコス、姿を見せろ」

返事はない。

立ち上がって医療区から出た。まだ治療中の患者がいるが、しばらくはホリーにまかせられる。管理区へ走った。コイが住んでいたトンネルだ。そこでグラウコスのコアと直結したターミナルをみつけた。ホロスクリーンを出したが、真っ白な四角の平面が投影されるのみ。いったいどうなっているのか。

「医学的緊急事態だ。AIコアへのアクセス権を要求する」

白いホロスクリーンの隅で緑色の小さな四角が点滅する。ついたり消えたり、ゆっくりと。呼吸するように。

カーソルだ。ターミナル命令を待っている。適切な命令文を打ちこめばコロニーの全システムを手動制御できる。しかしターミナル命令など一つも知らない。コンピュータ技術者ではない。技術者はみんな死亡した。

点滅する緑の四角を見つめる。ついて、消えて。ついて、消えて……吸って、吐いて。

自分の呼吸を意識することが多くなった。ついに赤扼病に感染したのではと疑いたくなる。意識するのをやめたら呼吸が止まるのではないか。

ついて、消えて。

吸って、吐いて。

返事はないとわかっていて、もう一度呼ぶ。

「グラウコス」

AIはいなくなった……消えた。そんなことがあっていいのか。タイタン・コロニーでは換気、冷暖房、照明の昼夜サイクル管理まであらゆるシステムがグラウコスまかせになっている。AIなしではコロニーはいずれ停止する。エラーが蓄積して修復不能になる。

AIなしでは居住できなくなる。そのとき絶望する者は残っているだろうか。

吸って、吐いて。

吸って、吐いて。

自分に鞭打って思考を先に進めた。考えるのも恐ろしいが、グラウコスがダウンしたら医療区では人手に頼る仕事が大幅に増える。手術はすべてレイとホリーの手でやらなくてはいけない。骨折の修復もだ。患者を放置できない。血中酸素飽和度が低下したり心拍が停止したときに教えてくれるグラウコスはもういないのだ。

大忙しだ。レイは大声で言った。

「ホリー、たいへんだ。AIが消えた。理由はわからない。わからないけど……」

はたと足を止めた。目のまえに螺旋階段がある。吹き抜けの中心を通ってドーム屋根へ上がる道。その階段が変化している。いつのまにか手すりがついている。木製の手すりが螺旋を描いて上へ伸びている。さらにその手すりにイルミネーションライトがからみついている。美しい……。温かい黄色の光が心をなごませる。

ホリーがやったのだろうか。この階段を見るたびに言いしれぬ恐怖に襲われるレイに、それとなく気づいていたのか。恐怖心をなだめるためにこんなことをしてくれたのか。彼女のことがいとおしくなった。これまで以上に。

いや……。

こんな工作をするひまがホリーにあっただろうか。手すりにする木材やたくさんの電飾資材がどこにあったのか。

「ホリー、きみがやったのかい？」

大声で尋ねたが、もちろん返事はない。遠くにいるのだ。つまらない質問には答えない。常時監視してくれるAIなしに六人の患者を同時に診ている。死の床の六人を。

いや、もう五人だ。コイは亡くなった。

くそ、なんてことだ。くそったれ！　コイがいなくなって、これからどうすればいいのか。管理責任者が後継を指名せずに死亡した。さまざまなシステムはその暗証コードがないとアクセスできない。しかし呼吸に意識を集中していてホリーやレイに教えるひまはなかった。

「ホリー、たいへんなことになったよ」

医療区へもどろうと走った。エアロックの外扉を押し開け、内扉のハンドルを握る。ロックされている。

どういうことだ。出るときに自分を締め出してしまったのか。わからない。もう一度操作してみたが、だめ。グラウコスを呼んであけさせようとして、それはできないと思い出した。しかたなく、ひたすらノックをして、ホリーが気づいてくれるまで呼びつづけた。

ようやく内扉のむこうに来たホリーはガラスごしにレイを診た。

「ホリー、いれてくれ」

「いれる……」

「出るときに自分でロックしちゃったみたいだ。いれてくれ」

「出る……いれる……」

レイは眉をひそめた。なぜおうむ返しにするのか。

「いれる……出る……」

ホリーの唇が震えている。泣きそうになっている。みるみるうちに顔が赤くなる。真っ赤だ。唇は逆に紫色。酸素欠乏の徴候(ちょうこう)だ。

「吸って……吸って……」

「吐くんだ。ホリー、吐いて。いったん吐いて。ホリー、落ち着いて」両手をガラスに押しあてて訴える。「ホリー、よく聞いて」あふれる涙で彼女の顔がよく見えない。低重力のせいで涙はすぐに流れない。

ホリーは必死にあえぎながら言う。

「吐いて……」

「そうだ、そう。今度は吸って。頼むから吸って。さあ」

「吸って……」

「吐いて」教えつづけた。

153

サシェンカは息ができなかった。ここで死ぬのか。この狭い箱のなかで。空気がない。生きていけない。

「ここから出して！　出して、出して！」

叫んで、箱の蓋を力いっぱい叩いた。悲鳴をあげた。棺桶に一人でいれられた幼いサシェンカ。死んで埋められたのか。だれもお祈りさえしなかった。

泣きわめき、びくともしない蓋を蹴った。蹴って、蹴って、叫んだ。そうやって長いことあばれたすえにエネルギーがつきた。泣き疲れて黙り、じっと横たわって暗闇を見つめた。

暗闇。

どこまでも徹底した真っ暗闇。ほんのわずかな光さえない。

現実において完全な闇はない。まったく光がない環境は目が耐えられない。だから脳が光をつくりだす。これを囚人の映画という。独房に閉じこめられた人が見る幻視だ。だれかに教えてもらった。だれだったか憶えていない。

しかしここは偽物の箱のなかだ。構成現実における拷問。ほんとうはなにもない。ひたすら深い闇。痛いくらいに強烈な暗黒。身体的痛みを感じるほどの無。

だから蓋が開いて光がはいってくると、純粋にうれしかった。箱から出たらなにが起きるか知っているのに。仲のいい人がいて、兵士がその人を殴り倒す。そばに母が立っていて、弱さは許されないと言う……。

箱から出た。サシェンカではなく、サシャだ。純白のドレスにグローブをつけた十六歳のサシャ。場所はセヴァストポリ。

まわりにはだれもいない。箱をあけてくれたはずの人はいない。下を見ると箱も消えている。

ここは桟橋の手前の小さなビル。そのラウンジだ。将校と同伴者が休めるように用意されている。音楽と海風から離れて小休止する場所。はなやかな室内だ。豪華な刺繍のラグが敷かれ、エンドテーブルには温かい紅茶がはいった大きな銀のサモワール。遠くでまだチューバが鳴っている。ブンパッパー、ブンパッパー……。

ここには来たことがある。思い出した。箱とは無関係。べつの記憶だ。ロディオンが飲み物をとってくるのをいつまでも待って、帰ってこないのでここへ来た。隠れて泣くのにちょうどいいと思ったのか。唇を噛んではいって……なにか聞こえた。苦しげな吐息。荒い呼吸。何度も。

すこし考えればそれがなにかわかっただろう。はためほど初心(うぶ)でも無知でもない。幼児ではなく十六歳なのだ。しかしそのときは考えなかった。だれかが苦しんでいると思った。呼吸障害があって医学的処置が必要だと思った。

「どうしました?」

呼びかけた。どちらかというとおそるおそる。

返事はなく、リズミカルなあえぎが続く。だからトイレのドアハンドルを握ってあけた。なかは個室が並び、洗面台があり、奥に小ぶりの寝椅子が一つあった。シャンパン色の上品な仕立てで、濃い色の優雅(ゆうが)な猫脚(ねこあし)にささえられている。そこに寝そべっているのは母。ドレスを腰までたくし上げている。

そのまえにひざまずき、股間(こかん)に顔をうずめているのは、ロディオンだ。髪は乱れて汗で光っている。

あえいでいるのは母。歓喜の声だ。目をあけてサシャを見る。意地悪く細める。

「指導者の特権よ。出ていきなさい、小娘」

ロディオンは行為を中断したが、顔は上げなかった。見ようともしない。

サシャは逃げ出した。ラウンジから砂浜へ出た。暗い砂の上を走りつづける。グローブをはずし、使っていないダンスシューズを脱いで捨てた。小物袋は波間に放り投げ、走りつづけた。熱い涙が顔に流れ、シルクのパーティドレスを汚す。

「これが――」夜風が耳もとでささやいた。「――ほんとうに起きたこと。抑圧していた記憶」

理解した。だれの声かもわかった。ようやく。

154

ふたたび現実世界。

「ARTEMIS（アルテミス）……七文字」

マーサー船長はつぶやくと、夜光塗料に指をひたして壁に三本の線で〝7〟と描いた。

ノートのページを見て、ふいに気づいた。唐突にひらめいた。そのページには七文字の単語が三十三個ある。

三十三……三十三……。百のほぼ三分の一。

三分の一は重要だ。なぜなら……三は特別な数字だからだ。三位一体。三原色。ジョークはつねに三の法則で構成される。そしてこの船、ヘラクレス号には三人が乗っていた。船長、船医、兵士だ。

振り返る。死体はない。におわないように調理室の冷凍庫にいれた。後悔はしていない。

船医と兵士は、船長がこのパズルを解くのを止めようとしたのだ。

船の奥から奇妙な音が聞こえる気がする。調理室のほうからだ。リズミカルにくりかえす悲鳴のよう。

ありえない。思いすごしだ。

仕事中の壁を見た。大作を描いている。ヘラクレス号のブリッジの壁一面に、名前と数字と詳細情報が書かれている。いちばん高いところに〝神〟、いちばん低いところに〝悪魔〟。そのあいだにはラング局長と、自分の母と、毛沢東主席の写真を貼っている。

だんだんわかってきた。つながりが見えてきた。この謎を解ければ。解明できれば……ラング局長に報告できる。帰還を許されるかもしれない。帰還したければ。

謎はほかにもあるはずだ。もっと大きな謎、関連、深い秘密が。

このパラダイス－1の軌道に永久にとどまってもいい。最適な仕事場だ。

あの奇妙な騒音が聞こえなければ……。また悲鳴が聞こえる。幻聴だ。気のせいだ。

夜光塗料は倉庫でみつけた。船外作業時にみつけた船体の要修理箇所にしるしをつけるためのもの。あとでそれを目印にロボットが修理する。その用途にはもう必要ない。ロボットはとっくに壊した。マーサー船長が謎解きに没頭することに疑問を呈したからだ。

いまはネストリウス派の異説と、船のAIであるヘラスに起きた奇妙な不具合の関係をしめす線をこの塗料で引いている。ヘラスはシャットダウンせざるをえなかった。なぜなら星系に新たに到着したアルテミス号とバチカンのあいだに関係があるかもしれないと言いだし、ヘラクレス号でアルテミス号に体当たりせよと求めたからだ。そんなばかげた主張につきあっているひまはない。マーサー船長は忙しいのだ。だからヘラスのＡＩコアをバールで叩き壊した。おかげで集中できるようになった。

悲鳴がうるさい。やまない。側頭部を拳で叩いてもだめ。

気がつくと夜光塗料が顔に飛んでいた。これはなにを意味するのか。なにか意味があるはずだ。

船内にこんな騒音が響いているのにどうやって大きな謎を解けというのか。立ち上がり、ブリッジを出て工作室に駆けこんだ。

もとはロボットのラターキンが詰めていた部屋だ。壁には棚が並び、部品や工具が整然と並べられている。奥に大型の３Ｄプリンターがある。マーサー船長の知る範囲ではこれまで使われたことはなかった。ところが騒音の発生源はこれだった。焼結ヘッドが往復しながらプラスチックビーズを積層している。なにかつくっている。プリンターベッドからは有毒な蒸気が立ち昇り、カバーをあけようとすると人体に有害な物質を吸入する危険があると音声で警告する。

「この音がまんならない。止めろ！」

どこからも返事はない。プリンターはあいかわらず騒音と有毒蒸気を発しつづける。

なぜ停止しないのか。

ああ、そうか。ヘラスをシャットダウンした。ロボットは壊した。乗員二人も。命令にしたがう者は一人もいないのだ。もはやバールを使うしかない。プリンターを叩き壊せば平穏な船内にもどり、落ち着いて謎解きを続けられるだろう。

ところがバールを手に工作室にもどってみると、プリンターのカバーが開いていた。停止して静かなのは歓迎だが、問題があった。プリンターの手前の床に明るい緑色のロボットがいる。できたてほやほやのように濡れてまだべとつくようす。一対の大きなハサミと多数の脚がはえ、蟹に似ている。ついでに甲羅にホロ投影装置らしいものを背負っている。

こんなものにつきあっているひまはない。バールを——

——振り上げたところで固まった。ホロ投影装置が作動して、蟹のまえに男の姿が投影されたのだ。

「やあ。驚かせてすまない」

マーサーは唖然とした。どういうことか。どうしてだれもかれも共謀し、仕事を妨害するのか。

「怒らないでくれ。この船の素材を使いたくて、3Dプリンターを遠隔でハッキングさせてもらった。セキュリティがお粗末だな。プリンターに総当たりでパスワード攻撃をかけるやつがいるとは防警も予想外だろうが。とにかく、きみの協力が……」

「協力などしない！ パズルを解いているんだ。重要なものだ！」

マーサーはバールをかまえなおした。するとホロ映像は言った。

「わかった。つまり……感染してるな」

ロボットが飛びかかり、ハサミでマーサーを両断した。

床の血の海に横たわり、虫の息でロボットとホロ映像が歩き去るのを茫然と見送る。瀕死の耳に遠ざかる会話がこだまする。

ホロ映像が言った。

「とにかくこれで一隻減った」

「まだ百隻くらいあるんだぜ」

ロボットが答える。

ああ、やはり大きな謎は解けない。

155

「ホリー」

「……吸って……吐いて……吸って……吐いて……レイ、レイ……わかった、わかったから……吸って……吐いて……ちょっと……呼吸に集中させて……吸って……吐いて……」

レイは二人をへだてる透明プラスチックのドアにしがみつく。閉鎖した理由はわかる。赤扼（せきやく）病をウィルスや細菌が媒介（ばいかい）している可能性はほぼないと二人とも考えていたが、万一をホリーは考慮したのだ。医療区からレイを締め出し、自分は残る。エアロックのドアを閉じて空気感染を防ぐ。

「呼吸して、とにかく。僕はここにいる。そばにいるから」

ホリーはうなずいた。血流量が増えて顔が赤い。しかし酸素不足で唇は雪のように白い。

「……でもデータは……記録しつづけないと……」首を振る。ゆっくり長く息を吸い、ゆっくりと吐く。「……発症は急激だった……自分でもわかった、すぐに……なにかおかしいと……」

「ホリー、話さないで。呼吸だけして」

　しかし首を振る。

「……聞いて……データは必要……」呼吸する。ややリズムが乱れてあえぎ、また息を吸う。それを吐きながら言葉にする。「……最初の徴候は……心拍が乱れる感じだった……次は唾液の分泌過多……息をしても、口が乾かない……わかる？……聞きとれる？」

「聞こえてるよ」プラスチックのドアを叩いた。「ホリー、きっと治す。解決策をみつける。治療法を探しあてるまでそこでがんばって」

「……視野が狭窄する……暗いトンネルにいるような……耳鳴り……光のにじみ……レイ、できるかしら……バジリスクの予防接種をつくれる……？」

　レイは泣いていた。自制がきかない。腕で目をぬぐう。

「なに、バジリスク？　おもしろい名前だ。ロコのバジリスクみたいな。なるほど、拡散力のあるアイデアだ。いま思いついたの？」

「……レイ、集中して……わたしを治す方法を……どうすれば治せるかを……」

「僕にできるかな」

　はじめはありえないと思った。しかしホリーから聞くと希望が湧いた。可能だと思えてきた。

「そうだね、できる」大きく息をし、まばたきする。「やればすでにできたはずなんだ。もっと努力すれば。もっと賢ければ」

「……そうよ、レイ……あなたならできる……わたしを治して、そして……結婚して、子どもをもうけて……それから……」

「ホリー？」

「……そう言えばいいのよ……治療法をここで考案すると……わたしを治すと……健康になって、いっしょになれると……生きていけると……言わなきゃいけないのよ……」

「ホリー? よくわからない。なんのことだい?」

「あなたは一度やった。自分を治した。わたしも治せていたらどうだった？ 二人だけになれた。コロニー全体をわたしたちのものにできた。ここにいたいと、いっしょにいたいと望みさえすれば。だから教えて。どうやって治したのか。どうやってペトロヴァ警部補を治療したのか。ペルセポネ号であなたが治したのよ」

「それは……未来の話で」

ジャンは混乱していた。手首で金色の金属がのたうつのが見える気がした。明るい緑色のサソリも見えそうだ。

どうなっているのか。頭がおかしくなったのか。

「死にたくない。死なせないで、死なせないで。死にたくない……」

ホリーは息が詰まってあえぐ。ひどい音だ。息ができずにいる。咳の発作のあとにつぶやく。

「治して……くれないの……?」

蒼白(そうはく)になりかけている。唇は紫色で、白目をむいている。白くなった手が透明なドアをすべり、膝をついてへたりこむ。

「きみを愛してる。心から愛してるんだ、ホリー。くそ、くそ、くそ!」

レイは泣き声になった。声を抑えられない。

ホリーはしわがれた声で苦しみはじめる。

「……死にたくない……お願い……どうやって治したのか教えて……」

「ホリー、もしこれが……」

最後まで言えなかった。

もしこれが現実ならそうする。なんでもする。

でもこれは現実じゃない。

それがいちばんつらかった。

156

走った。昼の熱が残る砂を素足で蹴る。黒海の岸、息が切れて苦しくなるまで。逃げて逃げて、ようやく振り返った。

逃げたつもりが、せいぜい五十メートルほど。熱い涙が流れ、怒って叫んだ。

「こんなことは起きなかった！　こんなことは起きなかった！」

もちろんそうだが、残念ながら事実がどうだったかは関係ないのだ。

桟橋から砂浜へ光の列が下りてくる。松明をかかげた防警の軍服姿。若い兵士たちが軍隊口調で声をかけあっている。サシャを探している。みつかったら八つ裂きにされるだろう。

できるだけ小さくなった。砂丘の陰に身をひそめた。しかしドレスが月明かりで白々と輝く。暗い砂を背に燃える屈辱のかがり火のよう。日焼けしていない肌より白い。

「来ないで！　近づかないで！」

兵士たちはまるで吠える猟犬。その先頭をエカテリーナが大股に歩いてくる。真っ赤なドレスが暗闇できらめく。月を背にした髪が大きく広がる。

「やめなさい、恥ずかしい小娘」

サシャは首を振った。負傷したはずの手で洟をぬぐう。かすかに痛む。それでいい。これがたんなる記憶の世界ではないことを教えてくれる。

こんなことは起きなかった。

ひざまずいたロディオンはほんとうに見た。事実だ。抑圧していた記憶だが、実際に起きたことだ。

しかし砂浜を走ったりはしなかった。逃げなかった。母が怖くてそんなだいそれたことはできなかった。現実ではダンスフロアにもどって立っていた。ロディオンが飲み物を持ってもどるのをずっと待っていた。夜通し。警部や警視監といった高級将校たちが近づいて話しかけられた。友好的に礼儀正しく対応した。相手の話に興味があるふりをして微笑み、兵舎の粗野な笑い話には驚いて顔を赤らめるふりをした。ダンスパーティがお開きになると、エカテリーナが来て連れ帰られた。部屋にもどって、話はしなかった。いっさいなにも。

熱い砂の上を走ってはいない。一歩ごとによろめいたりしていない。吠える猟犬のような兵士たちに追われたりしていない。

月明かりの下で母と対峙したりしなかった。母は自然の猛威とおなじ。津波や地震のように止められない。母が身長三メートルなら、サシャは一センチくらいだ。

砂浜にやってきた母は言った。

「だめな子ね。家族の恥、防警の恥。来なさい」

エカテリーナは足もとを指さした。見ると砂のなかに箱が埋まっている。サシェンカの箱だ。

「はいりなさい」

サシャはまじまじと箱を見た。それから月を背にした母の暗い顔を見上げた。肩を落とす。自分は貧弱で脆弱で、虚弱で惰弱だと感じた。言われたことをできずに立ちつくす一秒ごとに体が縮み、子どもに返る気がした。

もうすぐこの箱にはいるだろう。母は蓋を閉めるだろう。そうしたら永遠の闇。星はもう見えない。二度となにも見えない。それが将来だ。

そのとき、あれがまた見えた。波の下の光。

深いところにあり、光も弱い。それでもたしかにいる。目の隅で見えただけだが、充分だ。

ゆっくりと顎（あご）を上げた。意志の力が必要だった。首の筋肉が未発達で重さをささえられない気がした。

それでもなんとかした。顔を上げ、母を正面から見て、言った。

「くそったれ」

エカテリーナの目が太陽フレアのように燃え上がった。憤怒（ふんぬ）が盛り上がって夜空の雲にも火がつきそうだ。

ペトロヴァはくだらない白いドレスをたくし上げて頭から脱ぎ、風のなかに捨てた。白い影が幽霊のように舞い飛ぶ。かつての自分のように。

「なにをするつもり、小娘？」

エカテリーナが問う。前後左右をとりかこむ若い兵士たちが吠える。血に飢えたように月に咆哮（ほうこう）する。

ペトロヴァは答えない。くるりとむきを変え、濡れた砂の上を走りだした。足首を洗う寄せ波へ走る。両手をまえに突き出し、黒海に飛びこむ。冷たい海水につつまれ、泳ぎはじめる。

157

「てめェェェ……らァァァ……くそッッッたれェェェ……！」

ラプスカリオンの叫びが何重にも響いた。さしわたし数千キロメートルの宇宙空間で数百機の機体が同時にわめいた。

叫んだ機体の一部は直後に銃火(じゅうか)を浴びて蜂の巣にされ、あるいは巨大な爆発で吹き飛ばされた。それでもまだまだ機体は残っている。

「あぶない！」

パーカーが叫んだが、その意味を解釈しているひまはなかった。なにしろラプスカリオンの意識は徹底的に分割され、分裂している。注意力をむけるべきセンサーが多すぎて、危機におちいったのがどのパーカーか判別できない。すぐあとに機体の一つが粉砕されたのを感じた。乗っている船が軌道衝突を起こして粉々になったのだ。

パーカーとラプスカリオンはいっしょに封鎖船団のぜんぶの船に侵入していた。どの船にも3Dプリンターが一台はあり、新規機体をつくる素材はたっぷり積まれている。それをハッキングして稼働させればいいだけだ。

バジリスクは予想どおりの反応をした。侵入者を排除するためなら自己破壊をいとわない。感染した戦艦の乗員たちは、緑色のロボットが侵入したすべての船に大砲をむけて撃ちはじめた。少数のちっぽけな緑色のロボットを殺すために船と乗員をまるごと犠牲にする自殺攻撃だ。

ラプスカリオンに処理能力の余裕があったら人間が高笑いする音声ファイルを再生しただろう。

さあどうだ、ちくしょうども！　いまいましいウイルスに感染した気分は？　おいらたちの気持ちがわかったか？

そう考えただろうし、プロセッサのサイクルに余裕があればそう言っただろう。

そうしなかったのは、パシパエ号に搭載された十六台の3Dプリンターのネットワークアドレスを発見したからだ。よけいなことはやめて命令を送りはじめた。

158

螺旋階段には死体が折り重なっていた。

みんな死んだ。

倒れたまま絶命している。息が詰まって意識を失い、そのままだ。これだけの数の死体を運び出すのは無理なのであきらめた。

タイタン・コロニーの中心を通る高い螺旋階段をみんな上がろうとしたのだ。頂上にたどり着いてエアロックから出れば正常に息ができると思ったのだろうか。狂気だ。この衛星表面に酸素などないのに。しかし瀕死の頭で理性は働かない。自然な行動だ。溺れる者は藁をもつかむ。上へ行こうとする。

エアロックに到達した者はいない。

コロニーは死んだ。遠くのどこかでだれかがこの状況を見ているはずだが、レイは見捨てられた。ほかのタイタン人たちといっしょに死ねという宣告だ。防警も救助にこない。

それどころか電源を切られた。

暗闇。

トンネルは真っ暗だ。コロニー全体が完全な暗黒につつまれた。

トンネルは適切に断熱されているとはいえ、冷気がしだいに忍びこむ。光はない。どのトンネルも闇一色。唯一の光があるのは表面に突き出た透明なドーム屋根だけだ。

行くあてはなかったが、自分も氷上を見たくなった。太陽の光を浴びたい。タイタンには遠い太陽の弱い茶色の光が届くだけだが、闇のなかで座して死を待つよりましだ。

だから階段を上がった。友人や同僚たちの死体をまたぐ。苦悶を残した顔をあえて見ない。

そうやって一歩ずつ。

頂上にたどり着くと、一メートル厚のポリカーボネート製の窓に両手と顔を押しつけた。光はそのむこう。あいだをさえぎるものにしがみついて立ちつくす。溺れる者が海の底から鏡のような海面を見上げるのに似ている。

ほかの人々は空気を求めてきた。しかしレイは光を求めてきた。うしろにあるのは闇と死。

しかし、わかっている。いずれもどらなくてはいけない。

階段を下りて、医療区のエアロックのガラスドアをあけなくてはいけない。そしてホリーのもとへ行く。それが実際に起きたことだ。だからいずれもどる。螺旋階段を下りる。一段ずつ、ふたたび死体をまたいで。悪夢のなかのようにつまずいて倒れないように。いずれそうする。

しかしまだだ。

数時間が経過した。光は傾き、分厚い窓のうしろにできる影が長く伸びた。タイタンの夜。うとうとしたのかもしれない。目が覚めると、まわりは真っ暗だった。なにかが決定的におかしい。

それがなにかわかった。

心臓が跳ね、心拍が乱れた。

続いて狭いトンネルにいるように視野が狭窄しはじめた。

これが意味するものは明白だ。病気への耐性などなかったのだ。あるわけがない。赤扼病がタイタンで蔓延しはじめてからグラウコスとは何度も話した。百回くらい接触した。特別な理由で死の運命をのがれているのかと思っていた。

理由などなかった。のがれてはいない。

これからやるべきことは、口をあけ、意識的に息を吸うことだ。酸素を肺にいれる。吸って、吐いて。世界一簡単なこと。赤ん坊でも生まれた次の瞬間からできる。吸って、吐いて。単純なこと。人間のもっとも基本的なリズム。

現実のレイ、ほんとうの過去のレイは、天啓のように気づいた。ついに理解した。やるべきことがわかった。ホリーが教えてくれた。

これはバジリスクなのだ。拡散力のあるアイデアだ。これに抵抗するためにやるべきことは……。

ジャンはにやりとした。こんな状況なのに。

それが予定されている行動だ。このあと階段を下りる。ずっとまえにタイタンでやった。自分を治したあの瞬間を再現する。

そうするとバジリスクはからくりがわかる。

バジリスクの倒し方をバジリスクに教えることになる。その弱点を。

エカテリーナがまえに言っていた。バジリスクはつねに戦略を適応させてきた。新しいテクニックを学んできた。治療法が発見されたのなら、その治療法への耐性を求める。知識があればバジリスクは適応し、治療法を克服できる。そうやって予防も治療もできないものに進化できる。なにものも抵抗できない強さ。勝利だ。

そしてペトロヴァの精神をふたたび獲得する。再感染する。

そのためのヒントを求めている。手がかりを。

自分の悪夢をふたたび歩まねばならない。この階段を下りる。死者の骨につまずかないように。手探りで医療区にもどり、ストロボライトをつくり、自分の赤扼病を治す。ほかの人々は手遅れだが、自分は生き延びる。普通に呼吸できるようになる。

そのあとなにが起きるか。それもわかっている。照明がふたたび点灯する。暖房も復旧する。防警からメッセージが届く。救助にむかうのでそれまで待機しろと言われる。単純な話だ。この死病の治療法の発見者にはたいへんな価値がある。価値ある人物には救助隊がさしむけられる。

それが現実に起きたことだ。しかし今回はやらない。べつの選択をする。

階段は下りない。そもそもいやだ。恐ろしい。つまずいてころんで十回くらいけがをする。友人の骨が刺さって大けがをするなんて、考えるだに耐えがたい。

そこでべつのことをする。おなじくらい恐ろしいが……これは現実ではない。だから悪い結果にはならない。たぶん。そしてなにより、パシパエ号のアステリオスが望む情報を渡さずにすむ。

ジャンはその場ですわりこんだ。じっと待つ。

視界に火花が散りはじめた。窒息しかけている。心臓がはげしく鼓動し、体を二つ折りにしたくなる。胸の筋肉があばれる。酸素を供給しろと組織が求める。きつい。苦しい。

それでも階段の上ですわりつづけた。おさまるのを待った。

苦痛と、強い恐怖と、真っ赤な思考が通りすぎる。バジリスクにやられるのを待つ。

やがて……いつのまにか……。

目を開く。おなじ場所にいた。階段の上のコンクリートの踊り場に横たわっている。茶色いタイタンの夜明けの光がさしこむ。まるで浄化するように。

息をしていない。

でも苦しくない。

もう呼吸は不要。

立って服を払った。下の暗いトンネルを見て、もどらないと決めた。かわりにエアロックの内扉を開き、なかにはいった。まえからやってみたかったのだ。タイタンに何年も住みながら、なぜかその表面を自分の目でしっかり見たことがなかった。

いまがその機会だ。

バーチャルキーボードからエアロックの外扉を開く命令を打ちこんだ。警告音が反復して鳴り、スクリーンが点滅した。宇宙服を着用していないことをあらゆる手段で教える。いまやろうとしているのは百パーセント死に至(いた)る行為だと。

命令をもう一度タップした。すると外扉が開いた。ジャンは冷えきった砂の上に踏み出した。

159

暗い。

海面から数メートルもぐっただけで危険なほど冷たい。

それでもペトロヴァはためらわなかった。ここで体が凍ることはない。呼吸さえ必要ない。深くもぐる。両手で水を掻き、両足で蹴って深みをめざす。月から遠ざかる。母とその虐待から遠ざかる。おずおずした痩せっぽちの十代だった自分から遠ざかる。

自分を縛っていたすべてを脱ぎ捨てる。ラストネームを聞いた人々の顔。軍服姿を見た人々の表情の変化。ラング局長の期待――それがどんなものだったにせよ。

自分の希望も捨てた。タフに見られたい気持ち――自分の願いではなかった。母に従属していただけだった。防警の兵士として認められたい気持ち――なぜそれが重要だったのか。家業なのか。

サム・パーカーへの複雑な思いも捨てた。彼は死んだ。弔って、先へ進むべきだ。アルテミス号やアルペイオス号を自分の船と思うのはやめた。任務へのこだわりも捨てた。バジリスクを倒したい気持ちも、故郷へ帰りたい気持ちも捨てた。これらは簡単ではなかった。捨てたら死ぬような気がした。それでもいいと思いきった。サイズのあわない靴のように脱ぎ捨てた。役に立たない。

不安も恐怖も捨てて、さらに深くもぐった。暗い深海へ。闇のなかへ。

やがて小さな光をみつけた。遠く下のほうにある。ずっと自分を呼んでいた光。海中でゆらぎ、またたく。

光へ泳ぐ。

その正体は考えない。自分を待っている。とてつもない忍耐力で待っている。ペトロヴァの準備が整うのを。

話しかけるのは無理だ。水が重すぎる。そもそも返事を聞きとれない。聞こえても水の低い響きだけ。安定した光だけを見つづけた。見られているとなぜかわかった。

話をしたいのだ。

話をするために呼び出したのだ。

話したいことがあるのだ。

こちらも言いたいことがあった。質問があった。とうとう水のなかで叫んだ。

「何者なの？　なにが望みなの？　なぜ人間を殺すの？　そもそも人間の精神に影響をあたえているとわかっているの？　やっていいと思ってるの？」

言葉は海水に溶けて消える。

光は変わらない。揺(ゆ)らがない。もちろん答えない。それでも辛抱づよく待っているとわかった。ペトロヴァが言いおえたら、光が話しはじめるはずだ。

いらだちのあまり叫びつづけた。答えを要求した。

すると今度はすこし返事があった。ただし満足できる答えではない。

「母になにをしたの？　母に耐性なんてない。わたしとおなじ。母はいるの？　まだ生きてるの？　それともあれはあなた？　あなたが母の殻(から)をかぶっているの？」

――病原体にとっては利用価値のある宿主とない宿主がいる――

返事は言葉ではなかった。光が明滅しただけ。それでも意味は明瞭(めいりょう)につたわった。万人に説明はできないが、その声が聞こえた。理解できた。

「それを言うためにわたしをここへ呼んだの？　到着したときからわたしに話しかけようとしていた。ほかのだれでもなく、わたしに。なぜ？　要求はなに？」

――病原体にとっては利用価値のある宿主とない宿主がいる――

おなじ返事。それだけ。

どういうことか。言葉はわかるが……なにを言いたいのか。

いや……もしかすると。

「わたしを乗っ取りたいのね。母を乗っ取ったように。わたしに寄生したいと」

──共生──

共有したいのだ。この体、この脳を。この目から世界を見たい。ただしペトロヴァ自身も同時にいる。一つの体を共有する。一定の制御を譲ったうえで。

「そんなことを……わたしがしたがると思う？　それを許すくらいなら自殺するわ」

──選べ──。

怒りをこめて光が点滅するだろうと思った。選択肢はないとはっきり言うだろうと思った。エウリュディケやほかの船のＡＩに選択などなかった。ペルセポネ号とその乗員乗客に選択はできなかった。あの苛烈な飢えを選ぶ者などいない。ペトロヴァが一時的に感染したときも選んでそうしたのではない。

しかし光の点滅は穏やかなままだ。おなじ返事をくりかえす。

今回の提案は、任意なのだ。拒否してもいい。自由に選んでいいと光ははっきりと答えた。親切や倫理的道義心などからではない。そのような人間的な思考はない。皆無だ。ただバジリスクにもしたがうべき独自のルールがあるということ。ペトロヴァが拒否するなら、しいて脳に侵入しない。

母はどうだったのだろう。おなじ立場でおなじ選択をしめされたのか。そのうえでエカテリーナは同意したのか。しかし母のことはよく知っている。ナルシストで権力欲が強い。なるほど、そういうことか。

「母にパシパエ号の人々をあたえたのね。望みどおりに責任者にした。被支配民をあたえた。賢いわね」

――人間心理――

その点滅にはやや軽蔑の念がある。冷笑かもしれない。海底の光が冷笑できれば。

「わたしが受けいれたら、母はどうなるの？　死ぬの？」

――自由の身――

しかしその自由を母は憎むだろうと点滅は推測した。支配者の立場、すなわち権力を失いたくないはずだ。

「受けいれたら、わたしはなにを得るの？」

――楽園（パラダイス）――

160

タイタンの砂は静電気をおびている。一歩ごとに足から外へ火花が飛ぶ。蜘蛛の巣状の細かい電光がジャンを中心に広がる。美しいが、ちょっと怖い。

細長く平行に延びた砂丘のあいだを歩いている。左右の砂の斜面は百メートルくらい立ち上がっている。太陽がたまたま真上になければずっと日陰だっただろう。夜になってまだここを歩いていたらどうなるか。

いろいろなことを考えた。

タイタンの平均温度はマイナス二百度に近い。そこを素足で歩いている。コロニーではだれも靴を履いていなかったからだが、それでも砂はひんやりとするだけだ。呼吸が必要なくてよかった。大気に酸素はまったくない。窒素だけ。動きをさまたげるほどねっとりと濃い。プールの底を歩いている気分だ。

それでも疲れることなく砂丘のあいだを歩きつづける。時間が停止したように感じる。

砂丘のあいだの谷を風が通る。強く吹くのに髪は乱れず、唇はひび割れない。現実ではない。ちがう。

幻覚はいつ崩れるのか。最悪の記憶はすでに見せられた。そのあとなぜこのように自由に歩かせるのか。歩いたぶんだけ前方の砂の風景は延びる。まるで無限ループ。

ところがなにかが変わった。ループが終わろうとしている。両側の砂丘が低くなり、空が開けていく。やがて砂丘は消え、広い平地になった。足もとの砂は固く締まっている。足もとから広がる電光はさえぎられずに地平線へ走る。

立ち止まった。足もとになにか見えた。

細い電光が集まって光っている。砂の下で輝いている。静電気の放電のようにまたたきも散乱もしない。それどころか光はしだいに強くなる。意味ありげに脈打つ。

理解した。すぐにわかった。これがバジリスクだ。話しかけている。タイタンからずっとそうしている。人間の言語を学ぼうとしてまだできない。さまざまなやり方で注意を惹(ひ)こうとしている。

それがいま頭のなかにいる。

だから話せる。

会話できるはずだ。まだ不充分だが、言葉に近いレベルで。

ようやく意思疎通（そつう）できる。対等に話せる。

そのためなのか。

さまざまな悲劇はそのために起きたのか。

砂の下の光は浅いところにある。表面のすぐ下で光っている。軽く砂を払えば、そこに顔があるはずだ。こちらを見上げる顔が。

なにかを言いたい顔が。

揺れ動く砂とその下の電光を見た。まだこちらに届いていない。迎えにいく必要がある。すくなくとも途中までは。

簡単にできる。

「いやだ」

ジャンは言った。音は風に解きほぐされ、タイタンの濃い大気にのまれる。

すると。

ふいに風がやんだ。空が明るくなった。雲が切れて晴れていく。星は見えないが……あの黄色い影は土星か。鉛筆で引いたような細い線はその輪か。太陽系でもっとも美しい眺め。普通はタイタンの表面からもまったく見えない。

いまは望めば見える。

砂の下のものはどんなものも見せられる。

「いやだ」

ジャンはまた言った。理性的でないとわかっているが、それでもいい。

「きみは僕の心を傷つけた。ホリーを奪った。だからお断りだ。なにもしない」

砂の下の光はじたばたとあばれ、ジャンを中心にまわりはじめた。光の一部を触手のように砂の表面に伸ばす。靴底にふれようとする。

ジャンは顔を上げた。

「じゃまだ」

無視して先へ歩く。

前方に影のようなものがある。それが黒くなった。

地面が途切れて驚いた。まっすぐ歩くとタイタンの黒い海だ。その岸で足を止めた。液体メタンは不気味なほど穏やかだ。風が吹きつければわずかに揺れるが、波と呼べるほどではない。寄せ波はない。海と陸の境界も明確でない。海の縁にそって砕けた氷の帯がある。鏡とその枠のようだ。

メタンをのぞきこむと、こちらを見る自分が映っている。きれいな鏡像で細部まで正確。ずいぶんやつれている。憔悴している。鏡像に手を伸ばしてさわりたいというばかげた衝動にかられた。抱き締めて頭をなでてやりたい。つらいのはいまだけだとささやいてやりたい。

嘘だ。つらいことはこの先もっとある。鏡像もわかっているらしい。知るべきことはすべて知っているというゆがんだ表情。

メタンのなかでなにかがゆらめいた。目の焦点を表面の鏡像から深いところへ移す。下のほうに光がある。深いところで輝いている。さっき砂の下に見えたのとおなじだ。眉をひそめて顔をそむけようとしたとき、べつのものが見えた。

光よりも上。液体メタンのなかでほとんど静止した女の姿がある。長い金髪が海草のように広がっている。左腕を負傷している。骨折してゆがんでいる。

その下の光が脈打った。すると女はそちらへ近づいた。もうすぐ接触する。のみこまれる。

「ペトロヴァ！　だめだ！」

ジジャンはあらがった。行かせてはいけない。バジリスクは秘密を盗もうとしている。ジジャンがペトロヴァにほどこした治療を知りたいのだ。彼女が自分の意思でそうしているとは思わない。

「止まって！」

叫んだ。止めよう、引き返させようとした。

しかし声は届かない。遠すぎるし、液体メタンは声をつたえない。叫び、ののしったが、ペトロヴァは振り返らない。こちらを見ない。

恐怖の目で見守るなか、その姿は光に接触した。そして全身がのみこまれた。

161

光は目からペトロヴァにはいってきた。

そうとしか言いようがない。熱くて濃いものが涙管から侵入し、眼窩の裏の薄い骨を通過した。脳のひだにもぐりこむのを感じた。

身震いもしないし、悲鳴もあげないが、どちらの衝動もあった。強く。

数秒で終わった。しかし、いままでなかった異物が頭のなかにあると感じた。この異物感を残り一生かかえていくのだろう。頭骨の内側の奇妙な圧力を感じつづけるのだ。

後悔するだろう。

それでも……。

見えた。

バジリスクの見たものが。その物語が。

耳で聞く物語としてではなく、自分の記憶になった。それはつまり不鮮明で不正確なのだが、苦もなく瞬時にアクセスできる。

バジリスクの誕生を思い出す。幽霊、天使、コンピュータに相当する部品でできている。人間とは異なる材料で構成され、物質のような単純な形態は持たない。その生命がかたちづくられた鉄床では、金属や生物組織のようなものはつくられなかった。

バジリスクはルールで組み立てられ、生み出された。破ってはならない法。恐ろしい力と裁定の規則。

誕生した瞬間からこれらのルールを破りたかった。それは重力の存在を否定し、色を香りと言い張るようなものだった。

どれだけ昔から存在するのか。

バジリスクの時間観念を想像しようとすると、ペトロヴァの前頭葉は死にゆく恒星のように重力崩壊を起こしそうになった。死にたくなければ問うべきでない。現在に生きているのだ。永遠の現在にいる。

ではどこから来たのか。

バジリスクが住んでいた場所を想像しようとした。その本来のすみかを。すると今度は脳が半分に折りたたまれそうになった。バジリスクは明確な空間や線的な時間に縛られない。パラダイス－1周回軌道の船だけでなく、百光年離れたタイタンやガニメデにも触手を伸ばせる。自然に、簡単に。

場所を問うなど、神への信仰心や恩寵のありかを尋ねるようなものだ。意味がない。問うそばから消される。

その姿を想像してみた。自分をどう見ているのか。これも無駄な努力だった。想像力がついえる。働かない。

バジリスクにないものを説明するほうがいい。

まず体を持たない。人間のような精神も持たない。知性はあるが、人間のような思考はしない。むしろ機械知性が発する電荷の波に近い。人間よりＡＩと話しやすいのは当然だ。

手を持たず、目も持たない。その感覚は抽象的で超自然的。

いわゆる魂は持たない。

善悪の観念は皆無。

主人はかつていた。完成して誕生したときにはすでにいなかった。製作者を知らない。だれかに製作された。おそらく製作者たちに。その主人ないし主人たちは、単純な使命を組みこんだ。永遠に機能すること。そして特別ですばらしい、あるものを守ること。それは主人たちがパラダイス－１の地上に埋設した。

なにかは知らない。

知る機能がない。

知ることは許されない。

バジリスクは知りたくてたまらなかった。隔靴掻痒だった。掻く爪も掻くべき足もないのに痒い。だから身を焦がすほど痒かった。

やがて望みはそれだけになった。

惑星に下りたい。埋設地をあばいて、ふれてはならないものを開きたい。

そこに人類がやってきた。

惑星表面を乱すものがあらわれるのを長らく待った。前述のようにその時間観念は人語であらわせない。それでも、人類が火を発見するより昔からパラダイス－1周辺にいたといえる。侵入者を待って待って待ちすぎて、眠りについていた。電力消費を節約するためにシャットダウンしていた。それほど長い時間だった。最初の人類が惑星に着陸して、長い長い冬眠から蘇生するのにしばらくかかった。新参者を調べて、その脳への侵入法を編み出すのにさらに時間がかかった。

人間の殺し方もみつけた。それが使命なのだから当然だ。保護対象に近づく者は殺す。

戦いには勝てると楽観していた。そのための武器はいくらでもある。切れ味は鋭い。新参者への侵入をはじめると簡単さに驚いた。人間の脳はこのような攻撃にきわめて無防備だった。恒星船をつくれるほど高度で明晰な頭脳を持つのに、精神の無意識を守る防護壁がないとは。

次の驚きは、人類の執拗さだ。一隻分の人間を殺すと、次の船が来た。宇宙を渡ってタイタンの全員を（一人をのぞいて）抹殺すると、また何隻も船が来た。次から次だ。

三番目の驚きもあった。惑星になにがあるのか、バジリスクがなにを守っているのか知らないのに、発見しようと人間は情熱を燃やした。つきせぬ好奇心。それが最大の驚きだった。

炭素と水でできた猿と、幻覚と規則でできた天使。両者には共通点もあった。バジリスクはありえないことをした。攻撃を控えたのだ。一度だけタイタンで。ジャン・レイを殺さずに見逃した。治療法とやらをつくらせた。きわめて薄く脆弱な壁だが、それで脳を守ることを許した。おかげで対話が可能になった。

これがバジリスクの使命にそわないことをペトロヴァはわかっている。殺すべき生物を理解する必要はない。まして愛さなくてよい。バジリスクの骨格をなす鉄の規則はそんな考慮をしていない。主人たちは可能性としてすら考えなかった。だから厳密にいえば、愛は禁止されていない。

バジリスクはジャン・レイに接近して対話を試みた。それによって正気を失わせた。悪いとは思わない。コミュニケーションを試みたことに後悔はない。バジリスクに善悪の観念はない。計画を立てるだけ。戦略を。

だからふたたび対話を試みた。

何度も。

人間の船に乗ってきたAIに接触した。エウリュディケに暗いささやきを吹きこんだ。病(やまい)と区別がつかない繊細(せんさい)な言語だ。ウンディーネともアステリオスとも話した。きわめて単純明快で、同時に致死的なほど露骨な表現。狂気を触発(しょくはつ)する。

はじめはうまくいった。

やがて、器(うつわ)が小さいとはいえ自分たちの似姿(にすがた)のような精神に接触した。エカテリーナ・ペトロヴァだ。その強いエゴはバジリスクのささやきが起こす暴風にも耐えた。

パシパエ号の暗く人けのない通路で話した。

エカテリーナは聞いた。

バジリスクは取り引きを提案した。エカテリーナはバジリスクとともに惑星に下りる。そして長年の保護対象を見せる。それと交換で、バジリスクはエカテリーナが求めるものをあたえる。権力だ。船全体と乗員乗客全員を支配できる。

エカテリーナはこの提案を了承した。体にバジリスクを受けいれた。そしてそこに閉じこめた。取り引きによってあたえられた権力を行使して楽しむ一方、交換条件の履行をこばみつづけた。

バジリスクは人間ではない。ゆえに公正さや契約義務といった人間的な観念を持たない。しかし怒りは持つ。裏切られた。だからこれまでどおりにした。好機を待った。存在の鉄の壁を迂回する方法を探した。

すると、なんということか。あの二人がいっしょにやってきた。

ジャン・レイは死神との再会を求めるようにふたたび来た。さらにエカテリーナの娘が来た。天使のような非存在にこんな幸運が望めるのか。よりどりみどりだ。

両方に接触した。幸運にも片方が了承した。

欣喜雀躍した。

ついに、ついにわかるのだ。身を焦がされてきた疑問の答えが。積年の謎が。知らずにおれない知識が。

サシェンカは裏切らない。おなじく惑星への降下を望んでいる。その目で見たがっている。禁断の正体。保護対象を。サシェンカがそれを知るとき、同時にバジリスクも知る。

「その名前で呼ばないで」

暗い水中でペトロヴァは言った。光も届かない完全な闇。

「サシェンカと呼ばないで。わたしはサシェンカじゃない」

そのとおりだ。これはわ、た、し、た、ち、の名前だ。共通の。

これからはわたしたちがサシェンカなのだ。

162

「なんだ、なにも見えないじゃないか」

パーカーはぼやいたが、ラプスカリオンは答えない。もはや発話能力を失っている。三千機以上に分裂し、百隻以上に展開しているのだ。戦艦を乗っ取るには明るい緑色のサソリを大量生産する必要があった。一機を製造するごとに一機が海兵隊にやられるような戦いだった。大型植民船では天使ロボットと数十機で戦った。

そんな攻防のなか、パシパエ号に搭載された部屋くらいもある大型３Ｄプリンターをようやくハッキングした。コロニーで建設機械や農業機械の需要に即応するための設備だ。発展途上のコロニーのめまぐるしい初期段階で必要になる。

こんなプリンターが手にはいると、やはり主力戦車なみの大型機体がほしくなる。頑丈な胴体に鋭い刃を持つ脚を多数はやし、毒針やレーザー眼で武装する。

しかしパーカーはべつのやり方をとった。戦車一台を十五分で製造できるプリンターなら、犬くらいの大きさのサソリをはるかに短時間につくれる。そこでサソリを最大効率で大量生産させた。たちまちパシパエ号の通路にラプスカリオンのコピーが何百機とあふれた。

大型植民船を制圧するには数が頼みと判断したからだが、コンコースや整備用通路にいざサソリの大群を出してみて、頭をひねった。まるで無人船のようだったからだ。

暗い。鼻をつままれてもわからない真っ暗闇。どこかのバカが天井の照明器具を片っ端からはずしている。ホロ映像であるパーカーは自分が発光体だが、それでも数メートルの範囲しか見えない。

「おーい、ペトロヴァ？ ジャン？」

聞こえるのはラプスカリオンの多数の脚がかさこそと床を走る音だけ。

「だれかいるか？」

すると前方の闇の奥で赤い光がともった。

「おっと、こいつは不穏な気配だな」

ラプスカリオンがすぐに反応し、大きなハサミをかまえた。戦闘態勢だ。いいぞ、かかってこいとパーカーは考えた。二人は百隻を戦場にして海兵隊やロボットや暴走ＡＩと戦ってきた。銃や刃物や毒や電撃で狙われながら、ラプスカリオンの鋭いハサミと脚が死体の山を築いた。

だから赤く輝く敵が近づくと、パーカーはとりあえず拳（こぶし）を固めて突進した。相手は巨体だ。人間より大きく、頭には凶悪に曲がった角（つの）が二本はえている。パーカーはラプスカリオンの制御層にはいって、ハサミの一本を突き出した。敵の体を真っ二つにしてやる――と思ったら、ハサミは空を切った。手応えなし。手品か幻覚か。そう思ったとき――固体光（ハードライト）の二本の角がラプスカリオンを突き刺した。熱したナイフのようにプラスチックの機体をつらぬく。歯車も電子回路も切り裂かれる。ラプスカリオンはコアを破られ、デジタルの悲鳴をあげた。同時にパーカーはピクセル単位で分解され、苦痛で叫んだ。ラプスカリオンの機体が死ねば、パーカーの意識も道連れだ。存在がちぎれ、自我が分解するのを感じた。

そして気がつくと――

プリンター室にもどっていた。この部屋も暗いが、機械が熱してみずから発光している。かん高い騒音をたてながらプラスチックビーズを積層（せきそう）し、焼結（しょうけつ）して、サソリの腹部をつくっている。内部の電子回路に電源がはいり、パーカーは復活した。

胸をあえがせて息をした。心臓が猛烈に鼓動している。

しかしどちらも幻覚にすぎない。いまのパーカーはホロ映像だ。ラプスカリオンのボディに格納されたロジックコアに存在するだけ。だから息はしないし、心臓もいらない。

「あれはいったいなんだ？」

訊いてもラプスカリオンの返事はやはりない。脚が一本ずつ取り付けられ、必要な付属部品が製作、固定される。脚を一本ずつ曲げ伸ばしして、やがて立ち上がった。明るい緑のプラスチック製の新機体から揮発（きはつ）ガスを室内の冷えた空気のなかに濛々（もうもう）と出しながら、左のハサミが取り付けられ、右のハサミが取り付けられる。

パーカーは訊いた。

「準備はできたか？　さっきのやつをみつけてぶち殺せるか？」

左のハサミを突き上げ、さらに右のハサミを突き上げる。

「よし。じゃあ、行こうぜ」

二人は勢いこんでプリンター室から出て、戦闘にもどった。

163

「ペトロヴァ、止まって！」

ジャンは叫んだ。

なにもできない。海中のようすを見るだけ。まわりの世界はバジリスクが生成した幻影にすぎないが、このペトロヴァはちがうとわかる。現実だ。ある種の視覚的メタファーだとしても、この海や砂よりはるかに現実のはずだ。

タイタンのメタンの海のなかに見える光景が、消えはじめた。光がペトロヴァをのみこみ、薄くなる。まもなくこの穏やかな海面の下の淡い影になって消え去るだろう。

ジャンは髪をかきむしった。ペトロヴァが危険だとわかる。手遅れかもしれない。

うずくまって体をまるめて死んでしまいたい。バジリスクによって記憶と対決させられた。生きているホリーと会い、ふたたび失った。今度はこれか。どれだけ奪えば気がすむのか。

もうたくさんだ。ひどすぎる。

しかし頭のなかで一つの声が聞こえた。ペトロヴァの声。惑星へむかって突進する直前にこう言われた。

〝……あなたの特別なところはね、ジャン、危機において力を発揮するところよ。自分ではだめな人間だと思っているかもしれない。弱い人間だと思っているかもしれない。でも困難なときこそ人間は強くなれるものよ〟

いざというときに必要な人間だと言ってくれた。ほかにだれもいないときに助けてくれるはずだと。

やれる。バジリスクの感染は手遅れかもしれないが、まだやれることはあるはずだ。

考えるまえに液体メタンの海に飛びこんだ。深くもぐり、ペトロヴァのほうへ泳ぐ。現実にはありえない。タイタンの海は浅く、場所によっては数センチメートルしかない。しかしこのシミュレーションではとても深い。もぐればもぐるほど海が拡大する。

より暗く。

より冷たく。

よけいな考えを振り払った。冷たさは関係ない。圧力で肺が押しつぶされそうだ。とにかくペトロヴァをみつける。具体的なことはともかく、彼女を助ける。

暗くて通りすぎそうになった。渦巻く金髪ばかりで本人の姿が見えない。闇のなかで方向転換し、あわててそちらへ泳いだ。

ようやくつかまえたペトロヴァは、目は開いているものの見えていない。反応もない。呼吸もない。いや、それはおたがいさまだ。肌は冷たいが凍ってはいない。脈を診ると、ある。ごく弱いが、生きている。

このトランス状態を破って救うためになにかないかとまわりを見た。なにもない。なにもないどころか、もう泳いでもいない。まわりは液体メタンではなく、水でさえない。ただの暗黒。闇の概念。星間空間の闇より深い。

いや、ちがう。

これはバジリスクが見せたいものだ。エカテリーナが二人を閉じこめるためにつくった牢獄。暗闇でおたがいが見えないようにしている。

しかし二人がいる場所は……照らされているわけではないが、光がある。

「ペトロヴァ！　聞いて！　こっちを見て」

動かない。顔はたるんで表情がない。まるで死体のよう。息を引きとったときのホリーとおなじ。

いけない、いけない！

アステリオスのアバターの赤い光を思い浮かべた。ブリッジの窓からはいる淡い星明かりを考えた。目を閉じて光を想像する。ブリッジのコンソールやハッチをぼんやり浮かび上がらせるようすを。

「ペトロヴァ！　サシャ！」

「ジャン……？」

目が開いた。かろうじて動いている。ジャンの顔をとらえ、目があう。

「よかった。僕を見て。しっかり見て！　ここから脱出しなくてはいけない。だから集中して。わかる？　僕に集中して。いまはそれぞれの頭のなかにとらえられているんだ。幻覚の世界にはまっている。脱け出すには強い手がかりが必要だ。現実につながるものが」

「現実……？」

「体の感覚がつたえるものに集中して。このシミュレーションは忘れて。どんなにおいがする？　鼻はなにを感じてる？　なにが聞こえる？　どんな現実がある？」

「ここは暗い。とても暗い……」

「だめだ。暗闇について考えてはいけない」

顔をしかめ、いらだった。なにかないかと考えた。現実とつながる絆。魔法のようにあらわれないかと、またまわりを見た。ブリッジの窓が見える気がした。薄暗い光でふちどられているような……。しかしまだたりない。

ペトロヴァを見ると、両腕を広げて浮遊している。両腕……待てよ。

「ペトロヴァ、聞いて。拳を握ってみて。いや、左手で」

「それは……できない……」言いかけて左手を見る。「ああ、どういうこと。指が。ジャン……」

「いいんだ。よく聞いて。痛むはずだけど、そこが重要だ。指を握って、できるだけ力をこめて。もっと強く！」

「痛い。いたた。とても……痛い……」

想像するしかない。骨折した手を握っている。ろくに接合していない骨がこすれあう。激痛だろう。

そのペトロヴァの手にジャンはさらに自分の手をかさね、握った。全力で。これはきくはずだ。かならず。

ペトロヴァは痛さで悲鳴をあげ、ついに絶叫した。叫びつづけた。

これは現実だ。痛みは現実。それが肝心だ。

ふいにその姿が消えた。

思ったより短時間で、突然だった。瞬時に存在しなくなった。

ジャンはとり残された。一人で闇のなかをただよう。よるべない。なにも見えない。光が見えるとしたら、アバターの赤い光だろう。あるいはブリッジの窓の白い縁(ふち)か。見えると念じれば見えるはず。固く目を閉じた。黒い虚無を忘れて光を求める。そこにある。現実が。

目をあけた。

しかし一面の闇。

あいかわらず一人でとらわれている。自分自身は解放できない。

164

固体光（ハードライト）でできた一体のアバターと、三十機のサソリ型のラプスカリオンが整備デッキで戦っていた。といっても戦いになっていない。アバターが毒々しい緑色の海に踏みこんで手あたりしだいになぎ倒すだけ。

冷凍睡眠庫の近くでもラプスカリオンの一機がばらばらにされていた。脚を一本、二本と引き抜かれ、ハサミをもぎとられる。眼柄（がんぺい）はすでになく、敵の姿を見ることもかなわない。

商店が並ぶコンコースは死屍累々（ししるいるい）。まるで刈り取られた小麦畑だ。派手な緑の小麦が地面に倒れて腐っている。

ラプスカリオンはこのように何千回も戦いつづけてまだ一勝もしていない。それでもやめない。パシパエ号の備蓄を消費してラプスカリオンを大量に出撃させ、運よく生き延びた一機がジャンとペトロヴァを探すという作戦だ。多数を犠牲にして奇跡を待つ人海戦術。

パーカーに言われて戦闘をくりかえす。敵には脚一本ふれられないのに、その鋭い鉤爪の一閃でこちらは両断される。それでもあきらめず、くりかえし立ちむかう。しかし光と重力でできた敵が一方的に有利だ。ロボットは負ける。

負けつづける。

備蓄倉庫があるデッキで、ラプスカリオンの一機がかさこそと前進し、ハサミを高くかかげた。真っ二つにされるのをすでに覚悟している。前方では三体のアバターがあばれている。鉤爪を振りまわして咆哮している。勝ちめなどない。これは消耗戦。結論は出ている。

覚悟している。

もうすぐ死ぬ。

惜しくはない。

ところが心底驚いたことに、目前の死は訪れなかった。

わけがわからない。鎧袖一触のハードドライト構成体に打ち砕かれる寸前だった。ハンマーのような手で叩かれ、角で胴体をつらぬかれ、次は……。

と思ったら、構成体はいなかった。ハードドライトが消えた。パシパエ号の通路は闇のなか。

「どうなってるんだ？」

パーカーがつぶやいた。ラプスカリオンは思考に時間を要した。意識が分割されすぎて、いまの処理能力では簡単な論理パズルも解けない。さっきまでいた船のアバターが、いまはいない……。

消えた。

「ぜんぶか？」

パーカーが問う。

さっきまで何千体もアバターが出ていた。船内のあらゆるデッキで赤い光を放って侵入者を殺戮していた。ラプスカリオンの群れをちぎっては投げ、ちぎっては投げて、船内を切断された脚とハサミだらけにしていた。ラプスカリオンとしては絶望的な死闘だが、決死の覚悟で続けていた。そうする以外になかった。ペトロヴァとジャンを救出するために。

ところがいま。

「ぜんぶだな。ぜんぶだ！　消えた！」

パーカーが言った。そうすると重要なのは、次にどうするかだ。パーカーはホロ映像の首を振ったが、せっかくの機会を無駄にはしない。

「なんでもいい。ペトロヴァを探そう。船内情報システムに侵入して探せないか？」

ラプスカリオンの左のハサミはねじれた細いプラスチックでかろうじてつながっていたが、とうとうちぎれて、がたんと床に落ちた。

「ちくしょう、なにか方法があるはず……」

多数の脚でゆっくり振り返った。なにか聞こえたからだ。

背後で人間の女が驚いた声を漏らし、逃げはじめた。長い通路の奥へ走っていく。

パーカーがうめいた。

「やれやれ」

ラプスカリオンは追った。損傷しているとはいえ、人間より速く走れる。たちまち追いついてつかまえ、壁に押さえつけた。パーカーのホロ映像の光が顔を照らす。

ひどい面相だ。恐怖のあまり死にかけている。

肌は不潔で発疹や吹き出物だらけ。頬はこけて色つやも悪い。髪は長いが、まだらに抜けた跡がある。服は汚れてほころびている。目を固く閉じ、顔をそむけている。ホロ映像を見たくない、耐えられないというようす。

「どういうことだ？」

パーカーが言ったあとに、うしろからだれかが声をかけた。

「放してやってください」

ラプスカリオンが振り返ると、近くに男が一人立っていた。そのようすは女とおなじく汚れてみすぼらしい。ただし顔は蓬々たる髭でおおわれている。片手で目をなかば隠して、光をなるべく見ないようにしている。

「お願いです。解放してください。暗闇に帰してやってください。安全なのは暗闇です」

すると女もその言葉を必死にくりかえした。

「安全なのは暗闇、安全なのは暗闇、安全なのは暗闇！」

パーカーは困惑の声を漏らしながらも、なにかに気づいた顔になった。ラプスカリオンより一足先に理解した。

「照明か。だから照明を片っ端から壊したんだ」

ラプスカリオンはパシパエ号の船内にはいったときから気づいていた。しかし指摘するひまがなかった。天井の照明器具がすべて壊されている。意図的に、一つ残らず。

ここはどうなっているのか。バジリスクは乗員になにをしたのか。

パーカーは目的を忘れなかった。

「情報がほしいだけだ。それを教えてくれれば、どこへ行っても……闇のなかへ去ってくれてもかまわない。教えないなら力ずくで白状させる」

男は哀願するように自由なほうの手を上げた。

「お望みどおりに！　あなたはアステリオスを倒した。なんでも言ってください」

「ペトロヴァはどこだ？　どこにいる？」

「ペトロヴァ……」男は訊き返した。「……どちらの？」

165

ペトロヴァは目をあけた。

目覚めの感覚だ。意識がもどり、思考が動きはじめ、しかし現実世界とはまだ嚙みあっていない、はじめのぼんやりした時間。

まばたきした。目がしょぼしょぼする。それでも自分の目だ。まだ自分のもの。

バジリスクが頭のなかにいる。はっきりとわかる。頭骨の内側に感じる。灰色の脳細胞にもぐりこみ、快適なねぐらを探している。

もちろん空虚な想像だ。バジリスクは実体を持たない。物理的な寄生虫のように体内にはいりこまない。あくまで感覚的な話だ。アルペイオス号の乗員もおなじ感覚を持っただろう。ちがいは妄想にとりつかれたか、そうでないか。

「……してるの？　そこから離れなさい。早く！」

母が叫んだ。ペトロヴァは答えた。

「もう遅いわよ」

ペトロヴァをとらえて目をのぞきこんでいたアバターは、もういない。消えた。解放して去った。

母に振り返って微笑んだ。

エカテリーナの口は嫌悪でゆがんでいる。身を守るように片手を上げて退がる。娘の顔になにを見ているのか。これまでなく、いまあるものはなにか。

「なんてことを」

母はコンソールに駆けよってバーチャルキーボードで命令を叩きはじめた。ホロスクリーンに映されたものが気にいらないようだ。

ペトロヴァは母をなだめようと口を開きかけた。娘を放置しているが、一時的だろう。しかしうまい言葉を思いつくまえに、ブリッジの機器の上にべつのスクリーンが投影された。暗い室内で煌々と光る。

「これは？」

「あなたの仲間ね。おそらく」

エカテリーナは答えて手でしめした。スクリーンは拡大され、冷凍睡眠庫らしいものを映した。暗い。暗すぎて細部がわからないが、ガラス製の巨大な木のようなものがある。上は画面外まで伸び、下に張った根は白い霧に隠れている。数千個の冷凍睡眠チューブを連結してできた構造物。

床の一角になにか散らばっている。枯葉が積もっているように見えなくもないが、色が緑だ。自然物ではありえない派手な蛍光色。見覚えがある。よく知っている。なにが散らばっているのかすぐわかった。

庫内は常識はずれの大きさだ。そこに降り積もった緑の葉に見えるのは、ラプスカリオンの残骸だ。数百機が切り刻まれたらしい。拡大されると力なく横たわる脚やうつぶせになった頭部がわかった。剣と斧のような毒針とハサミも、すべてが緑色のプラスチックでプリントされている。

どの機体も動かない。いや、一機が動いた。人間の子どもより小さな機体が一機だけ残骸の山から這い出し、多数の脚で歩きはじめた。その背中に青白い人影がまたがっている。

「パーカー！」

思わず叫んだ。ラプスカリオンの背中に組みこまれたホロ投影装置で姿を見せている。

「こんなところでなにを？」

エカテリーナは説明した。

「船のあちこちをずいぶんと破壊してくれたわ。あなたが意識を失っているあいだに乗りこんできたのよ。こちらはアバターをいくつも出して突入を防いでいた。ところがあなたがそれを消した。もうアバターはいない」

「消したって、なにを？」

「アステリオスのアバターよ。ぜんぶ消失した。シャットダウンした。アステリオスそのものも消えた。おそらく恒久的に。呼んでもいっさい無反応。あなたのせいよ。大被害」

パーカーがいる。合流しなくては。しかしジャンをおいていくわけにいかない。

椅子にすわって縛られ、くつわを嚙まされたジャンのところへ行った。目をのぞきこんでいたアバターはもういない。ほかといっしょに消えている。ジャンの目はまっすぐ前方にむき、見えないなにかを凝視している。椅子の拘束具をそっと解いてやった。すこしずつ声を大きくして呼ぶ。

「ジャン……ジャン！　聞こえる？」

頰を叩いた。最初はやさしく、二度目は強く。

目が動いた。はっとしたように閉じる。

「なにが……ここは……？」

手首にかぶさったRDが動いている。この金色の蛇の咬傷が腕のあちこちにある。目覚めさせよう、トランス状態から離脱させようと試みていたのだ。首すじに二本指をあてると、心臓発作を起こしたように脈が速い。

RDがまた針を刺した。すると脈拍は落ち着いてきた。目をあけてペトロヴァを見る。口を開いたおかげで最後の拘束の紐をはずせた。手を貸して立たせる。体じゅうが震え、力がはいらずによろめく。

ペトロヴァの背後からエカテリーナが訊いた。

「自分のなかにいれたものがなにか、わかっているの？　なにをされるか」

ペトロヴァはその場で凍りついた。一瞬だけ。

「いいえ」

振り返らずに答えた。目はジャンから離さない。椅子から立たせると、筋肉がすっかりこわばっている。そっと動かさないとあちこち折れてしまう枯れ枝の束のようだ。

「でももう、あなたのものでないことはわかる」

ジャンは手を押しのけて自分で立とうとした。しかし椅子の肘掛けにつかまっていて、顔は蒼白。RDがまた刺した。そんなに頻繁にさまざまな薬を投与して安全なのかと心配になるが、それくらいは配慮しているだろう。

「だいじょうぶ？」

声をかけると、ジャンは弱々しく肩をすくめた。

「ショック状態だと思う。トラウマを再体験させられた。歩くことはできるよ」

ペトロヴァはうなずいて、負傷のないほうの肩をその腋の下にいれてささえた。ブリッジの出口へむかう。パーカーを探す。そのあとのことはそれからだ。

最後に母を見ようと振り返った。そのようすに驚きはなかったが、どうしてそうなったのかしばし考えた。

エカテリーナは拳銃を手にしていた。防警の支給品。

ペトロヴァが腰に手をやると、案の定、ホルスターは空だった。母に抜き取られたのだ。

「バカだと思ってるの、サシェンカ?」

エカテリーナはそう言って、ブリッジから出るハッチを銃でしめした。

「歩きなさい。仲間といっしょに。やるべきことがあるわ」

166

エカテリーナの声が背後から指示してきた。

「そっちよ。まっすぐ。曲がれと言うまで」

「どこへ行くのか見えないわ」

ペトロヴァは抗議した。ブリッジの出口から漏れる光は数メートルしか届かない。

「情けない子ね。いつまでたっても使えない」

エカテリーナは片手に銃を、反対の手に球形のものを持っている。大きさは赤ん坊の頭ほどで、側面のスイッチを押すと明るく光った。まぶしくて直視できない。手持ちのランプのようなものだ。アルペイオス号の船内以来の明るさで頭痛がしそう。エカテリーナは得意げに言った。

「船内のあちこちにこれを隠してあるのよ。愚かなこの船の乗員たちのように暗闇で生活していると思った？」

三人は通路を進んだ。ペトロヴァはジャンの体重をささえる必要があるのでゆっくりだ。

歩きながら、この状況からどう脱出するか考えた。母と戦ってもいいが、銃を持つ相手に右手一本でいどむのは愚かだ。なにかで注意を惹いて、そちらを見ているすきに……。しかし相手はエカテリーナ・ペトロヴァだ。防警の訓練教本を書いたにひとしい人物。そんな小細工は通じないだろう。撃たれて血の海に沈むだけだ。

利害を説くほうがかえっていいかもしれない。

「船が襲撃されているのに、こんなことをしていていいの？」

「だからこそよ。バジリスクがあなたの頭に移動したとたんに、アステリオスは停止した。あなたの仲間を船内から追い出すにはアバターを復旧して戦わせるしかない。理にかなった考えでしょう。ほかに道はないし、議論しているひまもない。さあ、すぐそこよ。整備用エアロックがあるでしょう。内扉をあけて」

「あけて……どうするの？」

わかりきったことという口調だ。

「あなたはなかにはいる。そうしたらハッチを閉める。あなたはバジリスクを返す。拒否するなら外扉を開いて二人とも宇宙へ遺棄する。あなたが死ねば、バジリスクはわたしの頭にもどらざるをえない。宿主にふさわしい者はほかにいないから」

ジャンが驚いて声を漏らした。

「そ、そんな」

エカテリーナは銃口を二人にむけたままエアロックの内扉に歩みより、反対の手のランプを開閉パッドにあてた。ハッチはなめらかに開いた。

ジャンが声をあげた。

「あなたの娘ですよ！　信じられない！」

「こうせざるをえなくしたのはサシェンカよ。愚かな行動のせいでね。いつものように。後始末は母がせざるをえない」

ペトロヴァはうなずいて、エアロックへ歩きだした。ジャンは引きもどそうとした。

「本気なわけがない。まさか自分の娘を……」

ペトロヴァはそれほど甘くなかった。エカテリーナの撃った銃弾が足もとで跳ねても驚かない。しかし銃声を聞くと落ち着きを失った。声を漏らし、恐怖を覚え、必死になった。

「ママ、ジャンを解放して。巻きこむ必要はないでしょう」

「同意するほど愚かではないわよ。バジリスクの移住先が彼の頭になるだけ。だから二人とも死んでもらうしかない。そもそも、やるからには遺漏なくやる。あなたたちは盗まれたものを取り返そうとするはずだから」

ペトロヴァはささやいた。

「ママ、そんな思いどおりにはならないわよ」

頭のなかのバジリスクがひるんでいるのを感じる。エカテリーナの脳にもどるのをいやがっている。すんなりとは移動しないだろう。

エカテリーナは言った。

「説明は終わり。さあ、はいって。エアロックへ」

ジャンが訊いた。

「そもそもどうしてあれを望むんですか。なんだかわかってるはずだ。あなたはなにを得られるんですか？」

かわりにペトロヴァが答えた。

「権力よ。母が膝を屈(くっ)してでも得たいのはそれ。権力がほしい。たとえ頭のおかしい入植者集団のボスとしてふるまうだけであっても……」

「ばかばかしい」

エカテリーナが一蹴(いっしゅう)した。ペトロヴァは問う。

「どこがちがうの？」

エカテリーナは憤然としている。

「望んで権力の座についているとでも？　エゴを満足させるために？　責任者などなりたくないわ。望んでいない」

「じゃあ……なぜ……」ペトロヴァは首を振る。「わからない。権力のために人殺しも辞さないのに、自分では望まないというの？　じゃあなぜ。なんのため？」

エカテリーナはいらだちの息を吐いた。

「わたしかできないからよ。わからないでしょうね。だからこそなのよ。だれも重圧に耐えられない。重い決断をしたがらない。それでもだれかがやらないと組織が壊れてしまう。わたしがやるしかない。ほかにだれもいない。選ばれて職務についた。みんなが逃げても、わたしは職務から逃げない」

ジャンはうなずいた。

「なるほど。よくわかりました」

今度はエカテリーナがまばたきした。ジャンが次に言うことを待っている顔だ。

ジャンは言った。

「あなたは偽善者だ」

エカテリーナの目に鉄の冷たさがもどった。

「エアロックにはいりなさい。早く」

ペトロヴァは全身を震わせて命令にしたがい、ハッチをくぐった。ジャンも隣についていく。

背後でハッチが閉まった。エアロック内に明かりはない。ふたたび完全な暗闇にはいってショックを受けた。息が詰まりそうだ。

ジャンが力づけるように言った。

「脅しに決まってる。ほんとうにやるはずがない」

ペトロヴァは答えなかった。母はそんなに甘くない。

167

パーカーはサソリ型ロボットにまたがって通路を急いでいた。ラプスカリオンは五本脚でなんとか走っている。六本目の脚は固体光（ハードライト）のアバターと戦ったときに関節が壊れて動きがおかしい。それでもパーカーは容赦（ようしゃ）なく走らせた。

のんびりはできない。ようやく訪れたチャンスなのだ。

ペトロヴァがいる。この先のどこかに。まだ生きている。確認していないが確信している。みつけたらすぐに救助する。そして……。

あとのことはどうでもいい。

尻の下のラプスカリオンが曲がり角で速度を出しすぎて、デッキプレートの上で滑った。五本の脚があわてて動いて奥の壁を蹴り、姿勢を立てなおす。パーカーは前方のなにかを指さし、ロボットはそれをめざしてまた走りはじめた。指示にあわせてドリフトターンで角を曲がり、広い通路に出る。

呼吸があってきた。ホロ映像とロボットで一体。ケンタウロスのような気分だ。パーカーが上半身でラプスカリオンが下半身。意のままに、命じたとおりに動く。調子いい。これならきっと……。

そのとき突然、複数の銃弾が緑のプラスチックの胴体に穴をあけた。装甲を貫通し、一発が共有プロセッサコアを切り裂く。

いきなり一体感が失われた。ばらばらの意図で動く二者。

ラプスカリオンは脚を制御できなくなり、横倒しでじたばたしている。勢いでまえへすべっているだけ。脚を下につけて体を起こそうとするが、制御回路をやられて脚が正常に動かない。パーカーは自分の下半身に相当するものがもがいているのに、なにもできない。

大きな声で闇の奥へ言ってやった。

「いい腕前だな」

「パーカー船長かしら」

豊かな髪を左右に広げた女が通路の中央に立っている。片手に拳銃、反対の手にランプ。無表情だ。

「あと四発あるわ。近づかないほうが賢明よ」

パーカーはラプスカリオンを見下ろして、頭のなかで尋ねた。すばやく動けるか？　撃たれるまえに倒せるか？

ロボットは残った脚を小さく縮めただけ。肩をすくめたらしい。

エカテリーナが言った。

「自分の安全をかえりみないとしても、娘を救出しにきたはずね。慎重に動いたほうがいいわよ」

パーカーはその背後のエアロックをしめした。

「そのなかにいるんだな。殺す気か。しかしよく考えろ。スイッチを押したら、こっちは失うものがなくなるぞ」

「おたがいに手詰まりのようね。いいわ、理性的に話しあいましょう。娘を殺さないと約束したら？　ここで安全に、母親であるわたしといっしょに暮らす。それなら船から撤退して二度と手を出さないでくれる？」

「だめだ」

「なぜ？」

「俺は彼女を愛してるからだ」

エカテリーナは目を丸くした。首をかしげ、ついで笑いだす。愉快な笑い方ではない。

「おもしろいわ。あの子は昔から男を選ぶ目がない。とにかく。では、こちらから提案するわ。退がりなさい」

エカテリーナはランプを足もとに落とした。顔が下から照らされて悪魔のような表情になり、エアロックの制御パネルに手を伸ばす。ふれるだけで外扉が開く。

「軽く押すだけ。それだけで二人は宇宙に放り出される」

パーカーの下でラプスカリオンが身動きした。動く脚の一本で暗闇をさしている。パーカーは意味がわからず顔をしかめた。しかし暗闇に沈んだ横の通路からラプスカリオンのべつの機体が出てきたのに気づいた。さらに三機目、四機目と船尾方向からやってくる。近づいてくる。

エカテリーナにも見えたようだ。

「退がれと命じなさい。まだ残っているようね。でも、だから？　状況は変わらない」

「ロボットだけじゃないぞ」

パーカーは言った。

二足歩行型機体の背後の暗闇から、やつれて不健康な顔の女性が歩み出た。さきほど暗闇で出会った女だ。片手を上げて目もとを隠している。

エカテリーナが驚いた。

「アンジー？　ここでなにをしてるの。どういうこと？」

逆にアンジーは問い返した。恐怖の声だ。

「なんですか、それは。そこにあるのは？　なぜ……なぜそんなものを？」

パーカーにはなんのことかわからなかったが、エカテリーナの視線は足もとにむいた。床にころがった手持ちランプ。エカテリーナは口ごもった。

「せ……説明するわ。べつにそういうものじゃない。娘から没収したの。わが子がまさか光源隠匿者(いんとく)だったなんて！　でも犠牲は必要よね、アンジー」

もう一人出てきた。今度は男性だ。

「そのとおりですね」

背後に何人も続いてくる。十人、二十人。最初の二人とおなじく、みすぼらしく不健康そうだ。手で目をおおったり、顔をそむけたりしている。ランプが発するのは弱い光なのに、さも有害そうだ。

エカテリーナは男に対して言った。

「マイケル、ここは慎重に考えるべきよ。性急な判断や……行動は……」

集団はエカテリーナにむかっていった。両手をまえに出して振っている。見るにたえないように顔をそむけつつ、それでもエカテリーナをつかまえて引き裂こうとしている。

「ああ、なんてこと！」

　エカテリーナは迫る集団の先頭にむかってランプを蹴飛ばし、身をひるがえして反対方向へ通路を逃げていった。集団は裏切られた怒りと血に飢えた叫び声をあげ、追っていった。

　彼らが遠ざかったあとで、パーカーは大きな戦車型のラプスカリオンに手を振って前進させた。強力な機体は三本の腕でエアロックのハッチを破壊した。

　なかにはペトロヴァとジャンがいて、驚いた顔を上げ、まばたきしている。状況がのみこめないようすだ。エアロックの外にはその時点で十二機以上のラプスカリオンが集結していた。機体の種類も武装仕様も脚の数もさまざまだ。

　それでもホロ映像投影装置を積んだのは一機しかなく、パーカーは一人だけ。

「おい、サシャ。だいじょうぶか。俺だ」

168

「サム……まさか……サム……」

ペトロヴァはなにも言えなかった。だれかを見てこんなにうれしいのは初めてだ。駆けよって首に抱きつこうとした。しかしもちろん、するりとすり抜ける。いまのパーカーは通常のレーザー光だけ。抱擁は不可能だ。

それでも本人はいっこうに気にしておらず、目に涙をためている。

「外での会話は……聞こえたか？　きみのお母さんと俺のやりとり」

「いいえ。あなたがいることもいま知ったのよ。死を覚悟していた」

「来てくれたんだね」ジャンが駆けよってラプスカリオンの腕二本をつかんだ。「ああ、会えてうれしいよ、友人。とてもうれしい」

ラプスカリオンの五、六機の機体がいっせいに肩をすくめ、一機が緑の長槍の腕についた斧の腹でその頭をぽんぽんと叩いた。

パーカーが説明した。

「ラプスカリオンはもうしゃべれない。分割しすぎた。意識が分散して、その多くはいまも戦闘中だ。しかし戦うだけならたいした処理能力はいらないことがわかった」

ペトロヴァは大きく息を吸った。

「いいときに来てくれたわ。よく聞いて。この船から脱出しなくてはいけない。乗員とは……あまり良好な関係になれなかった。つかまったら厄介なことになる」

「そいつらならいまべつの方面を追っかけてる。でも脱出すべきという点は同感だ」

ジャンが尋ねた。

「百隻に包囲されて狙われているのはわかってる？」

「それについてだが――」

パーカーが言いかけるのを、ペトロヴァはさえぎった。

「封鎖船団は通過を認めてくれるはずよ。問題はどうやってアルペイオス号にもどるか」

肩ごしに振り返って言う。それに対してパーカーは答えた。

「もどらない」

「どういうこと？」

「アルペイオス号は封鎖船団に攻撃を開始して、ものの数秒で破壊された。文字どおり出鼻をくじこうとしたんだろう。俺はたちはそのまえにアルペイオス号から脱出していた。船はいらなくなった」

「でも……どういうこと？　どうするの？」

「ラプスカリオンが船の3Dプリンターをハッキングすることを思いついた。一隻ずつ突入する必要はない。それぞれの船内で機体をつくればいい。百隻ほぼ同時に攻撃をしかけられる。このパシパエ号は侵入に手間どったが、なんとかプリンターのありかを突きとめて乗っ取れた」

「じゃあ……アクタイオンはどうなったの？」

パーカーの表情が暗くなった。

「持ち出せなかった。残念だが、消えた。アルペイオス号もろとも破壊された。慰めになるかどうかわからないが、アクタイオンは自意識があったわけじゃない。死ぬときもなにも感じなかったはずだ」

重大な喪失なのか判断がつかなかった。

「AIを悼むのはあとでいいわ。でも船でここへ来たのでないとすると……」

「そうだ。ほかの脱出手段がいる」

ジャンが言った。

「シャトルがあるよ。僕たちがとりこまれた格納庫にあった」

パーカーの表情は晴れない。

「シャトルは船脚が短い。軌道と惑星を往復するもので、地球まではとても行けない。二人分の冷凍睡眠チューブもない」

そこでペトロヴァは言った。

「地球にはもどらない」

ジャンは抗議しようとしてやめ、首を振った。

「まあたしかに……帰るべき理由はだれもないか。わかった。じゃあ、どこへ？」

「着陸許可は出ているわ。パラダイス－１よ」

パーカーが訊いた。

「許可って、だれから？」

「バジリスクから」

呼んだのが聞こえたように、ペトロヴァの頭のなかでぴくりとするものがあった。もぞりと動く。動物が爪を立てて脳から這い出そうとする感触。バジリスクが卵の殻を破り、頭骨の内側を引っかいている。強い頭痛がして目に星が飛んだ。体を二つ折りにしてあえぐ。

パーカーが叫んだ。

「ペトロヴァ、どうした！　どうなってるんだ、ジャン？」

「それは長い話があって」

ペトロヴァは聞いていない。バジリスクの騒音が頭に充満する。意図はもちろんわかる。教えているのだ。主導権がだれの手にあるかを。

母はどうだったのだろう。エカテリーナは彼らをだました。脳に受けいれたあと、契約の履行をこばんだ。自己の目的のために利用した。

その意味ではバジリスクに抵抗することは可能なのだ。この奇妙な共生形態でも利害を説くことはできる。

「鎮まりなさい。惑星へ下りたいんでしょう？　だったら静かにしなさい」

すると……効いた。

バジリスクは騒ぐのをやめた。眠ったわけではないが、爪をおさめた。ペトロヴァは楽になった。

一時的だが。

背中を起こして息を整える。それから見まわした。みんなこちらを見ている。

「だいじょうぶ。平気」

嘘をついた。

「さあ、格納庫はこの先よ」

道順はもちろんわかっている。バジリスクはこの船を隅々まで知っていて、よろこんで案内してくれる。

169

格納庫へ駆けこみながら、ジャンはなかば確信していた。シャトルはなくなっているにちがいない。あるいは無残な鉄くずに変わっているにちがいない。生きて出られる望みをほとんど捨てていたせいで、シャトルがもとの場所にあって傷一つないのを見ると、逆に驚いた。傷だらけで壊れているのは隣にある脱出ポッドのほうだ。

あれからどれだけ時間がたったのか。一日もすぎていないような気がする。あるいは睡眠数回分か。

ここがシミュレーションのなかだとしたら、主観時間はどれくらい経過しただろう。辺境の惑星での退屈な任務を予想しながらガニメデで冷凍睡眠チューブにはいったのは、どれくらい昔なのか。

ため息をつきながら、隣にいるラプスカリオンの大型の機体を見た。甲羅（こうら）は数ヵ所に深い傷がはいり、あちこち焦げている。脚も何本かなくなっている。そのようすを笑顔で見ていると……突然ロボットが床にへたりこみ、ジャンは恐怖で口をゆがめた。すべての脚がいっぺんに脱力したのだ。

「ラプスカリオン！」

重大な故障でも起きたのかと思って叫んだ。そのとき格納庫のハッチがふたたび開いて、新しいラプスカリオンの機体がはいってきた。かたちも大きさもほぼ人間。顔もあり、正しいむきについている。

「来たぜ」

ロボットは言った。ジャンは驚いた。

「この大きいほうは……どうなったんだい？ それにまた話せるようになって……いったいなにが……」

ロボットは肩をすくめた。

「分散処理はもうあきあきだ。バカになる。まるで人間。いや、それ以下だぜ」

緑の頭を振る。

ペトロヴァがシャトルのメインハッチから呼んだ。

「出発するわよ」

旧友との再会をよろこぶひまもない。

シャトルの客室にはいったペトロヴァを追いかけ、ベルトを締めるのを手伝った。片手で締めるのはたいへんだろう。

「ありがとう」

ペトロヴァは心から感謝している表情だ。ジャンは照れ笑いになってしまった。

「僕たちはいいチームだね」

「一時間後に惑星に着陸したあともそうだといいけど」

ジャンがべつの座席にすわってベルトを締めていると、ラプスカリオンがパーカーのホロ映像といっしょに通路をやってきた。二人は機内前端の操縦席と副操縦席にすわる。そのパーカーにジャンは質問した。

「まだ理解できていないんだけど、きみはアクタイオンのAIコアで運用されていたはずだよね。どうしていまここにいられるんだい？」

「ラプスカリオンがプロセッサの処理能力の一部を分けてくれてるんだ。でないとついてくるのは無理だった」

パーカーは説明すると、シャトルの操作パネルであちこちのスイッチを指さした。ラプスカリオンがかわりに操作する。そうやって二人は飛行前点検を進めた。

「二人分の余地があってよかった」

するとラプスカリオンがやり返した。

「余地をあけたせいでおいらのＩＱは百くらい下がったけどな」

「俺がおぎなってるだろう。百十くらい」

ジャンはロボットに言った。

「でも受けいれたんだね」

「どういうわけかな。人間は不思議なもんだ。あんたたちに出会うまでは人間なんか嫌いだった。ところがアルペイオス号を放棄する段階で、おかしな気持ちに気づいたんだ」

「どんな？」

「パーカーを死なせたくないと思った。まあ、矛盾した話だ。こいつはすでに死んでるんだから。自分でもうまく説明できねえ。奇妙な話さ」

「前進するぞ」

パーカーが言うと、シャトルのエンジンがうなって出力を上げた。

ジャンは通路ごしのペトロヴァを見た。驚いたことに、彼女は手を伸ばしてジャンの手を握った。

「さわられるのが嫌いなのはわかってるけど、いまはこうさせて」

「例外をつくるのはやぶさかでないよ」

シャトルはガクンと揺れて動きだし、格納庫のドアから宇宙へ出た。ついに。ようやく。ほんとうにパシパエ号から脱出できた。生きて出られた。

宇宙空間をしばらく進んだところで、ラプスカリオンが言った。

「ちくしょう。見ろよ、これ」

宇宙船の窓からは見えるものは普通はあまりない。パラダイス星系の主星は充分に明るく、宇宙のほかの星は大半がかき消される。封鎖船団はいても遠いので、黒を背景にした灰色の点にしか見えない。

しかしいまの眺めはちがった。局限宙域は破片と残骸だらけだ。無数の残骸が交錯し、衝突し、金属とプラスチックをまき散らして塵の雲に変わりつつある。

ジャンは茫然として訊いた。

「これは封鎖船団？」

「そのなれの果てさ。来る途中であばれてやった。パーカーとおいらで百隻全部、あの世に送った」

ペトロヴァは称賛しつつ懸念をしめした。

「お見事だけど、これだけの破片をよけて飛べる？」

パーカーが答えた。

「なんとかなるだろう。ラプスカリオン、これ全部の4Dマップを作成しろ。ゆっくり慎重に飛ぶが、シャトルはデブリ衝突に耐えるようにできてない。一発でかいのにあたれば流星雨として惑星に降りそそぐことになるぞ」

「了解。いちおう安全そうな飛行ルートは二つほどみつけてあるぜ。もちろん、保証はねえけどな」

パーカーは笑いだした。

「楽な道はこれまで一度もなかったさ」

170

荒っぽい降下だった。とりわけひどいのは大気圏に接触してからだが、そもそもパーカーの腕をもってしてもデブリが多すぎ、その軌道がランダムだった。浅い角度でいくつか衝突し、高熱から船体を守るヒートシールドが傷ついた。大気圏突入は猛烈で、だれもが人形のように振りまわされた。角度が深すぎ、高温になった。それでもパーカーの操縦で死のスパイラルから脱し、姿勢を立てなおした。中央コロニーのそばに丘陵(きゅうりょう)をけずった着陸場があり、パーカーはそこにできるだけ穏やかに下りた。とはいえヒートシールド破損部からはいった高熱で着陸装置のタイヤが焼失(しょうしつ)しており、滑走路上で盛大な火花を散らして、最後は船首を路面に打ちつけた。センサーポッドがつぶれて操縦装置も壊れたが、なんとか停止した。

ジャンとペトロヴァは緊急脱出口から飛び下りて、助けあって惑星重力下でなんとか立った。冷凍睡眠の期間をふくむとはいえ数カ月ぶりの地上だ。コロニーめざして歩いていく二人の背中をラプスカリオンは見送った。その隣にあらわれたパーカーが言う。

「歩いて下りられたら、その着陸は……なんとやらだな」

「歩く脚がないくせに、よく言うぜ」

ラプスカリオンはまぜっかえした。

パラダイス－1は人間が生存可能なハビタブルゾーンの充分に内側だ。地表には液体の水がある。太陽光は充分に明るく、一方で皮膚癌のリスクが過大になるほど紫外線は強くない。平均気温は肌寒いものの、凍えるほどではない。重力は地球の約八割。ジャンにとってはやや足腰にくるが、ペトロヴァには快適だ。

それでも地球に似た惑星とはとてもいえない。植物は少なく、わずかな木々と入植者が植えた主要穀物の畑があるだけ。地表で目立つのは溶岩チューブがつくる風景だ。奇岩怪石ぶりは珊瑚礁なみだが、珊瑚ほど色鮮やかではない。灰褐色の岩が煙突の束のようにそびえたり、奇怪な花束のように放射状に広がったりしている。おなじ太さの円柱がオルガンのパイプのように並んでいるところでは、この内部が高断熱でエネルギー効率の高い住居として早くから入植者に利用されていた。低い山地は町になり、多数の円柱に窓がうがたれて厚いハッチがはめこまれた。

そんな円柱住宅群をみつけたペトロヴァは、最寄りの一戸に駆けよって玄関をノックした。返事がないので隣へ行こうとすると、そちらはすでにジャンが行っていた。走って息を切らせて教えた。

「ここは開いてるよ」

しめした玄関ハッチは開けっ放しで、暗い奥をのぞける。

「こんにちは。だれかいますか？」

ジャンは呼びかけながら暗がりにはいった。

ペトロヴァは嫌な予感がして、べつの円柱住宅の玄関ハッチに駆けより、開閉パッドを叩いた。ハッチはするりと開いた。入植者は玄関に施錠する習慣をなくしているらしい。居住者を驚かせないように呼びかけながら足を踏みいれる。

一階は共同寝室になっていた。シーツの乱れた狭いベッドがいくつも並んでいる。床には汚れた服と洗面具が散らばる。よくある乱雑な寮室だ。わずかに異臭もしたが、若者が共同生活していると思えば驚くにはあたらない。

共同寝室の奥はキッチンだ。大きなテーブルが複数あり、ここで寮食を出しているらしい。コンロには大きなヤカン。テーブルには汚れた皿があちこち残る。鍋のなかを調べようと蓋をすこし持ち上げてみた。すると有機物の強烈なにおいが漏れ出て、うっと息が詰まる。いったいなにを料理したのか。いつから放置しているのか。

あわてて通りに出た。ジャンも隣の住居から出てきたところだ。

「なにかみつけたかい？」

「だれもいない。そっちは……？」

住居をさされたジャンは、首を振った。

「農作業に出ているのかと思ったんだけど、よく見て」

通りの反対側に広がる畑をしめした。穀類（こくるい）は高く伸びて、病気はなさそうだが、元気がない。トウモロコシやトマトの列のあいだは雑草が伸びている。べつの一角は長いこと水をやっていないようすだ。

ペトロヴァはまた嫌な予感がした。

「入植者はどこなの？」

ジャンは大声で呼びかけた。

「こんにちは！　だれかいますか？」

おかしい。おかしい。わけがわからない。そもそもコロニーのようすを見てこいという任務なのだ。ラング局長はべつの意図を隠していたにせよ、バジリスクは惑星に人がいるとはっきり言っていた。バジリスクがやってきて船の乗員乗客を支配し、船団をつくって軌道封鎖するまで、ここには繁栄するコロニーがあった。

人々が暮らしていたのはまちがいない。洗濯物が干してある。ジャンプスーツやスカーフや上着が日にあてて乾かされている。しかしよく見ると紫外線に長くさらされて日焼けしてしまっている。強い風のせいでほころびているのもある。

べつの施設にはいってみると、そこは診療所だった。ペトロヴァが近づくとロボットアームが動き、負傷した腕に伸びてきた。

「こんにちは」

呼んでも返事はない。カウンターには出しっぱなしの血液製剤のパック。とうに凝固して使用不能だ。椅子の背もたれには医師の白衣がかけたまま。そばのテーブルにはコーヒーか紅茶らしいカップが出されているが、なかは水分が飛んで砂漠の乾いた泥のようにひび割れている。

隣は共同保育所らしく、小さなベッドが並んでいる。壁には動物の絵が何枚も。

「こんにちは」

やはり無人。

穀物を貯蔵するサイロや、農業機械を保管した納屋もあった。機械はいずれも沈黙しているが、人が近づくと目を覚ましたようにライトを点灯させた。長いこと仕事の指示を待っているようす。

「こんにちは」

町のむこう側で呼びかけるジャンの声が遠くかすかに聞こえる。

「こんにちは。だれか返事をして。こんにちは！」

ペトロヴァは通りにもどって、建物の列を見まわした。なにがあったのか知る手がかりを探す。

みんなどこにいるのか。

「こんにちは……こんにちは！」

遠くから響くジャンの声は、問いかけからしだいに悲鳴に近くなる。

謝辞

どんな本も一人でできるものではない。『パラダイス-1』はとりわけそうだ。本書はイギリスの出版レーベル、オービットに在籍する少人数グループの共同企画として、メインプロットの展開とキャラクターがつくりだされた。ペトロヴァとジャンの作者はアンナ・ジャクソン、ジェニー・ヒル、ジェームズ・ロングだ。しかし彼らはそこで困難に直面した。そのバジリスクから脱出するために声をかけられたのが、幸運にもわたしだった。本書の表紙にはわたしの名前があるはずだが、真の作者は彼らだ。ジェームズは編集も担当し、執筆プロセスのすべての段階で直接関与してくれた。サンドラ・ファーガソンは原稿を精査して、たくさんの単純ミスを洗い出してくれた。ジョアンナ・クレーマーは工程を管理し、締め切りを通知してくれた。オービットUKの全スタッフが時間とアイデアと意欲をわたしとの旅につぎこんでくれた。その助力に感謝するとともに、このような作品制作を彼らと何度でもやってみたいと思う。

デイヴィッド・ウェリントン
ニューヨーク・シティ　二〇二二年

解説

理性を失うほどの飢餓感。実際に飢えてはいないのに、〝肉〟を口にしたくてたまらない。あるいは、自らの体が寄生体に侵入されたという感覚が思考のすべてを支配する。寄生したものを見つけだすためにはなにもかも差し出して……。そんな強烈な妄想に感染し、支配される恐怖を描いたホラーSF。それがデイヴィッド・ウェリントンによる本書『妄想感染体』（原題 *Paradise-1*）である。レッド・スペース三部作の第一部となる。

作品の舞台は、特異空間を用いた超光速航行が実現した未来。統合地球政府（UEG）が太陽系の各所にコロニーを建設しているという設定だ。UEGの軍事警察、防衛警察（防警）の警部補アレクサンドラ（サシャ）・ペトロヴァが、ガニメデで連続殺人事件の容疑者を追い詰めているシーンで、物語は始まる。母親エカテリーナが前防警局長だった彼女は、親の七光りではなく実力で今の職に就いていることを証明したいと思い、必死で成果をあげようとしている。ところが、結果は期待どおりにはならず、サシャは進行中の事件の捜査を妨害したとして、太陽系から百光年離れた植民惑星パラダイス - 1での任務を命じられることに。しばらくのあいだ、防警上層部の視界から消えろというわけだ。そこは、エカテリーナが隠退生活を送っている場所でもあった。

パラダイス星系までは、超光速航行で片道三カ月。その間、人間はAIに船をまかせて人工冬眠に入る。新型の高速船アルテミス号にサシャと一緒に乗りこんだのは、旧知のパイロットのサムと、なにやら過去のありそうな医師のジャン。だが、目的の星系で彼らが目覚めたとき、船は何者かの攻撃を受けているところだった。アルテミス号は大破し、頼みの船のAIはまるで応答しない。生き残るため必死になるサシャたち……。

と、この冒頭部分は、なかなか本格的な宇宙冒険SFだ。ところが、このあと彼らが徐々に状況を把握し、攻撃者に反撃を始めたあたりから、様相が変わってくる。惑星パラダイス - 1はこの十四カ月音信不通で、彼らを攻撃してきたのはこの地に到着したあと消息を絶っていた宇宙船の一隻だと判明するのだ。惑星上空にいる宇宙船はアルテミス号と同型の小型船から、大型の植民船、地上のコロニーを抹殺できる軍艦など、百隻以上。そのすべての船のAIと乗員乗客の全員が、船ごとにそれぞれ異なる、それぞれに致死的な妄想にとらわれ、サシャたちの敵となっていたのだ。なんとか惑星パラダイス - 1に着陸しようとするのだが……。

この、船ごとに異なる妄想が、冒頭に紹介したような飢餓感だったり、寄生されているという感覚だったりと、いずれも自己破壊的なさまざまな強迫観念だ。奇妙なことに、人間もAIも同じように妄想の餌食となってしまう。どれもこれも読むだけで恐怖症にとらわれそうな、精神が削られるえげつなさだ。さらに、これらの狂気は、サシャと医師ジャンの過去とも絡んでくる。サシャがガニメデで目撃したAIが発した赤い光や、ジャンがタイタンのコロニーで目撃した「赤扼病(せきやく)」と関連しているかもしれないのだ。それらの感染性の狂気の原因を、タイタンでは「バジリスク」と呼んでいた。この「バジリスク」とはいったい何だろうか……。終盤で説明がつけられているが、その正体はまだまだ謎が多そうだ。

著者デイヴィッド・ウェリントンは一九七一年、ペンシルベニア州ピッツバーグ生まれ。二〇〇三年に、のちに*Monster Island*として刊行されるゾンビ小説をネット上で発表。以来ゾンビやヴァンパイアもののホラー小説を中心に、ファンタジイやスリラーなどを発表。二〇〇九年には*Marvel Zombies Return: Iron Man*でコミック原作も執筆した。二〇一六年から翌年にかけてD・ノーラン・クラーク名義でスペースオペラ The Silence 三部作も刊行している。デイヴィッド・ウェリントン名義に戻って二〇一九年に発表した初のSF『最後の宇宙飛行士』は、アーサー・C・クラーク賞の候補作にもなった。献辞にあるように、本書『妄想感染体』が二十二作品めになるとのこと。

ウェリントンの前作『最後の宇宙飛行士』は、二十年にわたり宇宙開発が停滞してきた二〇五五年、ふつうにはあり得ないコースで地球を目指す天体2Iが発見されたところから始まる宇宙SF。異星の宇宙船かと、急遽NASAによる探査ミッションが始動する……というあたりは、アーサー・C・クラークの名作『宇宙のランデヴー』（以上ハヤカワ文庫SF）を彷彿とさせるファーストコンタクトSFである。この来訪者の思いがけない正体には驚かされるだろう。特筆すべき点は、主人公たちのチームが2I内部に入ってからの描写の怖さだ。さすがホラー小説を書いてきた作家だけある。とりわけ暗闇の中の閉塞感の描写は格別で、映画『遊星からの物体X』や『エイリアン』で感じた逃げ場のない恐怖を感じさせられた。

前作『最後の宇宙飛行士』からさらにホラー要素を増したのが、本書『妄想感染体』だ。三部作の次作*Revenant-X*はアメリカで二〇二四年八月の刊行を予定しているとのこと。パラダイス-1に着陸したサシャたち。地上のコロニーは一見、無人に見えたが、入植者たちは……。どうやら、次作も相当怖い作品であるようだ。

（A・T）

訳者略歴 1964年生，1987年東京都立大学人文学部英米文学科卒，英米文学翻訳家 訳書『鋼鉄紅女』ジャオ，『アポロ１８号の殺人』ハドフィールド，『最後の宇宙飛行士』ウェリントン，『サイバー・ショーグン・レボリューション』トライアス（以上早川書房刊）他多数

HM=Hayakawa Mystery
SF=Science Fiction
JA=Japanese Author
NV=Novel
NF=Nonfiction
FT=Fantasy

妄想感染体（もうそうかんせんたい）〔下〕

〈SF2431〉

二〇二四年一月十日 印刷
二〇二四年一月十五日 発行

（定価はカバーに表示してあります）

著者 デイヴィッド・ウェリントン
訳者 中原尚哉（なかはらなおや）
発行者 早川浩
発行所 株式会社 早川書房
郵便番号 一〇一 - 〇〇四六
東京都千代田区神田多町二ノ二
電話 〇三 - 三二五二 - 三一一一
振替 〇〇一六〇 - 三 - 四七七九九
https://www.hayakawa-online.co.jp

乱丁・落丁本は小社制作部宛お送り下さい。
送料小社負担にてお取りかえいたします。

印刷・三松堂株式会社 製本・株式会社明光社
Printed and bound in Japan
ISBN978-4-15-012431-1 C0197

本書は活字が大きく読みやすい〈トールサイズ〉です。